नवीन जोशी

नवीन जोशी पिथौरागढ़, उत्तराखंड के सुदूर गाँव रैंतोली के मूल निवासी हैं। उनकी पढ़ाई-लिखाई लखनऊ में हुई। विभिन्न समाचार-पत्रों में उन्होंने 38 वर्ष तक पत्रकारिता की है। 'हिन्दुस्तान' के कार्यकारी सम्पादक पद से सेवानिवृत्त हुए।

उनकी प्रमुख कृतियाँ हैं—'दावानल', 'टिकटशुदा रुक्का', 'देवभूमि डेवलपर्स', 'भूतगाँव' (उपन्यास); 'अपने मोर्चे पर', 'राजधानी की शिकार कथा' और 'बाघैन' (कहानी-संग्रह); 'मीडिया और मुद्दे' (लेख-संग्रह); 'लखनऊ का उत्तराखंड' (समाज-अध्ययन); 'शेखर जोशी : कुछ जीवन की, कुछ लेखन की', 'ये चिराग जल रहे हैं' (संस्मरण); 'छोटे जीवन की बड़ी कहानी' (सम्पादन)।

उन्हें 'राजेश्वर प्रसाद सिंह कथा सम्मान', 'गोपाल उपाध्याय साहित्य सम्मान', 'गिर्दा स्मृति सम्मान', 'आनन्द सागर कथाक्रम सम्मान-2020' और 'अयोध्या प्रसाद खत्री स्मृति सम्मान-2024' से सम्मानित किया गया है।

सम्प्रति : स्वतंत्र लेखन

ई-मेल : naveengjoshi@gmail.com

भूतगाँव

नवीन जोशी

राजकमल पेपरबैक्स

राजकमल पेपरबैक्स में
पहला संस्करण : 2025

राजकमल पेपरबैक्स : उत्कृष्ट साहित्य के जनसुलभ संस्करण

राजकमल प्रकाशन प्रा. लि.
1-बी, नेताजी सुभाष मार्ग, दरियागंज
नई दिल्ली-110 002
द्वारा प्रकाशित

शाखाएँ : अशोक राजपथ, साइंस कॉलेज के सामने, पटना-800 006
पहली मंजिल, दरबारी बिल्डिंग, महात्मा गांधी मार्ग, प्रयागराज-211 001
1, अनमोल सोराबजी सन्तुक लेन, धोबी तलाव, मरीन लाइंस, मुम्बई-400 002

वेबसाइट : www.rajkamalprakashan.com
ई-मेल : info@rajkamalprakashan.com

विकास कंप्यूटर एंड प्रिंटर्स
ट्रॉनिका सिटी-201 102
द्वारा मुद्रित

मूल्य : ₹299

BHOOTGAON
Novel by Naveen Joshi

ISBN : 978-93-6086-954-0

अपनी नई पीढ़ी—हर्ष-एवलिन, ऋचा-मोहित, भरत-श्रीपर्णा,
नवनी और साँची के लिए इस अपेक्षा में कि इस दुनिया को
बेहतर बनाने की ललक और कोशिश बनी रहे!

उपन्यास का एक अंश 'बाघैन' कहानी के रूप में अगस्त 2019 में 'पहल-118' में प्रकाशित।

लच्छु कोठारी की सन्तानों का पुनर्जन्म

ओ इन्द्रदेव महाराज, पूरी रात बरसकर भी नहीं थके? कितना उधम काटा रात में तुमने! छत के पाथरों पर उदयराम का सीला हुआ नगाड़ा जैसा तो बजता ही था, साथ में इतनी कड़क-तड़क मचाई कि कान सुन्न हो गए। बबा हो! कितने बज्र हैं तुम्हारे पास जो ख़त्म ही नहीं होते! पता नहीं कितने पेड़ों को चीर गए होंगे। इकसार टूट रहा है आसमान, धारासार। अब सुबह तो थोड़ी देर आराम कर लेते। हम दो प्राणियों को भी दिशा-मैदान जाने की मोहलत मिल जाती। क्यों शेरू? बिस्तर से ही नहीं उठ रहा आज! मैं छाता लेकर जा रहा बाहर। विकास वालों का शौचालय ऐसे में अच्छा काम आता है। तेरा क्या इरादा है, बना दूँ बोरे का छोप (ओढ़ना) तेरे लिए? रात भर का जागरण हो गया। आँखें जल रही हैं। तुझे नहीं होता ऐसा कुछ? क्यों होगा, तभी तो कहा गया ठहरा-श्वान निद्रा! वो, बचपन में हमको सुनाया जाता था—श्वान निद्रा बको ध्यानम्...। अच्छा सुन, चाय का पानी चढ़ा जाता हूँ, देखना हाँ!

ले, यहाँ तो आग ही बुझ गई रे, क्या देखा तूने?...जा अपना बर्तन ला, चाय के बिना तेरा बदन ही छैल (चैतन्य) नहीं होता। आज भी सारा दिन भीतर ही क़ैद रहना पड़ेगा, लच्छण तो ऐसे ही दिख रहे। जाएँगे, एक-दो मकान इस बारिश में भी जाएँगे शेरू! सरग देवता कुछ आराम करते तो एक चक्कर देख आते। अन्दर बैठे-बैठे क्या करें!...अरे यार सुन, उस दिन लछम सिंह की दुकान से जो अख़बार माँग लाए थे, कहाँ रख दिये? थोड़ा मनबहलाव किया जाए।

देख तो, तखत के नीचे हैं क्या? छोड़ यार, तू इस काम का भी नहीं हुआ। शहरों में साहबों के कुत्ते रोज़ सुबह बाहर से अख़बार उठाकर ले आते हैं। तेरा भी क्या दोष, यहाँ कहाँ अख़बार आ रहा रोज़! ये तो लछम सिंह की मेहरबानी से कुछ पुराने अख़बार मिल जाते हैं कभी। दुकान में पुड़िया बाँधने का हर्जा होता होगा उसका लेकिन दे ही देता है दो-चार।

'जोशीमठ और यमकेश्वर के बाद जाखन गाँव भी भू-धँसाव की चपेट में'...अच्छा!...'देहरादून से 50 किलोमीटर दूर लाँघा रोड पर जाखन गाँव में भू-धँसाव से दस घर ढह गए और छह मकानों में बड़ी दरारें आ गईं। ख़तरे को देखते हुए पूरे गाँव को ख़ाली करा लिया गया है। बुधवार की शाम तक 35 परिवारों की लगभग 300 की आबादी वाले गाँव से सभी ग्रामीणों को निकाल लिया गया है। देर शाम तक ग्रामीण घरों से सामान निकालने में जुटे रहे'...शिब-शिब, बिचारे गाँव वालों की क्या हालत हो रही होगी शेरू! ऐसी ही ख़बरें आ रहीं आजकल। जोशीमठ का तो बहुत बुरा हाल हो गया है बल। लोग कह रहे पूरा का पूरा शहर पाताल पैठ जाने वाला है। राजा बलि के सिर पर तो इन्द्रदेव ज्यू ने पैर धर दिया था, यहाँ किसके चरण पड़ रहे?

अरे! ये ख़बर तो सुन! कब की है यार?...एक हफ़्ते पुराना अख़बार है... हमारे लिए तो ताज़ा ही हुआ...'प्रधानमंत्री के ड्रीम प्रोजेक्ट चार धाम आल वेदर फोर लेन रोड का पचास मीटर हिस्सा भारी बारिश के कारण अलकनन्दा नदी में समा गया। हादसा बदरीनाथ तीर्थयात्रा मार्ग पर ऋषिकेश-श्रीनगर के बीच हुआ, जहाँ हाल ही में सड़क को फोर लेन किया गया था। दो दिन से तेज़ बारिश हो रही थी और देखते-देखते क़रीब पचास मीटर सड़क भरभराकर नदी में समा गई। उत्तराखंड के आपदा प्रबन्ध...।'

'हिमाचल में भूस्खलन में शिव मन्दिर भी बहा।' ओ बबा रे, ये तो और भयानक ख़बर है शेरू!...'हिमाचल प्रदेश में बारिश कहर बनकर टूट रही है। बादल फटने से शिमला के समरहिल स्थित प्राचीन शिव मन्दिर पूरी तरह ध्वस्त हो गया। सोमवार का दिन होने से वहाँ कई लोग पूजा कर रहे थे।

रुद्राभिषेक कर रहा एक पूरा परिवार दफ़न हो गया। दस से अधिक लोगों के मरने की आशंका है। उधर, भूस्खलन के कारण कालका-शिमला रेल पटरी हवा में लटकी हुई है...।' रामो राम, कितनी भयानक ख़बर है! एक और है ये—'बादल फटने से पिथौरागढ़ जिले के तेजम में तीन मकान बह गए...पूरी बस सड़क समेत नदी में समा गई...सैकड़ों पर्यटक जगह-जगह फँसे...।'

हा-हा-हा-हा!...हो-हो-हो!...लच्छु कोठारी के लड़के ज़िन्दा निकले रे! लोग तो समझे थे, कबके मर-खप गए...हा-हा-हा!...शाबाश रे लड़को, धन-शाबाशी! तुम तो अमर निकले यार! जुग-जुग तक अपने कारनामे दिखाने का वरदान कहाँ से पा लिया? अब बादल फाड़ने लगे हो! हा-हा-हा...!

ऐसे क्या मुँह देख रहा शेरू? हादसों और मौत की ऐसी बुरी-बुरी ख़बरें सुनके यह बुड्ढा क्यों हँस रहा होगा करके? ठीक बात। तुझे कभी सुनाई ही नहीं लच्छु कोठारी के लड़कों की कहानी। चल, एक-दो क़िस्से अभी सुना देता हूँ। इतनी बरखा में बैठे-बैठे करें भी क्या!

बचपन में सुनी ठहरी हमने ये कहानी। जसोद सिंह बुबु (दादा) सुनाते थे तरह-तरह के क़िस्से। रात में हम उन्हें घेरकर बैठ जाते थे—बुबु, लच्छु कोठारी वाली कथा सुनाओ। लच्छु कोठारी के मूरख बेटों के अजब-ग़ज़ब क़िस्से सुनकर हम ख़ूब हँसते। एक-दूसरे को चिढ़ाते थे—'तू तो लच्छु कोठारी के लड़कों जैसे काम करता है!' तो शेरू, एक था लच्छु। कोठार गाँव का होगा तो कोठारी हो गया। उसके हुए नौ लड़के। जिसके नौ लड़के हों, उसके क्या कहने! नौ रतन! पुराने ज़माने की बात हुई। लड़कियाँ हुईं या नहीं और उनकी महतारी कौन थी, इसका कोई ज़िकर नहीं होता था। सबको आनन्द आता था उन नौ लड़कों के क़िस्से सुनने में। तो ऐसा हुआ शेरू, कि जैसे-जैसे लड़के बड़े होने लगे, वैसे-वैसे उनके सिर में सींग निकल आए। माथे के ऊपर दोनों तरफ़ छोटे-छोटे दो सींग! गाँव के लड़के उन्हें चिढ़ाते—'अरे, लच्छु के बैल आ गए, बैल!' कोई चिढ़ाते—'लच्छु के छोरे, दो सिंगी बकरे!' लच्छु के लड़के चिढ़ते, रोते। लच्छु ने बहलाया—'अरे, ये अकल के सींग हैं। गाँव में तुम्हारी जैसी अकल किसी के पास नहीं होगी। इसीलिए तो किसी और को सींग नहीं मिले।'

लड़के ख़ुश हो गए। अब वे दूसरे बच्चों को चिढ़ाने लगे—'तुम्हारे पास हैं अकल के सींग? तुम बुद्धू ठहरे।'

अब, जिनके पास अकल के सींग हों, उनको पढ़ने-लिखने, स्कूल-कॉलेज से क्या मतलब! गाँव के सारे बच्चे स्कूल जाते। लच्छु के लड़के स्कूल के रास्ते से भागकर जंगल-जंगल फिरते, नदी में कूदते, पेड़ों पर चढ़ते, चिड़ियों के घोंसले उजाड़ते, दूसरों के खेतों से फल-फूल चुराते। कोई टोकता-फटकारता तो साफ़ झूठ बोल जाते—'वो ऊपर आसमान से कोई आया और तुम्हारे खेत से सारे भुट्टे तोड़कर ले गया' या 'नदी के अन्दर से एक राक्षस निकला, वही तुम्हारे गन्ने काट ले गया।' शिकायतें सुन-सुनकर लच्छु परेशान हो जाने वाला ठहरा। उसने सोचा इनको किसी काम में लगा देता हूँ तो ठीक रहेंगे। तो, लच्छु ने एक दिन उनसे कहा—मैं कुछ दिन के लिए तुम्हारे मालकोट (ननिहाल) जा रहा हूँ। तुम लोग नीचे नदी से रोज़ एक-एक गगरी पानी भर लाना। गाय-भैंस को पिलाना, बैलों को पिलाना, क्यारी में पौधों में डालना। कोई गड़बड़ मत करना। लड़के बोले—बाज्यू, सब हो जाएगा। तुम फ़िकर मत करना। मालकोट से हमारे लिए मालपुए लाना। अब शेरू, नदी से गाँव तक पानी लाने में मेहनत लगने वाली ठहरी। चढ़ाई में एक-एक गगरी पानी कन्धे पर रखकर लाने में सालों की फूँ-फाँ निकल गई। दो दिन में ही पस्त। तब उन्होंने अपने सींग खुजाए। ख़ुश होकर बोले—हम नदी को ही गाँव तक ले आते हैं। जितना चाहो पानी ले लो! हा-हा-हा...तो शेरू, लच्छु के लड़कों ने नदी से अपने घर तक गूल (नाली) खोदनी शुरू की। दिन भर लगे रहते खोदने में। गाँव वालों ने कहा—अरे अकल के अन्धो, पानी ऊपर चढ़ाई में कैसे पहुँचेगा? लड़के बोले—तुम्हारे तो अकल के सींग हैं नहीं, तुम क्या समझोगे! जब थोड़ी नाली खुद गई तो उन्होंने हाथ से उछाल-उछालकर नदी का पानी नाली में डालना शुरू किया मगर पानी को तो नीचे ही बह जाना था। हैरान-परेशान वे फिर अपने सींग खुजाने लगे। अबकी बार तय किया कि घर को ही नदी तक ले आते हैं। झंझट ही ख़त्म! अगले दिन से वे सब अपना घर गिराने में लग गए। गाँव वालों की क्या सुनते! मकान गिराकर उसके पाथर,

लकड़ी, दरवाज़े, वग़ैरह निकालकर नदी के पास जमा कर दिये। उस साल बारिश कुछ ज़्यादा ही हो गई। नदी सब बहाकर ले जाती रही। लच्छू लौटा तो बिचारा माथा पीटकर रह गया।

ऐसे कितने ही क़िस्से हुए उनके। जसोद बुबु तो लच्छु के लड़कों की मौत का क़िस्सा भी सुनाते थे। कहते थे कि लड़कों की हरकतों से लच्छु बिचारा उमर भर दुखी रहा और दुखी ही मर गया। उसके लड़के रोने लगे तो रोते ही रहे। गाँव वालों ने समझाया कि एक दिन सबको मरना होता है। तुम्हारे बाज्यू का शरीर मरा है। आत्मा तो आसमान में उड़ गई है। वहाँ से तुमको देखती रहती है। अब देख शेरू, लच्छु के लड़कों की अकल! उन्होंने अपने सींगों को खुजाया और कहा—आसमान में जाकर बाज्यू से मिल आते हैं। तो, क्या किया कि नौ के नौ लड़कों ने—लड़के क्या, सयाने हो गए थे तब तक वो—अपनी-अपनी कमर में दो-दो सूप बाँधे और पहाड़ की सबसे ऊँची चोटी से छलाँग लगा दी उड़ने के लिए। जसोद बुबु कहते थे कि लड़के पहाड़ से गिरकर मर गए। गाँव वालों को उनकी बेवक़ूफ़ियों से छुट्टी मिली। लेकिन शेरू, चमत्कार हो गया। ज़िन्दा हैं वो, मरे नहीं। उनकी हरकतें कहाँ छुपने वाली हुईं। भू-धँसाव हो रहा, रोड बह गई, गाँव दफ़न हो गया, होटल नदी में समा गया...ऐसी ख़बरें कैसे आतीं वर्ना! सुना नहीं तूने, अख़बार में लिखा है, बादल फट गया। शेरू, यह नई बात लच्छु के विद्वान लड़कों के अलावा और कौन कह सकता है! पहले नहीं फटता था वो कि आजकल ही फटने लग गया? कुछ नहीं, लच्छु के लड़कों का पुनर्जन्म हो गया है। पहाड़ और कौन खोदेगा? नदियों को और कौन बाँधेगा? पानी सुरंगों में कौन डालेगा?...और, अब ये फोर लेन? तभी ये ख़बरें पढ़कर हँसी आई मुझे शेरू! लच्छु के लड़कों को कोई समझा सकता है कि बारिश का सीजन है तो बारिश नहीं होगी? पहले नहीं होती थी भारी बारिश? अरे, सतझड़ लगते थे, मतलब सात-सात दिन तक बारिश बन्द ही नहीं होती थी। शेरू डियर, एक होता है हथिया नक्षत्र। कहते हैं उसमें हाथी की सूँड़ बराबर मोटी धार बरसती है...जसोद बुबु एक होली गाते थे—'हस्ती परमाण को ओला बरसे, सूँड़ परमाण की धार लला!'...

अभी देख ले बाहर, कैसी ज़ोरदार बारिश हो रही। पूरी रात बरसा और अभी भी बरसता जा रहा। बरसेगा ही, चौमास लगा है। राजा की चाल और बारिश की धार अपने मन की हुई!...जाड़ों में बरफ़ पड़ेगी ही। जेठ में ऐसे घाम पड़ेंगे कि बाघ-बकरी एक ही घाट पानी पीने दौड़ेंगे। यही नियम हुआ। आज क्या नई बात हो गई?...नई बात तो शेरू, लच्छु के लड़कों ने कर दी!...नदी के किनारे पाँच मंज़िला होटल! रिवर व्यू! स्नो व्यू! सुरंग में ट्रेन!...हेलीकॉप्टर से केदारनाथ में पिकनिक!...ऑल वेदर फोर लेन!...सब जगह लच्छु के लड़के छा गए हैं यार। उनके नये-नये अवतार हो गए हैं। अब उनके सींग नहीं उगते लेकिन उनकी अकल तो चुगली कर ही देती है। नहीं क्या!

चल, दूर धर इन अख़बारों को। अगली बार जाएँगे तो लछम सिंह को लौटा देंगे। दुकान में पुड़िया बाँधने के ही काम के ठहरे ये! हमारे पुरखों ने नहीं पढ़े कभी अख़बार। तभी तो उन्होंने यह गाँव पहाड़ की मज़बूत पीठ पर चट्टानों के ऊपर बसाया। तीखी ढाल पर क्यों नहीं बसाया होगा? नदी के ऐन किनारे क्यों नहीं बसाया होगा? उन्हें क्या पड़ी थी इतने नीचे जाकर खेती करने की, इतनी चढ़ाई में पानी ढोकर लाने की? अपने हाड़ तोड़ने का शौक़ हो रहा था क्या उन्हें?...छोड़ यार...बाहर का कैसा हाल हो रखा? बारिश रुकने के आसार दिख रहे क्या?...और बनाएँ चाय? या सीधे रोटी ही पका लेते हैं, क्या कहता है?

अभी तो थम गया रे, लेकिन रंग-ढंग बता रहे हैं कि और बरसेगा। आ, बाहर आ जा। देख, नहाए-धोए, तरोताज़ा, कितने ख़ुश हो रखे पहाड़! कुहरा ऐसे लपेट लिया जैसे पशमीना! भीगते-भीगते जाड़ा लग जाता होगा। सो, चिलम फूँकने लगे! चौमास में क्षण-क्षण रूप बदलते हैं पहाड़। आहा, बादलों के साथ लुका-छिपी का कैसा खेल हो रहा। हा-हा-हा...देख-देख, बादल का वह शैतान भूरा टुकड़ा पहाड़ के सिर पर थपकी देकर भाग गया और नीचे से उठा सफ़ेद कुहरा उसका पीछा करने दौड़ पड़ा है। गाड़-गधेरों का 'शुँशाट-भुँभाट' सुन ही रहा होगा। समझता है तू शुँशाट-भुँभाट? पहाड़ी ढलानों पर दौड़ता-उछलता

पानी नीचे गधेरों-नदियों की ओर जाते हुए चीख़ता है ना, वही। वो उधर, सामने वाले पहाड़ पर सफ़ेद दूध जैसी जो मोटी धार दिखाई देने लगी है, वह छीड़ (झरना) फूटी है, शायद कल रात से। पहाड़ का पेट भी आख़िर कितना पानी पी सकता है यार!

पहले की बात होती शेरू, तो चारों तरफ़ चीख़-पुकार मची रहती...ओ रे धनसिंह, तेरे सैण खेत में पैरा (भू-कटाव) पड़ने वाला है!...ओ खिमुली! कहाँ मर रही, ढुल खेत में गूल क्यों नहीं काटी, पूरा खेत बह जाएगा आज।... एक धन सिंह और एक खिमुली ब्वारी (बहू), दो ही आलसी थे पूरे गाँव में। खिमुली तो जहाँ-तहाँ सो जाती थी और सास से दिन-रात डाँट खाती थी। एक साल चौमास (चातुर्मास) में खेतों में गूल काटना भूल गई। भूल क्या गई, कहीं सो गई होगी। ज़ोर की बारिश आई तो, उनके खेत कटने-बहने लगे। चारों तरफ़ से पुकार पर पुकार मच गई। सभी लोग कुदालें लेकर मदद को दौड़े। आपसदारी की बात हुई। तब बचे उनके खेत। तो शेरू, पानी से धारदार कोई औज़ार नहीं होता। उसे ठीक से रास्ता देना पड़ता है। अब तो खेत बंजर पड़ गए। ख़ूब घास उग आई, झाड़ियाँ बड़ी हो गईं। अब कैसे कटे मिट्टी! आदमी चले गए तो धरती सुरक्षित हो गई। कभी इस नज़र से देखा तूने? ग़लत कह रहा हूँ तो बता।...बारिश को दोष देते हैं। अरे, उसका काम बरसना हुआ। पहाड़ कच्चे हैं तो यह उनकी ग़लती है क्या? उनकी पीठ पर क्या-क्या लाद दे रहे हो! कहते हैं नदी में बाढ़ आ गई। उसके बहने के लिए जगह छोड़ी है या नहीं, यह तो देखो। लच्छु के लड़कों का बस चले शेरू, तो ये नदी को भी सीधा कर दें। कहते होंगे, टेढ़े-मेढ़े बहकर बहुत ज़मीन घेरती है!

चल, जब तक बरखा थमी है, देख आते हैं गाँव का हाल। फिर तो घर के भीतर ही क़ैद रहना हुआ। मन्दिर में भी साफ़-सफ़ाई-लिपाई करनी थी लेकिन इस बारिश में बेकार हुआ। किस तरफ़ चलें, बता। उधर कहाँ? अच्छा, नारायण कका के यहाँ चलें? ठीक हुआ, आज उन्हीं की तरफ़ चलते हैं। देखें, उनके छत की हालत कैसी है। पिछली बरसात में ही टपक रही थी। मकान को देखभाल की ज़रूरत होती है। पाथर खिसक जाते हैं, पजोरने पड़ते हैं।

पानी भीतर गया तो दार (लकड़ी की बल्लियाँ) को सड़ा देता है। ठीक याद दिलाया तूने। छत बची रहेगी तो मकान बचा रहेगा। एक आस टिकी रहेगी।

ओ हो, यहाँ तो कई पाथर गजबज हो रखे। खिसक रहे अपनी ठौर से। एक-दो तोप (पत्थर की स्लेटों की संधि के ऊपर रखे जाने वाले छोटे पत्थर) टूट भी रहे। टूटे पाथर बदलना ज़रूरी हुआ। पाख की धुरी में इसीलिए रखे रहते हैं कुछ पाथर...लेकिन शेरू, ये कैसे पता चले कि छत कहाँ-कहाँ से टपक रही? तू इस काम का भी नहीं हुआ कि भीतर जाकर एक डंडे से छत पर ठक-ठक कर देता जहाँ-जहाँ पानी टपकने के दाग़ पड़े हैं। मैं समझ जाता कि कहाँ से पानी जा रहा भीतर। अब ग़ौर से देखना पड़ेगा। करना पड़ेगा, शेरू। अपने बिरादर का मकान हुआ। ये नारायण कका भी ज़ोरदार आदमी थे। तू क्या जानेगा उनको। बहुत पुरानी बात हुई, मेरे बचपन के दिनों की। अपने मकान की लकड़ी के लिए उन्होंने बिशन सिंह का टुणी (तून) का पेड़ कटवा दिया। उस दिन बिशन सिंह अपने समधी को देखने गए थे। बहुत बीमार हैं करके जवाब आया था। तो, उसके गए में नारायण कका ने पेड़ कटवा दिया। बिरादरों से कह दिया कि बिशन ने पेड़ मुझे दे दिया है। जब बिशन सिंह लौटे तो ख़ूब ही झगड़ा मचा। मार-पीट की नौबत आ गई थी। फिर पंचों के कहने पर नारायण कका ने डबल रुपये भर दिये। तब पता चला कि बिशन सिंह ने उनको अपना पेड़ बेचने से मना कर दिया था। इसलिए नारायण कका ने छल से उनका पेड़ कटवा दिया। वे टुणी की ही लकड़ी लगाना चाहते थे अपने मकान में। टुणी की लकड़ी हुई बहुत पक्की। देख, आज तक कितनी मज़बूत छत है। सैकड़ों साल कुछ नहीं होता इस लकड़ी को। मगर पानी मिल गया तो समझो दुश्मन। तभी तो बीच-बीच में पाथरों की देखभाल ज़रूरी हुई। ज़रूरी तो शेरू, धुआँ भी हुआ। मकान में सुबह-शाम चूल्हा जला, धुआँ उठा तो मकान की उमर बढ़ जाती है। अब कौन जलाए यहाँ चूल्हा? हफ़्ते-दस दिन में एक बार सगड़ में आग जलाकर मेरे धुआँ कर देने से क्या भरपाई होने वाली हुई!...अब जरा नीचे की तरफ़ देख आएँ, क्या हाल हो रहे उधर?

ओ हो...शेरू! यहाँ तो ग़ज़ब हो रखा! अनहोनी हो गई ये तो! रामो राम! कब गिरा रे ये शोबन तिवाड़ी ज्यू का मकान?... च्च...च्च...च्च...परसों तो ठीक-ठाक दिख रहा था। ज़रूर कल रात की बारिश में गिरा होगा कोई आवाज़ नहीं सुनाई पड़ी। तू भी तो नहीं भौंका? अरे, मैं भी परहोश हो रहा यार। उस भयानक बारिश और कड़क-तड़क में क्या सुनाई देता!...शिब-शिब, खन्यार (खँडहर) हो गया रे शोबदा तुम्हारा भी मकान। ये आठवाँ मकान गया हमारे देखते-देखते। हिसाब में जोड़ ले, रे शेरू! और क्या कर सकने वाले हुए हम?... आठवें नम्बर पर शोबदा का मकान। अब ये सूची कहाँ तक बढ़ती है!...पूरा ही ढह गया ये तो। यार शेरू, इनके ग्वल्ल देवता भी मलबे में दब गए होंगे। मिल जाएँ तो उनको निकालने की कोशिश करते हैं। पता नहीं कहाँ फँसे हैं।

रुक-रुक!...तू उस ढेर पर मत चढ़। कोई पत्थर खिसका तो वहीं हो जाएगी तेरी क्वाँक्कि। इधर आ, इधर से कुछ दिख रहा भीतर जाने का रास्ता जैसा... बबा हो, कैसा हाल हो रखा यहाँ!...मैंने पहले ही कहा था शोबदा के लड़कों से कि यारो, तीन भाई हो। छुरमल ज्यू की कृपा से वहाँ आगरा और दिल्ली में अच्छा कमा रहे हो। छत पर टीन डलवा दो। पाथर अब मिलते नहीं और ये पुराने पाथर नहीं चलने वाले। जगह-जगह से पानी पैठ रहा है भीतर। टीन पड़ जाएगी तो लकड़ी सड़ेगी नहीं। मकान बचा रहेगा...हाँ-हाँ, करेंगे, कहा मगर पलट के नहीं आए। आज गया मकान। अब क्या आएँगे इसे बनवाने! मकान गया तो उनके आने की आस भी गई। चार या पाँच साल पहले आए थे तीनों भाई। छोटे वाले बेटे को सन्तान नहीं हो रही थी। बड़े वाले की बीवी बीमार रहती थी दिल्ली में। इलाज से कोई फ़ायदा नहीं हो रहा था। तब उस साल ग्वल्ल ज्यू की पूजा करने आए थे। छुरमल ज्यू को भी एक घंटी चढ़ा गए। तभी कह दिया था मैंने कि यारो, पुरुखों की निशानी हुई, इसे बचाने का जतन करो। बिलकुल ही छोड़ दिया तुम लोगों ने। मगर ना, हुए तो आख़िर तिवाड़ी ज्यू, बामण के बेटे! इस खशिए (ठाकुर) की क्या सुनते! मुँह के सामने हाँ-हाँ कह दिया। असल में शेरू, परेशानी में थे तो देवता को पूजने आ गए। देवता का डर हुआ। उसकी कृपा चाहिए, बच्चा चाहिए, बीमारी ठीक होनी चाहिए।

जो दवा-दारू से न हुआ वो देवता से माँगना हुआ। उसी की आस हुई, तब आए थे। घर का मोह होता तो आते रहते। पितरकुड़ी क्या दे रही थी उनको! आज वो भी गई।

शेरुआ, तू तो था नहीं जब शोबदा को छोड़ना पड़ा था गाँव। हमारे बामणों में एक वही था जो आख़िर तक यहाँ डटा रहा। बाक़ी के बामण भागने में अव्वल रहे। हर बात में सबसे ऊपर रहना ही हुआ उन्हें! ख़ैर, शोबदा की बात ही अलग थी। घरवाली एक साल पेड़ से गिरकर मर गई थी। फिर बरसों अकेला रहा, बूढ़ा और बीमार। वह तो जाने को राज़ी ही नहीं था। कहता था अपनी ही देहरी पर प्राण छोड़ूँगा। जहाँ मेरे पुरखे जले, वहीं जलुँगा। मगर बीच वाला बेटा उठा ले गया आगरा। साल-दो साल बाद वहीं मरा, बल। शिब-शिब, जाते समय रो रहा था। डबडबाई आँखों से देख रहा था मकान को, पेड़-पौधों को। मेरे हाथ में सौ रुपये का नोट थमा गया था। हाथ जोड़ के, आँसू बहा के कह रहा था—आनन्द भुला, रोज़ शाम को साँकल खोल के ग्वल्ल ज्यू के थान में हमारी तरफ़ से एक बत्ती जला देना। परदेस का रहना हुआ, देवता की ही आस हुई।...डेढ़-दो साल दिया जलाया होगा रे उनके ग्वल्ल ज्यू के थान में। फिर शोबदा ही नहीं रहा तो कब तक करता? यहाँ सभी के देवता अकेले रह गए ठहरे। किस-किस का ध्यान रखूँ। छुरमल ज्यू से ही माँग लेता हूँ सबकी कुशल। ग्राम देवता हुए वो, पूरे गाँव के रखवाले।

ओ हो, ये देख...उधर मत जा कह रहा हूँ,...बाईं तरफ़ की बल्लियाँ सड़ कर गिरी हैं। उनके साथ पूरी छत बैठ गई। पानी पैठ रहा था दार (लकड़ी की बल्लियां) में, मैंने पहले ही चेता दिया था। पानी न पैठे तो सालों-साल चलती है लकड़ी। मेरे पाथर पजोर देने से नहीं बचना था ये मकान। छत की लकड़ी ही सड़ गई तो कैसे टिकता? मकान टिका रहता है तो किसी के लौटने की आस भी बनी रहती है। ग़लत कह रहा हूँ तो बता। अब शोबदा का नामलेवा भी यहाँ कौन आएगा।...कहाँ दबे हो ग्वल्ल ज्यू? कैसे पहुँचें तुम तक, है कोई रास्ता? ना-ना, आगे जाने में ख़तरा है रे। तू पीछे रह, पीछे।...

नहीं मिल रहे तेरे ग्वल्ल देवता शोबदा! दिया-बाती तो ख़ूब कर दी थी, अब उन्हें बाहर निकालना मेरे बस की बात नहीं। रहने दे शेरू, रहने दे। क्षमा करना हो ग्वल्ल देवता, इस ख़तरनाक ढेर में आपको ढूँढ़ना हम इनसानों के बस की बात नहीं। जहाँ हो, जैसे हो, पड़े रहो। देवता ठहरे तुम। हमारी बेबसी समझने वाले हुए। शोबदा के बच्चों को भी माफ़ करना। जगत की रीत ही ऐसी चल पड़ी। सभी दौड़ रहे शहर को। गाँवों की ओर कौन देख रहा! यहाँ क्या रखा है, कह देते हैं। बखत बताएगा, यहाँ क्या-क्या रखा है।

ऎचल शेरू, नहीं देखा जाता यह सब। मन खट्टा हो गया स्साला! छुरमल ज्यू के पास बैठकर चित्त को कुछ शान्ति मिलेगी। सच कहता हूँ शेरू, जब भी कोई मकान ढहता है ना, तो कलेजे में शूल जैसा गड़ जाता है। मकान नहीं गिरता, गाँव की एक और मौत हो जाती है। कहने को हुआ पत्थर और लकड़ी का बेजान ढाँचा लेकिन सोच तो, शोबदा की कितनी पीढ़ियों ने साँस ली यहाँ! मोती ताऊ और उनसे पहले गोविंद बुबु (दादाजी) को तो मैंने देखा था। उनके भी बाबू धरम दत्त। किस-किस को गिनाऊँ? कितने जन्मे, कितने गए! नामकन-पासणी (नामकर्ण-अन्नप्राशन) में गीत गाए गए। वाग्दान-कन्यादान हुए। कहाँ-कहाँ से रिश्ते जुड़े। गोविंदी आमा, नीमा ताई और माया भौजी की डोली यहीं उतरी। सबने इस देहली को पूजा। देहली पूजकर आए। देहली पूजकर गए। गोठ में गाय-भैंस ब्याई तो भी शंख-घंट बजे। यहीं से विदा हुए पुरखे... बनाते समय पुरोहितों ने विधि-विधान से इसके पत्थरों की, भराण (लकड़ी की मुख्य आधार बीम) की और चौखट की पूजा की होगी। आह्वान किया होगा कि आज से तुम इस मकान का आधार हो। इसमें रहने वालों की रक्षा करनी है। इसने सबको शरण दी, शेरू। यहाँ जन्मे बच्चों की नाभि-नाल उस चौखट के ऊपर धरी गई होगी जो आज मलबे के नीचे दब गई है। जिसकी नाभि-नाल देहरी के ऊपर रखी जाती है वह देस-परदेस में बचा रहता है और कभी भूखा नहीं रहता। यहाँ कभी कोई भी भूखा नहीं सोया। न मनखी, न पशु, न पाहुन, न पंछी। गंगा दशहरा पर बामण द्वार पर अभिमंत्रित पत्र लगा जाते थे कि आसमानी बिजली, अतिवृष्टि, तूफ़ान, रोग-दोष, वन्य जीव इस मकान

का बाल बाँका नहीं कर सकेंगे। वह चौखट आज अपनों की उपेक्षा से मलबे में दफ़न हो गई। आमा कहती थी कि मकान अपने रहने वालों को कभी नहीं दबाता। आज भी इसमें कोई रह रहा होता तो यह नहीं ढहता, शेरू। खोली के द्वार (मुख्य प्रवेश द्वार) की रक्षा करने वाले गणेश जी, भूमि की सुरक्षा में तैनात भूमिया देवता भी लाचार, शक्तिहीन हो गए! देख-सुन तो रहे होगे छुरमल ज्यू! या तुम भी हमारी ही तरह मजबूर हो, गाँव को मौत के गाल में समाते हुए देखने को अभिशप्त देवता?

क्या-क्या रंग दिखाती है ज़िन्दगी

"नम्बर इक्कीस का फ़ोन...नम्बर इक्कीस का फ़ोन, मैडम!"

अस्पताल अधीक्षक के कमरे से निकलकर चपरासी दौड़ता हुआ नर्सिंग इंचार्ज के केबिन में जाते ही चीख़ने की शैली में फुसफुसाया। नर्सिंग इंचार्ज, सिस्टर डिसूजा हड़बड़ाकर इतनी फुर्ती से खड़ी हुईं कि उनकी कुर्सी उलटने को हो आई। चपरासी ने लपककर कुर्सी रोकी। तब तक सिस्टर डिसूजा अपने मोटे पैरों को दौड़ाती हुई वार्ड में आ गईं।

"नम्बर इक्कीस का फ़ोन...हरी अप।" उन्होंने मुँह के साथ-साथ दोनों हाथ भी 'हरी-अप, हरी-अप' कहने के लिए हिलाए। वार्ड में मौजूद तीन-चार नर्सें और वार्ड बॉय तत्काल हरकत में आ गए। वे उस बेड की तरफ़ लपके जिसके पीछे दीवार में पीले गोले के भीतर लाल रंग से 21 लिखा था। पूरे वार्ड में 'इमरजेंसी' जैसी सतर्कता छा गई। एक नर्स ने मेज़ पर रखे पैकेट से वेट वाइप निकालकर नम्बर इक्कीस का मुँह इस तरह पोंछना शुरू किया कि कोई बाहरी देखता तो उसे 'रगड़ना' दिखाई देता। एक नर्स ने जब तक मरीज़ की ओढ़ी हुई चादर फुर्ती से खींची, तब तक वार्ड बॉय ने धुली-साफ़-इस्तरी की हुई चादर उस पर डाल दी। नम्बर इक्कीस इस स्थिति में नहीं था कि इस खींचतान और रगड़ा-रगड़ी पर 'आह-ऊह' या कोई अन्य प्रतिक्रिया दे पाता, तो भी उसकी पलकों का अचानक उठना-गिरना बता रहा था कि वह बुरी तरह चौंका है। शायद वह नींद में या नीम बेहोशी में था और उसे पटके जाने का-सा झटका लगा।

"फीड!" सिस्टर डिसूजा चीख़ी। नम्बर पन्द्रह को फीड करा रही नर्स निर्मला ने हाथ रोककर उनकी ओर देखा।

"इसको छोड़ दूँ क्या?" वह बड़बड़ाई। उसके एक हाथ में तरल भोजन से भरा बड़ा सिरिंज था और दूसरे हाथ से नम्बर पन्द्रह के मुँह से पेट तक गई फीडिंग ट्यूब थाम रखी थी। दो सिरिंज तरल भोजन वह मरीज़ के ट्यूब में ठूँस चुकी थी। साइड टेबल पर बीकर में अभी आधा भोजन शेष था।

"यू निर्मला, आई सेड हरी अप हियर," सिस्टर डिसूजा ने इस बार कड़क आदेश सुनाने के साथ-साथ दाहिने पंजे को हिला-हिलाकर उस तेज़ी का संकेत भी कर दिया जिसकी उससे अपेक्षा की जा रही थी। निर्मला ने बीकर और सिरिंज साइड टेबल पर रखे, फीडिंग ट्यूब पर ढक्कन लगाया और उसे मरीज़ की छाती पर लगभग पटकते हुए नम्बर इक्कीस की ओर लपकी। पन्द्रह नम्बर बेड पर पड़ा मरीज़ हिल-डुल नहीं सकता था। तो भी उसके चेहरे पर अचम्भे और सदमे की छाया तैर गई। वह कल रात से भूखा था। उसके हाथ-पैरों को हिलने-डुलने के संकेत भेजने वाला दिमाग़ का हिस्सा मृत था लेकिन पेट की अँतड़ियों की भूख दिमाग़ का जो हिस्सा पढ़ लेता है, वह अभी ठीक-ठाक काम कर रहा था। वह बोल सकता तो इस समय अधबीच में खाना छुड़वा दिये जाने पर चीख़ पड़ता लेकिन उसकी लकवाग्रस्त जिह्वा से सिर्फ़ 'वॉ-वॉ-वॉ' जैसी ध्वनि निकलकर रह गई, जिसकी ओर किसी ने भी ध्यान नहीं दिया।

'जस्ट वन मिनट सर, जस्ट वन मिनट...आई शेल वी इन द वार्ड इन हार्डली वन मिनट...।" अस्पताल अधीक्षक डॉक्टर लॉरेंस मोबाइल फ़ोन कान पर लगाए-लगाए अपने कमरे से निकले और वार्ड के दरवाज़े पर रुककर नम्बर इक्कीस की तैयारियों का जायज़ा लेने लगे। उन्होंने दाहिने हाथ को आगे तक तानकर पंजे को सवालिया ढंग से नचाते हुए, आँखों और होंठों को भी प्रश्नचिह्न बनाकर सिस्टर इंचार्ज को देखा—'रेडी?' सिस्टर डिसूजा ने क्षमा-याचना की मुद्रा में चेहरा सिकोड़ा, दाहिने हाथ की तर्जनी के पोर पर अँगूठा रखते हुए इशारा किया—'बस, एक मिनट और!' उसी हाथ से उन्होंने वार्ड बॉय की पीठ पर धौल जमाई जिसने तेज़-तेज़ हाथ चलाते हुए हॉल के

एक कोने में पड़ा ऑक्सीजन कन्संट्रेटर इक्कीस नम्बर बेड के पास खींचा, मरीज़ के सिर के नीचे 'स्लीप पोजिशनर' रखा और नर्स निर्मला के साथ मिलकर मरीज़ की कमर के नीचे 'टर्निंग डिवाइस' लगाकर उसके खाँचों में मरीज़ के दोनों पैर फँसा दिये।

"डन!" सिस्टर डिसूजा ने राहत की साँस ली और वार्ड के द्वार पर आतुरता से प्रतीक्षा करते लेकिन बड़ी मुलायमियत से फ़ोन पर मुस्कराते हुए बात करते डॉ. लॉरेंस को बुलाने दौड़ी। उन्हें अपनी थुल-थुल काया को दरवाज़े तक नहीं दौड़ाना पड़ा। डॉ. लॉरेंस फ़ोन पर चहकते हुए भीतर आ चुके थे—"...हियर इज योर मोस्ट लविंग पापा...यू कैन सी हिम गेटिंग रेडी फ़ॉर हिज़ ब्रेकफ़ास्ट!" बेड नम्बर इक्कीस के पास आकर डॉ. लॉरेंस ने मोबाइल का कैमरा ऑन करके मरीज़ पर फ़ोकस किया। सुदूर अमेरिका के कैलिफोर्निया शहर की एक बहुमंजिली इमारत के एक फ़्लैट में सोफ़े पर पसरे विनायक ने अपने मोबाइल के स्क्रीन पर क़रीब तेरह हज़ार किलोमीटर दूर भारत के लखनऊ शहर के 'सुखाश्रम—स्पेशल जीरियाटिक केयर हॉस्पिटल' के बेड नम्बर इक्कीस पर दाहिनी करवट पड़े अपने पिता को देखा।

"हैलो पापा!" कैलिफोर्निया के उस फ़्लैट में प्यार से बोला गया यह सम्बोधन लखनऊ के 'सुखाश्रम' के वार्ड में नहीं सुनाई दिया। उसे सिर्फ़ डॉ. लॉरेंस के कानों ने सुना जिन्होंने हड़बड़ाकर मोबाइल का स्पीकर ऑन किया—"सॉरी सर...अब बोलिए...स्पीकर ऑन नहीं था।"

"हैलो पापा!" इस बार सम्बोधन अस्पताल के वार्ड में गूँज तो गया लेकिन उसमें पहली बार जैसा लाड़ नहीं घुला था। नम्बर इक्कीस पर कोई प्रतिक्रिया नहीं हुई। पता नहीं उसके कानों ने सुना और दिमाग़ ने उसका नोटिस लिया या नहीं!

"आप इन्हें सीधा लिटाइए, तभी तो देख सकेंगे।" फ़ोन पर निर्देश गूँजा।

"जी, अभी...सिस्टर, प्लीज़ हेल्प..।" नर्सों और वार्ड बॉय की टीम पहले ही हरकत में आ चुकी थी। मरीज़ की जाँघों में फँसे टर्निंग डिवाइस को घुमाते ही नम्बर इक्कीस का शरीर सीधा हो गया लेकिन गर्दन दाहिनी तरफ़ ही

लटकी रह गई, जिसे उस ओर खड़ी एक नर्स ने तत्परता से सीधा कर दिया। कैलिफोर्निया के फ़्लैट में मोबाइल के स्क्रीन पर जमी नज़रों ने देखा कि सिर सीधा करते ही उनके मुँह के दाहिने कोने से गाढ़ी लार का लोथड़ा बहकर गालों से होते हुए गर्दन की तरफ़ बह गया। डॉ. लॉरेंस की प्रत्युत्पन्नमति ने जब तक मोबाइल का कैमरा तनिक दूसरी ओर करके इस दृश्य को ओझल किया और नर्सों की टीम ने तत्परता से गॉज लेकर उसे पोंछा, तब तक वह सुदूर देश में बैठे बेटे के चेहरे पर चिन्ता और आक्रोश पैदा कर चुका था।

"व्हेयर इज योर सैलाइवा सक्शन सिस्टम, मिस्टर लॉरेंस?...प्रॉपर केयर नहीं हो रही...नो-नो-नो, दिस इज नॉट एक्सेप्टेबल...देखिए..."

नर्सिंग टीम की लापरवाही पर प्रौढ़ डॉ. लॉरेंस का चेहरा क्रोध से लाल हो गया। उन्होंने ऐंठे चेहरे से नर्सिंग इंचार्ज को घूरा। धरती के दूसरे छोर पर बैठा परिवार अपने मरीज़ की बढ़िया देखभाल के लिए हर हफ़्ते मोटी रकम अस्पताल के खाते में ट्रांसफ़र कर रहा था। वीडियो कॉल से मरीज़ का हाल लेने के साथ-साथ देखभाल की पड़ताल भी करता था। उसकी नज़र में यह लापरवाही नहीं आनी चाहिए थी।

"वेरी सॉरी विनायक सर, सैलाइवा सक्शन मशीन हमेशा बेड के पास रहती है। अभी थोड़ी देर पहले साफ़ किया गया था। मैं पर्सनली मॉनीटर करता रहता हूँ। लगता है आज सैलाइवा अधिक बन रहा है...आई विल रिफर इट टु द स्पेशलिस्ट डॉक्टर...डोन्ट वरी..।" इस बीच नर्सों की टीम ने तुरत-फुरत मरीज़ का मुँह खोलकर सक्शन मशीन से वहाँ इकट्ठा लार साफ़ करके ख़ुशबूदार 'वाइप' से चेहरा और गर्दन पोंछ दिये। उस ख़ुशबू को फ़ोन के उस तरफ़ नहीं पहुँचना था। वहाँ लार के लोथड़े का गालों से गर्दन तक बहने का बीभत्स दृश्य अपना असर कर चुका था।

"मिस्टर लॉरेंस, हैव यू एनी आइडिया, हम हर हफ़्ते कितने-कितने डॉलर अस्पताल के खाते में डाल रहे हैं?" डॉ. लॉरेंस को 'मिस्टर' सम्बोधन से ही उस ओर के ग़ुस्से का अन्दाज़ हो गया। इस झटके में वे फ़ोन का स्पीकर ऑफ़ करना भूल गए थे। दूसरी ओर से आती आक्रोश भरी आवाज़

वार्ड में गूँज रही थी—"आय विल नॉट टॉलरेट इट...हू इज रिस्पॉन्सिबल? विल स्पीक टु डॉ. मनोहर...उन्होंने एश्योर किया था कि...।"

"आई पर्सनली एश्योर यू विनायक सर...देयर इज नो निग्लिजेंस... डॉ. मनोहर स्वयं रोज़ दो चक्कर यहाँ लगाते हैं...आपके लिए अलग से नर्सिंग टीम तैनात है...नथिंग टु वरी...देखिए, शायद पापा को पता चल गया है कि आपका फ़ोन आया है। चेहरे का एक्सप्रेशन देखिए! आप बात कीजिए तो...।" लॉरेंस ने फ़ोन का कैमरा मरीज़ के चेहरे पर फ़ोकस कर दिया।

"दद्दू, फ़ोन में कौन है, देखिए तो!" नर्स निर्मला ने बड़े लाड़ से मुस्कराते हुए कहा। उसने अतिरिक्त सतर्कता बरती कि मुँह से 'नम्बर इक्कीस' न निकल जाए।

"हाय पापा!...कैसे हो? आप सुन पा रहे हो?...पलकें हिलाइए...यस-यस... आर यू कम्फ़र्टेबल? ऐनी प्रॉब्लम? मिसिंग यू वेरी मच पापा।" उस छोर की आवाज़ में आ गए इस सुखद परिवर्तन से डॉ. लॉरेंस ने राहत की साँस ली।

"गों-गों-गों—वॉ-वॉ-वॉ-वॉ!" अचानक ही मरीज़ के मुँह से घरघराती-गूँजती आवाज़ निकली। ऐसा कम ही होता था। अब भी ठीक-ठाक काम कर रहे नम्बर इक्कीस के मस्तिष्क के किसी हिस्से ने फ़ोन से आती आवाज़ पहचान ली थी शायद। इसीलिए वे कुछ कहने लगे थे लेकिन ज़ुबान साथ नहीं देती थी।

"पापा!" जवाब में मोबाइल से थोड़ी तरल और कम्पनयुक्त आवाज़ निकली। वार्ड के तनाव और सन्नाटे में वह नमी खो गई। जो सुन पा रहे थे उनकी संवेदनाएँ कबके इससे ऊपर उठ चुकी थीं।

"पापा?" इस बार स्वर में अपेक्षाकृत स्थिरता थी। वह आर्द्र स्वर शायद मरीज़ के सक्रिय ब्रेन सेल्स तक भी पहुँच चुका था। उसकी पलकें हिलने लगीं, तेज़ी से दो-चार बार खुलीं-बन्द हुईं और मोबाइल के स्क्रीन से झाँक रहे चेहरे पर टिक गईं। लकवाग्रस्त शरीर को मस्तिष्क इससे अधिक अनुमति नहीं दे पा रहा था। हज़ारों किलोमीटर दूर फ़ोन के स्क्रीन पर उनकी डबडबाई आँखें दिखाई दीं।

"आप ठीक हो जाएँगे, पापा! डॉक्टर पूरी कोशिश कर रहे हैं। इलाज में कोई कसर नहीं रखी है...इतनी केयर तो हम लोग कर ही नहीं पाते, पापा! आप अपना मन मज़बूत रखिए...विल पावर...सोचिए कि आपको ठीक होना है...फिर से खड़े होना है, चलना है...आप सुन पा रहे हैं न?" मरीज़ की हिलती पलकें ठहर गईं। आँखों की कोरों से टपकने-टपकने को हो रहे आँसू पास खड़ी सतर्क नर्स ने तत्काल ख़ुशबूदार 'वाइप' से पोंछ दिये।

"हाय ग्रैंडपा!" एक नारी स्वर फ़ोन से उठा जिसका घोर अपरिचित उच्चारण सारी नमी को सुखा गया।

"जैक्लिन है, पापा! रोमिल की वाइफ़, एक महीना हुआ ब्याह किये... आज हम लोगों से मिलने आई है।" विनायक ने बताया। मरीज़ पर कोई प्रतिक्रिया नहीं हुई, अलबत्ता पास खड़ी नर्सों और वार्ड बॉय ने मोबाइल स्क्रीन में उस विदेशी बाला की झलक पाने के लिए गर्दनें आगे को लचकाईं लेकिन तब तक वह अपने अजनबी उच्चारण में 'बाय, टेक केयर' कहकर स्क्रीन से ग़ायब हो चुकी थी।

"इनका ब्रेकफ़ास्ट हो गया, डॉ. लॉरेंस?" विनायक ने पूछा।

"सिस्टर निर्मला इज रेडी विद हिज ब्रेकफ़ास्ट।" डॉ. लॉरेंस ने कहते ही नर्स निर्मला की ओर देखा। उसने 'नम्बर पन्द्रह' की ओर इशारा करके जताया कि अभी उसी का पूरा नहीं हुआ है।

"ओ. के. देन, डॉ. लॉरेंस! उम्मीद है, हमें फ्यूचर में कोई कम्प्लेन नहीं होगी। यू रियली डिस्टर्ब्ड अस टुडे।" विनायक ने कॉल ख़त्म करने का संकेत देते हुए सचेत किया।

"प्लीज़, बी रेस्ट एश्योर्ड!" डॉ. लॉरेंस ने मामला शान्ति से निपटते देख ख़ुशी-ख़ुशी कहा—'नथिंग टु वरी... आई. एम. हियर...।"

"एंड मेल मी द बिल्स...ओ.के. , बाय-बाय पापा!"

"बाय सर, बाय!" डॉ. लॉरेंस ने 'पापा' की ओर से उत्तर दिया या अपनी ओर से, यह ठीक-ठीक उन्हें भी नहीं मालूम लेकिन वे ख़ुश हुए कि बात बिगड़ते-बिगड़ते सँभल गई और सुखद मोड़ पर समाप्त हुई थी।

नर्स इंचार्ज समेत सभी पर उड़ती नज़र डालते हुए उन्होंने 'नम्बर इक्कीस' का गाल थपथपाया और वार्ड का मुआयना-सा करते हुए हर बेड के पास चक्कर लगाकर अपने कमरे की ओर चले गए। उनके जाने से पहले ही नर्सों ने अपना छूटा हुआ काम शुरू कर दिया था। नम्बर इक्कीस का फ़ोन आने पर उन्हें सब कुछ छोड़कर उसकी सेवा में लग जाने का निर्देश था। यह उनके तनाव का समय होता था। अब उन्हें दो-चार दिन के लिए राहत मिल गई थी। नर्स निर्मला और वार्ड बॉय ने मिलकर पहले 'नम्बर इक्कीस' की गर्दन के नीचे से 'स्लीप पोजिशनर' और जाँघों के बीच लगा 'टर्निंग डिवाइस' हटाकर अलमारी में बन्द किया, ऑक्सीजन कन्संट्रेटर कोने में खिसकाया और 'वेट वाइप' का पैकेट दराज़ में डाल दिया। देर से खैनी की तलब को दबाए वार्ड बॉय बाहर को चल दिया तो निर्मला ने 'नम्बर पन्द्रह' की तरफ़ देखा, जो तब से लगातार 'गों-गों-गों' किये चला जा रहा था। उसे सचमुच इस अपाहिज बूढ़े पर दया आने लगी जो कल रात से भूखा था और इस समय भी उसका नाश्ता आधा छोड़कर उसे वीवीआईपी नम्बर इक्कीस की सेवा में तैनात होना पड़ा था। 'नम्बर इक्कीस' की तरह इसका हाल लेने के लिए कोई आये-दिन फ़ोन नहीं करता था। बेटा-बहू दस-पन्द्रह दिन में एक बार आते थे, वह भी तब, जब अस्पताल से भुगतान करने का फ़ोन जाता था। उस दिन वे वार्ड में आकर उसके बेड के पास थोड़ी देर रुकते और चुपचाप लौट जाते। उनके चेहरे के भाव देखकर निर्मला को लगता था जैसे पूछ रहे हों कि अभी कितने दिन बचना है इन्हें!

यह पूरा वार्ड ऐसे ही मरीज़ों से भरा था—इक्कीस बेडों पर फ़िलहाल पन्द्रह मरीज़, स्त्री-पुरुष दोनों। अधिकतर बूढ़े, पचहत्तर-अस्सी या उससे भी बड़ी उम्र के। चार मरीज़ अपेक्षाकृत कम उम्र के भी थे। सभी किसी न किसी कारण अपाहिज हो गए थे—चलने-फिरने, हिलने-डुलने से लाचार। लगभग सभी को 'ब्रेन स्ट्रोक' हुआ था, किसी के शरीर का बायाँ हिस्सा सुन्न हो गया था, किसी का दायाँ और किसी का पूरा ही तन निश्चेष्ट पड़ा था। दो-तीन मरीज़ सड़क दुर्घटना में या कहीं गिर जाने पर सिर अथवा रीढ़ में गहरी चोट के कारण इस गति को प्राप्त हुए थे। इनके ठीक होने की सम्भावना दूर-दूर तक नहीं लगती थी।

खाने-पीने, टट्टी-पेशाब, हिलने-डुलने यानी प्रत्येक काम के लिए इन्हें सहारे की ज़रूरत पड़ती थी। इनमें चार-पाँच मरीज़ ऐसे थे जो किसी तरह एक हाथ से कौर मुँह तक ले जाने का प्रयास कर पाते थे, जिसमें सफल होना बहुत धैर्य एवं समय माँगता था। इसके बाद भी वह एक कौर चबाना उनके लिए पहाड़ चढ़ने जैसा होता था। इसी कारण वे तरल खाद्य पर निर्भर थे। लगभग सबकी जिह्वा कम या ज़्यादा ऐंठी हुई थी। साफ़ कोई भी नहीं बोल पाता था। किसी-किसी के मुँह से निकले लड़खड़ाते शब्द ध्यान देने पर समझ में आ जाते थे, वर्ना 'वॉ-वॉ-वॉ' या 'गों-गों-गों' जैसी घरघराहटें सुनाई देती थीं। वे क्या कह रहे हैं या उन्हें क्या चाहिए, यह उनकी आँखों या झूलते हाथ के कम्पन से समझ में आ जाए तो ठीक वर्ना नर्सों को अपनी बुद्धि से काम लेना पड़ता था। पन्द्रह मरीज़ों में से तीन ही थे जिन्होंने अपने ठीक होने की आस नहीं छोड़ी थी और वे अपने शरीर को यथासम्भव हरकत में रखने की कोशिशों में लगे रहते थे। इसी आशा में फ़िज़ियोथेरेपिस्ट की तकलीफ़ देह कसरतों और सिंकाई में वे पूरा सहयोग करते थे। इसका कारण उनकी जीवनी-शक्ति या विल पावर तो थी ही, उनके परिवारीजनों का स्नेह-सहयोग भी था। यहाँ पन्द्रह दिन से लेकर साल-डेढ़ साल से भर्ती मरीज़ थे। इस मामले में वे सभी भाग्यशाली (या भाग्यहीन) थे कि उनके घरवालों के पास इस 'सुखाश्रम' नाम से प्रसिद्ध 'स्पेशल जीरियाटिक केयर हॉस्पिटल' के महँगे इलाज और देखभाल का व्यय वहन करने की क्षमता थी, जहाँ डूबती साँसों को लम्बी अवधि तक रोका जा सकता था। वास्तव में, इलाज और देखभाल के साथ उन्हें परिवार के प्यार की सबसे अधिक आवश्यकता थी। यह अन्तिम वस्तु अस्पताल में पैसे के ज़ोर पर भी उपलब्ध नहीं थी और घरवालों की पोटली में उनके हिस्से का प्यार समाप्तप्राय था। निर्मला जैसी कुछ नर्सें कभी-कभार उनसे विनम्रता और स्नेह से बात कर लेती थीं या लाड़ से झिड़क देती थीं। यह भी उनके मूड और अस्पताल प्रशासन के उनके प्रति रवैये पर निर्भर करता था। उम्र के अन्तिम दौर का इतना-सा हासिल भी इन 'टर्मिनल' मरीज़ों के लिए मानसिक रूप से सुखद और सन्तोषजनक होता था। यहाँ इलाज और देखभाल इतना

तो मिल ही जाते थे कि उन्हें गू-मूत में लिथड़े नहीं पड़े रहना होता था और बिस्तर पर पड़े-पड़े 'बेड सोर' जैसी पीड़ादायक परिणतियों से भी वे बच ही जाते थे। धन होने के अलावा परिवार वालों के लिए यह भी एक बड़ा कारण था कि उन्हें इस अस्पताल के हवाले कर दिया गया था। घरवाले मिलने आते तो अलग-अलग मरीज़ों की आँखों में भिन्न-भिन्न प्रतिक्रियाएँ प्रकट होती थीं, जिन्हें तीन श्रेणियों में बाँटा जा सकता था—चमक, क्रोध और आँसू। इन प्रतिक्रियाओं के अर्थ घरवाले या रिश्तेदार अपने मन-मुताबिक़ लगा लिया करते थे। जिन मरीज़ों के पति या पत्नियाँ जीवित थीं, समय बीतने के साथ उनका रवैया भी बाक़ी घरवालों की भाँति हो गया था। अर्थात, उनके जीवन की सांध्य वेला में अब रात्रि के आगमन की ही सबको प्रतीक्षा थी, जो अस्पताल की 'स्पेशल केयर' के कारण विलम्बित होती मालूम पड़ती थी। इस मामले में 'लाइफ़ सपोर्ट सिस्टम' पर टिके रहे वे चन्द मरीज़ भाग्यशाली माने गए थे जिनके घरवालों ने उन्हें 'कष्टों से मुक्ति देने' की सामूहिक सहमति से उनकी 'शुभरात्रि' को अनावश्यक लम्बित नहीं रखा। 'शुभरात्रि' सिस्टर निर्मला का दिया हुआ शब्द था जो इस समय 'नम्बर पन्द्रह' का अधूरा ब्रेकफ़ास्ट पूरा कराने पहुँच गई थी।

"हाँ-हाँ, आ गई। ठूँसती हूँ बाबा तुम्हारे ट्यूब में। क्या बताएँ अब...असल में तुम नम्बर इक्कीस की तरह भाग्यशाली तो हो नहीं। उनका बेटा अमरीका से डॉलर भेज रहा है और हम यहाँ उन्हें चंगा रखने के लिए हलकान हुए जा रहे हैं। तुम्हारे बेटा-बहू यहाँ लखनऊ में होने पर भी सुध नहीं लेते। तुम्हारी तो शुभरात्रि जितनी जल्दी हो जाए, उतना अच्छा।"

"उनके बेटा-बहू रुपये तो दे रहे हैं। तुम काहे जल्दी से शुभरात्रि कहना चाहती हो?" नर्स विभा ने हँसते हुए कहा जो नम्बर चौदह बेड पर कराहती बुढ़िया को इंजेक्शन लगा रही थी।

"कभी देखा है ग़ौर से इनके चेहरे को? आँखों में देखो तो पता चलेगा कि कैसी लाचारी है! ये ब्रेन स्ट्रोक से उतना नहीं टूटे हैं, जितना निर्मोही बेटे-बहू के कारण। कभी तो एक शब्द प्यार से बोल जाते, कोई तो हाथ पकड़कर सहला देता!

अस्पताल में डाल देने और हफ़्ते-हफ़्ते बिल चुका देने से नहीं होता, विभा!" निर्मला ने व्यथा से कहा। उसकी नज़रें नम्बर पन्द्रह के चेहरे पर थीं और हाथ सिरिंज से ट्यूब में तरल भोजन डाल रहे थे।

"आज बड़ी इमोशनल हुई जा रही है!"

"इमोशनल नहीं, खौल रही हूँ भीतर-भीतर। एक इक्कीस नम्बर के बेटा-बेटी हैं जो आये-दिन कभी अमेरिका से, कभी जर्मनी से वीडियो कॉल करते हैं, एक-एक चीज़ पूछते हैं। आज बूढ़े के मुँह से लार का एक क़तरा गिरता देखकर अंग्रेज़ी में हड़का रहे थे डॉ. लॉरेंस को। यहाँ होते तो जाने क्या करते। और, यह पन्द्रह नम्बर घरवालों के प्यार के दो बोल के लिए ही जैसे अटका पड़ा है। बेटे की तरफ़ ऐसे देखता है कि मेरा कलेजा मुँह को आने लगता है। वह निर्मोही पन्द्रह-पन्द्रह दिन तक सुध नहीं लेता और आएगा तो डॉ. लॉरेंस के कमरे में बैठकर हालचाल पूछता रहेगा। बाप को एक नज़र शायद इसलिए देखने आ जाता है कि अभी कितना बचेगा!...वह चार नम्बर वाली लड़खड़ाती ज़ुबान से सिर्फ़ 'अरे उतित बेता-अरे, उतित बेता' रटती है...आठ नम्बर वाले की टकटकी दरवाज़े की ओर ही लगी रहती है। भगवान भी न, बड़ा अन्याय करता है। ब्रेन स्ट्रोक हो तो सीधा मौत ही आए। काहे को लटकाए रहते हैं इस बेमुरौवत दुनिया में?" आवेश में आ गई निर्मला के हाथ रुक गए थे और मरीज़ फिर 'गों-गों-गों' करने लगा था। वह उसके ट्यूब में खाना डालने में लग गई। उसका चेहरा तमतमा रहा था।

"निर्मला, चुपचाप नौकरी कर और तनखा ले। दिल-विल घर छोड़कर आया करे, समझी? तेरे बड़बड़ करने से न दुनिया बदलने वाली, न भगवान सुनने वाले।"

"औलाद पालने में जान लगा देते हैं माँ-बाप। बेटा-बेटा करके प्राण न्योछावर किये रहते हैं और जब माँ-बाप बिस्तर से लग जाते हैं तो रद्दी माल की तरह फेंक देते हैं बेटे। दस नम्बर की क़िस्मत भली जो बेटे न हुए। कम-से-कम बेटियाँ बारी-बारी दूसरे-तीसरे माँ को देखने आ जाती हैं, अपने हाथ खिला देती हैं, हँस-बोल जाती हैं। उनकी अपनी भी घर-गृहस्थी है फिर भी।" निर्मला अब भी सामान्य नहीं हुई थी।

वार्ड बॉय ने धीरे से विभा के कान में कहा, "निर्मला दीदी के भाई ने बाप को घर से निकाल दिया, पता नहीं आपको?" विभा ने 'हाय राम!' के अन्दाज़ में एक उँगली होंठों पर रखी, फिर फुसफुसाई—"सच्ची! कब?"

"तभी न इत्ता बोले जा रही हैं! परसों रात की बात है। अपने घर ले गई हैं मगर इनका आदमी बवाल काटे हुए है।" उसने कहा और बग़ल के बेड की चादर ठीक करने लगा। विभा बेबसी से निर्मला को देखने लगी।

तभी इक्कीस नम्बर बेड से 'वां-वां-वां' की आवाज़ आने लगी। विभा पहले निर्मला से कहने जा रही थी कि 'देख लो', फिर स्वयं ही उधर बढ़ गई।

'सुखाश्रम' के बेड नम्बर इक्कीस पर लगभग निश्चेष्ट पड़े व्यक्ति की हाल-हाल तक एक पहचान हुआ करती थी। 'नम्बर इक्कीस' स्वाभाविक ही उसका नाम नहीं था। आर्टिफीसियल इंटेलीजेंस के आक्रमण के इस प्रारम्भिक दौर में भी मनुष्यों के नाम जन्म-राशि देखकर पंडित और अपनी पसन्द से माँ-बाप, दादा-दादी या बुआ रखते आए हैं। इस आदमी की पैदाइश तो आठ दशक पहले की थी। इसलिए किसी भी तरह उसका नाम 'नम्बर इक्कीस' नहीं हो सकता था। इसे आप त्रासदी कह सकते हैं कि अस्पताल में वह अब इसी नाम से पहचाना जाता है। अस्पताल की उसकी फ़ाइल के ऊपर काली अमिट स्याही से बड़ा-सा 'इक्कीस' लिखा हुआ है, जैसा उसके बेड के पीछे दीवार पर भी लाल रंग से अंकों में दर्ज है, लेकिन फ़ाइल के भीतर नत्थी केस हिस्ट्री, जाँच रिपोर्टों, डॉक्टर की हिदायतों और दवा के पर्चों में नाम की जगह 'मिस्टर वी. एस. नेगी' लिखा हुआ है। अतिरिक्त जानकारी के रूप में उम्र-79 वर्ष, ब्लड ग्रुप—बी पॉजिटिव, निदान—क्वाड्रीप्लीजिया, को भी उसकी पहचान में जोड़ा जा सकता है, हालाँकि इनमें ब्लड ग्रुप के अलावा बाक़ी पहचानें परिवर्तनशील हैं।

एक मास बारह दिन पहले तक 'नम्बर इक्कीस' एक चलता-फिरता, हँसता-बोलता, खाता-पीता, प्यार और ग़ुस्सा करता इनसान था। लखनऊ शहर के पॉश कहे जाने वाले गोमती नगर के 'एम्पीरियल रेजिडेंसी' नामक अपार्टमेंट

के पहले तल्ले के थ्री बेडरूम फ़्लैट के द्वार पर, जिसमें वे रहते थे, 'वी. एस. नेगी' लिखी नेम प्लेट टँगी थी। स्वाभाविक ही, यही उनका नाम था। जो लोग उन्हें पहले से जानते हैं, हालाँकि उनका सामाजिक दायरा अत्यन्त सीमित रहा है, वे यह भी जानते हैं कि फ़्लैट में आने से पहले महानगर क्षेत्र में उनका एक मकान हुआ करता था, जिसके गेट पर लगी काले संगमरमर की आकर्षक नेम प्लेट पर सुनहरे अक्षरों में ऊपर 'उड्यार' और नीचे 'वी. एस. नेगी' एवं 'हीरा' उत्कीर्ण था। 'उड्यार' तथा 'हीरा' के बारे में यह कथा यथासमय-यथास्थान चर्चा करेगी। फ़िलहाल यह कि उनके 'फ़ॉरेन सेटेल्ड' बेटे और बेटी ने उनकी अवस्था और अकेलेपन को देखते हुए कोई पाँच वर्ष पहले वह मकान बेचकर यह फ़्लैट ख़रीदवा दिया था। वे ऐसा चाहते तो नहीं थे लेकिन 'बच्चों की ज़िद के आगे हार माननी ही पड़ती है' वाला कथन उन पर भी लागू हो गया था और साथ में यह भी कि 'यहाँ सेक्योरिटी तो है ही।' बहरहाल, उस मकान से इस फ़्लैट तक उन्हें सामान्यतया 'नेगी जी' या 'मिस्टर नेगी' कहा-पुकारा जाता था। फ़्लैट के सर्वेंट रूम में रहने वाला उनका सेवक-सहायक-ड्राइवर कुन्दन और सुबह-शाम साफ़-सफ़ाई एवं अन्य कामों के लिए आने वाले कामकाजी उन्हें 'सर' अथवा 'साहब' कहते थे। उन्हें 'बीरेन' या 'वीरेन्द्र' या 'वीरेन्द्र सिंह नेगी' पुकारे जाते हुए हाल के वर्षों में किसी को नहीं सुना गया था। यह पूरा नाम कब नेपथ्य में चला गया, इसका पता स्वयं उन्हें भी नहीं था। अब तो ख़ैर, उनके बोल पाने की कोई आशा दिखाई नहीं देती, लेकिन यदि उस हादसे से पहले उनसे कोई 'बीरेन' कह देता तो वे एकाएक पूछ बैठते—'कौन बीरेन?'

एक मास बारह दिन पहले सुबह के ठीक साढ़े नौ बजे जब वे नाश्ता करके हाथ धो रहे थे और कुन्दन उनकी दवाओं का डिब्बा मेज़ पर रख रहा था, वे वाशबेसिन के सामने एकाएक ही ढह पड़े थे। उन्हें गिरते किसी ने—किसी ने क्या, एक कुन्दन ही था वहाँ—नहीं देखा था, इसलिए यह कहा नहीं जा सकता कि वे कैसे गिरे। यही बात कुन्दन ने डॉ. मजूमदार से कही थी—"डाक्साब, मैंने दवाओं का डिब्बा उनके कमरे से लाकर डायनिंग टेबल

पर रखा और उसका टाइट ढक्कन खोलने लगा। सुबह-शाम मैं ही दवा का डिब्बा लाकर खोल देता था। तभी मैंने 'भट्ट' की आवाज़ सुनी। पहले लगा कि यह दवा के टाइट ढक्कन के खुलने की आवाज़ है। उसे खोलने में ज़ोर लगाना पड़ता था और कभी-कभी वह ऐसी ही आवाज़ करता था। तो, पहले लगा कि डिब्बा खुलने में आवाज़ हुई है लेकिन फिर लगा कि आवाज़ कुछ अलग है और कहीं और से, मेरे पीछे से आई है। तो, जैसे ही मैंने पलटकर देखा, डाक्साब, मेरे मुँह से चीख़ निकल गई और दवा का डिब्बा हाथ से गिर गया। साहब फ़र्श पर लम्बलेट पड़े थे। 'साहब क्या हुआ?' कहकर मैं उनके पास लपका। वे तो बेहोश! न हिले-डुले, न बोले। मैं डर गया। मैंने फ़ौरन रंगीले को फ़ोन लगाया, यही है साहब रंगीले। बग़ल के फ़्लैट में काम करता है। यह दौड़कर आ गया और डाक्साब हम आपके पास ले आए। साहब ठीक हो जाएँगे ना, डाक्साब?"

कुन्दन के लिए यह आश्चर्य के साथ-साथ क्रोध की भी बात थी कि डॉ. मजूमदार ने नेगी जी की जाँच-पड़ताल करने में पाँच मिनट भी नहीं लगाए। अपने पास से एक इंजेक्शन लगाया और फ़ौरन मेडिकल कॉलेज ले जाने की सलाह दे दी। कुन्दन को यही लगा था कि डाक्साब ध्यान नहीं दे रहे। जब उन्होंने ज़ोर देकर कहा कि देर मत करो, जितनी जल्दी हो सके ले जाओ, और मेडिकल कॉलेज ही ले जाना, इधर-उधर समय ख़राब मत करना तो कुन्दन रुआँसा हो गया था। उसके सामने ऐसी स्थिति पहले कभी नहीं आई थी। वह क़रीब तीस साल से साहब के साथ था। काफ़ी समय से वे दूसरे-तीसरे महीने डॉ. मजूमदार के यहाँ जाते थे, वही गाड़ी चलाकर उन्हें लाता-ले जाता था, नियमित दवाइयाँ खाते थे लेकिन चुस्त-दुरुस्त थे। ऐसी नौबत कभी नहीं आई थी कि उन्हें उठाकर अस्पताल ले जाना पड़ा हो या बिस्तर पकड़े पड़े हों। रंगीले नाम के अनुरूप ही गम्भीर क़िस्म का व्यक्ति नहीं था। दोनों को कुछ समझ में नहीं आया तो वे साहब को कार की पिछली सीट पर लिटाकर घर ले आए। उनके हिसाब से उन्हें तनिक होश आता दिख रहा था। वापसी में जब उन्हें सेक्योरिटी गार्डों की सहायता से फ़्लैट में ऊपर लाया जा रहा था

तब उन्होंने पलकें खोलीं-बन्द कीं और मुँह से कराह भी निकाली थी। कुन्दन और रंगीले ने उन्हें उनके बिस्तर पर लिटा दिया। कुन्दन उनके पाँव दबाने लगा और रंगीले ने अपने साहब को फ़ोन लगाया जो दो दिन से सरकारी दौरे पर थे। उन्होंने डाँट लगाते हुए कहा था कि मुझे क्यों फ़ोन कर रहे हो, पता तो है कि मैं बाहर हूँ, उनके सर्वेंट से कहो कि इनके रिश्तेदारों को फ़ोन करे, बच्चों को फ़ोन करे और सेक्योरिटी की हेल्प ले।

जिस पल कुन्दन ने साहब को ज़मीन पर 'भट्ट' से गिरे और बेहोश पड़े देखा था उसी क्षण उसके दिमाग़ में मीरा दीदी और विनायक भैया को फ़ोन करने की बात बिजली की तरह कौंधी थी। मीरा दीदी साहब की बेटी हैं और विनायक भैया उनके बेटे। दोनों के नम्बर साहब ने लॉबी में टँगे एक कैलेंडर पर मोटे पेन से लिख रखे हैं। वह नम्बर मिला देता लेकिन उसके फ़ोन में आईएसडी यानी अन्तरराष्ट्रीय कॉल की सुविधा नहीं थी और साहब के फ़ोन को अनलॉक करने का पैटर्न उसको पता न था। मीरा दीदी जर्मनी में थी, शहर का नाम उसे पता नहीं। जर्मनी कहीं दूर विदेश में है, यही वह जानता था। विनायक भैया अमेरिका में कैलिफोर्निया शहर में रहते हैं, यह वह गर्व के साथ बताया करता था, जो साल-दो साल में कभी भारत आने पर उसके लिए अमेरिकी कपड़े लाते थे और किसी शाम चुपके से थोड़ी स्कॉच भी पिला देते थे। बहरहाल, उनको फ़ोन न कर पाने की स्थिति में उसे कोई अफ़सोस नहीं हुआ। अफ़सोस यह हुआ कि फ़ोन कर पाता तो भी इस समय वे क्या कर लेते! तब उसे पहली बार यह बोध हुआ कि बुढ़ापे में भी बेटा-बेटी काम नहीं आए तो सन्तान किस काम की! उसी क्षण उसे दो और बोध प्राप्त हुए। एक यह कि उसके साहब बूढ़े हैं जो उनके साथ इतने लम्बे समय से रहते कभी लगा न था। दूसरा, कि उसके माई-बप्पा, बच्चे और बीवी भी दूर गाँव में हैं। उसे अपने माई-बप्पा के पास रहना चाहिए और वह स्वयं बुढ़ापे में अपने बच्चों के पास जाकर रहेगा। फ़िलहाल उसने पड़ोसी रंगीले को फ़ोन कर दिया था जो सहज उपलब्ध था और कुछ मदद कर सकता था।

रंगीले के साहब से रिश्तेदारों को फ़ोन करने की सलाह पाकर उसे सिर्फ़ मैडम गांगुली का ध्यान आया था। वैसे, एक केदार सिंह का नाम भी याद आया और एक सुरेन्द्र जोशी का, जो साहब के रिटायर होने से पहले कभी-कभी पुरानी कोठी में मिलने या किसी काम से आ जाते थे, हालाँकि साहब को उनका आना अच्छा नहीं लगता था। असल में वे लोगों से मिलना पसन्द ही नहीं करते थे। इतने वर्षों में उसे कभी याद नहीं कि साहब कहीं रिश्तेदारी में गए हों या कोई 'रिश्ते-नातेदार' उनके यहाँ आया हो। मैडम गांगुली हैं जिनसे उनकी ख़ूब पटती थी। घर आना-जाना भी था। समस्या यह थी कि कुन्दन के पास मैडम गांगुली का नम्बर नहीं था और साहब के फ़ोन को वह अनलॉक नहीं कर सकता था। उस क्षण उसे पहली बार स्मार्ट फ़ोन की इस घनघोर गड़बड़ी का पता चला और ग़ुस्सा आया कि ज़रूरत पड़ने पर ही काम न आए तो कैसा स्मार्ट फ़ोन! ऐसा फ़ोन बनाने से क्या फ़ायदा? अगर कोई सड़क पर गिर पड़े, एक्सीडेंट हो जाए तो कोई भी घायल का फ़ोन खोलकर उसके घरवालों या किसी का भी नम्बर पता करके सूचना नहीं दे सकता। इससे अच्छा तो टेलीफ़ोन डायरी के दिन थे जिसमें सबके नम्बर और पते लिखे रहते थे। सड़क पर घायल की जेब या पर्स में भी छोटी-सी टेलीफ़ोन डायरी मिल जाया करती थी।

तभी उसे करंट लगने की तरह याद आया कि साहब के पलंग की साइड टेबल पर एक डायरी रखी रहती है, जिस पर वे कुछ नोट करते दिख जाते थे। डायरी अपनी जगह पर थी और उसके बीच एक पेंसिल भी फँसी हुई थी जिससे डायरी का वही वाला पन्ना खुल गया। उस पर पेंसिल से जो दर्ज था, वह कवितानुमा लाइनें उसकी समझ में नहीं आईं—"इस पार प्रिये तुम हो मधु है, उस पार न जाने क्या होगा!" कौन प्रिये? इस माथापच्ची के लिए इस समय उसका दिमाग़ क़तई तैयार न था। उसने जल्दी-जल्दी डायरी के पन्ने पलटे। कई पन्ने किताब की तरह भरे हुए थे, किसी पर कुछ हिसाब-किताब जैसा लिखा था, किसी में अंग्रेज़ी में कुछ लाइनें। तभी उसे रंगीले का चीख़ना सुनाई दिया—

"कुन्दन, देख साहब को क्या हो रिया?"

वह चौंककर पलटा। साहब का दाहिना हाथ और पैर रह-रह कर छिपकली की कटी पूँछ की तरह काँप रहे थे। वह और घबरा गया और जैसा कि कहते हैं, कभी-कभी अचानक ही कोई रास्ता खुल जाता है, घबराहट में डायरी उसके हाथ से गिर पड़ी और जो पेज उसके सामने खुला पड़ा था उसमें एक फ़ोन नम्बर लिखा दिख गया। पेंसिल से लिखे गए हर अंक पर कई-कई बार पेंसिल चलाई गई थी, जैसे किसी से बात करते-करते साहब अनजाने ही उस नम्बर पर पेंसिल चलाते गए हों। नम्बर के आगे-पीछे, ऊपर-नीचे किसी का नाम नहीं लिखा था, बल्कि नम्बर के चारों ओर पेंसिल से एक घेरा बनाया गया था और उस पर भी कई बार पेंसिल की नोक दौड़ाई गई थी। कुन्दन ने बिना सोचे अपने फ़ोन से वह नम्बर मिला दिया। उसके बाद जो हुआ उसे कुन्दन चमत्कार ही मानता रहा।

"कुन्दन?" उधर से आई आवाज़ ने उसे चौंका दिया। एक महिला उसका नाम लेकर बोल रही थी। किसके फ़ोन में उसका नम्बर सेव है? तभी उसके दिमाग़ ने वह आवाज़ पढ़ ली।

"मैडम!"

"साहब ठीक तो हैं?"

"साहब गिर गए...बेहोश...।" वह इतना ही कह पाया था कि उधर से सवालों की बौछार हो गई—"कब? कैसे? कितनी लगी है?...डॉक्टर को बुलाया? कोई है वहाँ? किसी और को बताया?"

"अबे बोल, मेडिकल कॉलेज ले जाने को कहा है!" रंगीले ने टोका तो उसने दोहरा दिया। अगले पैंतीस-चालीस मिनट में लगभग बदहवाश जो महिला मिस्टर नेगी के बेडरूम में हवा की तरह प्रविष्ट हुईं वह मैडम गांगुली थीं। उस संकट की घड़ी में भी कुन्दन के मस्तिष्क में यह रहस्योद्घाटन हुआ कि उसके साहब इतने भी बूढ़े नहीं थे या बूढ़े होकर भी उनकी चुस्ती-दुरुस्ती का राज मैडम गांगुली थीं, जिनके आते ही साहब अतिरिक्त चहकने लगते थे और उनके घर से जल्दी वापस नहीं लौटते थे। साहब की तरह मैडम गांगुली भी अकेली रहती थीं, जिनके पति सालों पहले मर गए थे, जैसे कि साहब

की पत्नी कोई बीसेक साल पहले नहीं रही थीं। उनकी दो विवाहित लड़कियाँ दूसरे शहरों से कभी-कभार आकर उनके साथ कुछ दिन बिता जाती थीं। कुन्दन ने उस संकट की घड़ी में भी अपने को कोसा कि वह कैसा बुद्धू है जो बैठक से आते और मैडम गांगुली के क़हक़हों पर ध्यान दिये बिना उनके लिए चाय-पकौड़ी या पास्ता-सैंडविच बनाता रहता था। उसे अपनी बीवी की भी याद आई जो कभी लाड़ से उसकी नाक पकड़कर आँखें मटकाते हुए धीरे से कह देती है—'बुद्धू!' बुद्धू से अचानक समझदार हुआ कुन्दन इस समय यह भी कुछ-कुछ अनुमान लगा पा रहा था कि क्यों मैडम गांगुली के मोबाइल में उसका नम्बर सेव था।

बहरहाल, मैडम गांगुली के पहुँचने के आधे-पौन घंटे बाद मिस्टर नेगी को एक एम्बुलेंस में मेडिकल कॉलेज की ओर ले जाया जा रहा था जिसमें उनके अगल-बग़ल मैडम गांगुली और कुन्दन विराजमान थे। एम्बुलेंस में बैठीं मैडम गांगुली जब फ़ोन नहीं कर रही होती थीं तो वे नेगी जी की एक हथेली, जो उनकी ओर थी, अपनी गदोलियों में रखकर सहलाने लगतीं। वैसे, वे फ़ोन करने में ही अधिक व्यस्त थीं जिसके लिए उन्हें दोनों हाथों की ज़रूरत पड़ रही थी। बात करने के दौरान फ़ोन एक ही हाथ से पकड़ती थीं जबकि दूसरा हाथ संवादों की तर्ज़ पर नाचता रहता था। हूटर बजाते हुए एम्बुलेंस के रवाना होने के बाद से वे दो डॉक्टरों, एक किसी महिला और अपनी दोनों बेटियों से बात कर चुकी थीं। कुन्दन उन्हें आश्चर्य से कम और प्रशंसा भाव से अधिक देखे जा रहा था। आज तक उसने उन्हें एक 'बनी-ठनी बुढ़िया' ही समझा था जबकि अब वह उनकी बातचीत, तेज़ी और उनके सम्पर्कों से जान रहा था कि वह, 'बनी-ठनी' से अधिक 'स्मार्ट बुढ़िया' हैं, जिन्होंने साहब का हाल फ़ोन पर सुनते ही अपने घर से रवाना होने से पहले एम्बुलेंस को फ़ोन कर दिया होगा और अब मेडिकल कॉलेज में उन्हें दिखाने और भर्ती कराने के लिए लगातार फ़ोन किये जा रही थीं। साहब को लिफ़्ट से नीचे उतरवाने और स्ट्रेचर में लिटाकर एम्बुलेंस में रखते समय भी उन्होंने जिस फुर्ती और सावधानी का परिचय दिया, वह उनकी फ़िटनेस व समझदारी का प्रमाण और

कुन्दन की हैरत का कारण था। मेडिकल कॉलेज की इमरजेंसी में न केवल जूनियर डॉक्टर ने नेगी जी को तत्काल देखा, ऑक्सीजन और सेलाइन लगाया, बल्कि एक सीनियर डॉक्टर भी थोड़ी देर में हाज़िर हो गए। यह मेडिकल कॉलेज की नहीं, मैडम गांगुली के सम्पर्कों की ख़ूबी थी जो सुनहरे फ्रेम का चश्मा हेयरबैंड की तरह सिर पर चढ़ाए हुए इमरजेंसी वार्ड में ठसक के साथ उपस्थित थीं और डॉक्टरों तथा नर्सों से बतिया रही थीं। वर्षों से साहब की सेवा में लगा रहने वाला कुन्दन इस समय एक किनारे खड़ा प्रत्यक्षदर्शी ही था, जिसकी ज़रूरत उसे बाद में दीदी और भैया को पूरा विवरण सुनाते हुए पड़ने वाली थी।

इमरजेंसी से 'पैराप्लीजिया वार्ड' में स्थानान्तरित किये जाने तक मिस्टर नेगी, नेगी जी ही बने रहे थे—वी. एस. नेगी। जैसे ही उन्हें पैराप्लीजिया वार्ड के बेड नम्बर पाँच पर लिटाया गया और इमरजेंसी के वार्डबॉय ने फ़ाइल पैराप्लीजिया की नर्स-इंचार्ज की मेज़ पर पटकी, वे 'वी. एस. नेगी' से 'नम्बर पाँच' बन गए थे। नर्स ने फ़ाइल पर कलम से बड़ा-सा 'पाँच' लिखा और मैडम गांगुली के प्रभाव से तत्काल हरकत में आ गई—

"नम्बर पाँच को अभी ऑक्सीजन पर रखना है।"

"नम्बर पाँच को सेलाइन लगाना है।"

"नम्बर पाँच के ब्लड सैम्पल जाने हैं।"

"सुरेंदर को बुलाओ, नम्बर पाँच के ट्रैक्शन लगना है, जल्दी।"

"नम्बर पाँच के साथ कौन है? सामान लाना है, लिस्ट ले लीजिए।"

कुन्दन को समझने में देर लगी कि किसके बारे में बात हो रही है। यहाँ भी वह प्रत्यक्षदर्शी की भूमिका में ही रहा। मैडम गांगुली ने सब सँभाल लिया। सँभाल क्या लिया, सारी व्यवस्था कर दी थी। पता नहीं कहाँ से उनके दो सहायक नमूदार हो गए थे, जो फटाफट नर्स का बताया सामान ले आए और वार्ड के बाहर सावधान की मुद्रा में तैनात हो गए थे। नेगी जी के जिन दो अन्य परिचितों को मैडम गांगुली ने फ़ोन किया था, उनका अब तक कहीं पता न था। जब डॉक्टर के साथ दो-तीन जनों ने मिलकर 'नम्बर पाँच' का सिर सीधा

करके पीछे की तरफ़ किसी मशीन में जकड़ा और दोनों पाँवों को पूरी ताक़त से खींचकर उनमें भारी वज़न लटकाया, तब मैडम गांगुली कुन्दन के बग़ल में आ खड़ी हुईं। बिलकुल अचानक उन्होंने कुन्दन के कन्धे पर अपना हाथ रख दिया। जब तक कुन्दन उस स्पर्श का आशय समझ पाता, उसे मैडम गांगुली का भीगा-भीगा स्वर सुनाई दिया—

"कहते थे—मधुमिता, मैं लाचार होकर अस्पताल के बिस्तर पर सड़ना नहीं चाहता। सबसे अच्छी मौत है कि अचानक साँस रुक जाए। अभी आप हैं, हँस-बोल रहे हैं, चल-फिर रहे हैं और अभी आप नहीं हैं—द एंड! आई आलवेज विश फॉर द सेम द एंड फॉर माइसेल्फ़। (मैं ऐसी ही मृत्यु की कामना करता हूँ।)"

कुन्दन को अंग्रेज़ी नहीं आती थी, इसलिए वह अन्तिम वाक्यांश नहीं समझ सका लेकिन यह जान गया कि मैडम गांगुली का नाम मधुमिता है और उनकी भीगी-भारी मद्धिम आवाज़ बता रही है कि साहब के लिए उनके दिल में बड़ा नेह है। उसने अपनी गर्दन तनिक तिरछी कर मैडम गांगुली के चेहरे पर निगाह डाली, जो एकटक बेड नम्बर पाँच की ओर देखे जा रही थीं, जहाँ अब भी साहब को नर्स और डॉक्टर घेरे खड़े थे। मैडम गांगुली की झलक पाते ही उसके ज़ेहन में यह सवाल कौंधा कि अगर मेमसाहब ज़िन्दा होतीं तो क्या इस समय उनका चेहरा भी ऐसा ही दिखता? यह वह पूछ नहीं सकता था, इसलिए पूछ बैठा—

"बहुत चोट लगी है साहब को, कब ठीक होंगे?"

मैडम गांगुली ने इस सवाल पर उसे चौंककर देखा और ऐसे स्वर में जवाब दिया, जिसमें अगर मेमसाहब ज़िन्दा होतीं तो क़तई नहीं बोल सकती थीं—"चोट लगी है? अरे कुन्दन, गर्दन टूट गई है...पैराप्लीजिया समझते हो?...हाथ-पैर, पूरा बदन सुन्न। जुबान भी ऐंठ गई है। कभी खड़े भी हो पाएँगे कि नहीं!" वे फिर पहले वाली मुद्रा में हो गईं। तब कुन्दन को लगा कि मामला अत्यन्त गम्भीर है। अब वह वास्तव में बहुत घबरा गया, जिसकी छाया उसके चेहरे पर साफ़ दिखाई देने लगी थी। उसे झुरझुरी भी हुई और

लगा कि भीतर कुछ रिस रहा था। अनायास उसके क़दम बेड नम्बर पाँच की ओर बढ़ गए। मैडम गांगुली ने फ़ौरन बाँह पकड़कर उसे रोक लिया और पकड़े रहीं। उनकी पकड़ मज़बूत थी।

तभी उसे बड़ी ज़ोर से मीरा दीदी और विनायक भैया की याद आ गई। वह उन्हें सब कुछ बताने के लिए व्याकुल हो गया। अब तक उन्हें ख़बर नहीं हुई! क्या सोचेंगे, क्या कहेंगे। मुझको ही डाँटेंगे। हर बार फ़ोन पर कहते थे—'कुन्दन, पापा का ठीक से ध्यान रखना। समझ ले, तू ही उनका बेटा है।'

"दीदी और भैया को बताना है।" उसने लगभग आदेशात्मक स्वर में कहा और सीधे मैडम गांगुली को देखा।

"येस..." कहकर उन्होंने फ़ोन निकाला, जो कुछ देर पहले पर्स में जा चुका था—"जर्मनी में अब सुबह हो रही होगी और विनायक के यहाँ आधी रात। मैसेज कर देती हूँ।"

चार दिन बाद मीरा आ सकी और छठे दिन विनायक। दोनों ने आते ही सबसे पहले कुन्दन की क्लास ली कि तू लापरवाह है, कि तू घर में नहीं रहा होगा और पापा कोई काम करने में गिर पड़े होंगे, कि वर्ना हाथ धोते समय कैसे गिर जाएँगे, कि पापा तो बिलकुल फिट और एक्टिव थे, कि ज़रूर तू कुछ छुपा रहा है, सच-सच बता दे...। कुन्दन बच्चा या किशोर नहीं था, स्वयं उसके दो बच्चे थे जो अब शादी-शुदा हो गए थे, तब भी उसे रुलाई आ गई और वह यह भी नहीं कह सका कि ठीक-ठीक वही हुआ जैसा उसने बताया था। यहाँ भी मैडम गांगुली ही उसकी मददगार साबित हुई, जब उन्होंने दोनों को बताया, जैसा कि डॉक्टर ने उन्हें बताया था और उन दोनों को भी बाद में बताने वाले थे, कि मिस्टर नेगी को पहले एकाएक ब्रेन स्ट्रोक हुआ, जिससे उनका अपने शरीर पर कंट्रोल ख़त्म हो गया और जहाँ खड़े थे वहीं गिर पड़े, और गिरने का एंगल कुछ ऐसा रहा कि उनकी स्पाइनल कॉर्ड गर्दन के पास टूट गई। इसलिए यह न समझा जाए कि गिरने से यह सब हुआ। तब कहीं जाकर मीरा का क्रोध जाता रहा, उसे बहुत ज़ोर का रोना आया और

रोते-रोते उसने कुन्दन को गले लगा लिया। विनायक, जिसके बाल इस बार आधे से अधिक सफ़ेद हो गए थे, यह बात कुन्दन ने उसके आते ही नोट कर ली थी क्योंकि पिछली बार भारत आने पर उसकी ज़ुल्फ़े अच्छी-भली काली थीं और कुन्दन जानता था कि वे डाई नहीं कराते, नहीं रोया लेकिन उसने कुन्दन के कन्धे पर हाथ रखकर 'सॉरी' कहा और फिर उसकी पीठ सहलाता रहा था।

मेडिकल कॉलेज के पैराप्लीजिया वार्ड के 'नम्बर पाँच' यानी मिस्टर वी. एस. नेगी की स्थिति डॉक्टरों के शब्दों में 'स्टेबल' थी लेकिन कुन्दन के अनुसार उनकी हालत बिगड़ ही रही थी क्योंकि उनके सिर और पैर पहले ही दिन से भारी वज़न के साथ बाँध दिये गए थे, बोल वे पा नहीं रहे थे, न खा पा रहे थे और न हिल-डुल सकते थे। बस, डबडबाई बड़ी-बड़ी आँखों से आने वालों को देखते रहते थे और कुछ कहना चाहते थे तो बस 'वॉ-वॉ-वॉ-वॉ' जैसी गूँज सुनाई देती थी। जर्मनी से आई बेटी और अमेरिका से आए बेटे को मेडिकल कॉलेज के डॉक्टर बड़े सम्मान और विनम्रता से बैठाकर रोज़ ही कुछ न कुछ बताते-समझाते, जिसका निचोड़ प्रतिदिन यही निकलता कि 'ओनली टाइम विल टेल' (वक़्त ही बताएगा) और इस 'टाइम' की कोई निश्चित सीमा नहीं थी। डॉक्टरों से सारे काग़ज़ और रिपोर्ट लेकर विनायक दिल्ली के नामी अस्पतालों के चक्कर भी लगा आया था। कैलिफोर्निया की एक बहुराष्ट्रीय कम्पनी के बड़े अधिकारी को भारत के बड़े अस्पतालों के नामी डॉक्टरों से मिलने और उनकी राय लेने में कोई मुश्किल नहीं होनी थी और न हुई लेकिन उन सबने यही कहा कि आप चाहें तो मिस्टर नेगी को एयरलिफ़्ट कराया जा सकता है लेकिन ट्रीटमेंट प्लान वही चलना है जो लखनऊ में मेडिकल कॉलेज में चल रहा है और 'टु बी वेरी फ्रेंक, ओनली टाइम विल टेल।' (साफ़ बात यह कि वक़्त ही बताएगा।)

डॉक्टरों का यह 'टाइम' असीम होता हुआ लग रहा था और यही वह कारण था जिसने भाई-बहन को पिता की चिन्ता से कहीं अधिक चिन्तित और परेशान कर डाला था। उनको लखनऊ आए क्रमशः एक हफ़्ता और दस दिन हो गए थे और रोज़ शाम को मीरा ने रेड वाइन सिप करते हुए और

विनायक ने नीट स्कॉच जिह्वा पर चुभलाते हुए अपनी-अपनी समस्याएँ एक दूसरे को समझाने की कोशिशें कीं, जबकि कुन्दन उन दोनों के लिए 'कब से नहीं खाया' दाल-भात या रोटी-सब्ज़ी या आलू-पूड़ी, आदि हिन्दुस्तानी व्यंजन बनाता रहता था। किसी-किसी शाम को वहाँ मैडम गांगुली भी उपस्थित रहती थीं, जो वाइन से एसिडिटी होने के कारण स्कॉच का गिलास हाथों में लगातार घुमाते हुए भाई-बहन का संवाद सुना करतीं और बारी-बारी उनके चेहरों को निहारा करती थीं।

"माय प्रोजेक्ट इज एट अ वेरी क्रूसियल स्टेज एंड माय डियर ब्रो, आय हैव टु बी प्रेजेंट देयर विदाउट फेल, यू सी...।" (मेरा प्रोजेक्ट अत्यन्त महत्त्वपूर्ण चरण में है और भाई, मुझे हर हाल में वहाँ उपस्थित रहना है) मीरा अपनी समस्या का वर्णन रोज़ इसी वाक्य से शुरू करती थी। हिन्दी-अंग्रेज़ी मिश्रित भाषा में कही जाती उसकी समस्या इस तरह थी कि कोपरनिकस की पुस्तक के पहले संस्करण की दुर्लभ प्रति का संरक्षण कार्य लगभग पूरा हो चुका है। उसे दस दिन बाद समारोहपूर्वक लाइब्रेरी की दर्शकदीर्घा में स्थापित किया जाना है और संरक्षण प्रोजेक्ट की मुख्य कर्ता-धर्ता होने के कारण उसका उस अवसर पर वहाँ होना अत्यावश्यक है। कुन्दन जानता था कि मीरा दीदी जले-कटे-फटे-भीगे और बर्बाद हो चुके दस्तावेज़ों को ठीक करके मूल रूप में ले आने की एक्सपर्ट हैं। उसने साहब को कभी बड़े गर्व से कहते सुना था—"अरे उसकी न पूछो, काम के पीछे पूरी पागल है, पागल। पेपर कंजरवेशन की एक्सपर्ट है और उसी में रमी रहती है...आजकल जर्मनी में हैं। पता नहीं आपने कभी सुना कि नहीं, 2004 में वाइमार शहर की विश्वविख्यात ऐना अमालिया लाइब्रेरी में आग लग गई थी। अरे, बहुत बड़ी लाइब्रेरी थी और क़रीब तीन सौ साल पुरानी। एक लाख से अधिक किताबें और एक से एक पुरानी, दुर्लभ और क़ीमती। तो, आग से हज़ारों किताबें नष्ट हो गईं, कुछ तो बिलकुल राख। दुनिया भर से मदद मिली और नष्ट हुई किताबों के संरक्षण का कठिन काम शुरू हुआ। आधी जली किताबों को तो क़रीब दस साल में संरक्षित कर लिया गया था लेकिन जो राख का ढेर बन गई थीं,

उन क़ीमती किताबों को कैसे फिर से नया जीवन दिया जाए! तो, ये लड़की वहाँ पहुँच गई। पहुँच क्या गई, बुलाई गई। अच्छा नाम है उसका इस फील्ड में और ऐसे ही चुनौतीपूर्ण काम लेती है। जो काम उसने हाथ में लिया, वह कोपरनिकस की लगभग राख हो चुकी किताब को बचाने का है। निकोलस कोपरनिकस के बारे में तो आप जानते होंगे, जिसने पहली बार खोज की थी कि पृथ्वी अपनी धुरी पर घूमने के साथ-साथ सूर्य के चारों ओर चक्कर लगाती है। इस सिद्धान्त ने विज्ञान और धर्म दोनों क्षेत्रों में तूफ़ान खड़ा कर दिया था, जो तब तक यह मानते आए थे क़ि पृथ्वी अपनी जगह स्थिर है और सूर्य उसकी परिक्रमा करता है। तो, कोपरनिकस की यही किताब पहली बार 1543 में प्रकाशित हुई थी। ऐना अमालिया लाइब्रेरी में उसके पहले संस्करण की एक दुर्लभ प्रति थी। वह राख के ढेर के नीचे, लगभग राख हुई मिली। मीरा आजकल उसी के संरक्षण प्रोजेक्ट में लगी है...घर-गृहस्थी बसाने की उसे कहाँ फ़ुरसत। बिलकुल दीवानी है...।"

"तो, माय डियर ब्रो, व्हाट शुड आय डू?" (तो भाई, मैं क्या करूँ?) मीरा हर रोज़ यही सवाल इसी तरह पूछती।

'डियर सिस' के सवाल का उत्तर देने के बजाय 'डियर ब्रो' नन्हा घूँट लेने के बाद स्कॉच का गिलास मेज़ पर रखता और दोनों हाथों की दसों उँगलियों को एक ज्यामितीय आकार देते हुए कहता—"एज यू ऑलरेडी नो मीरा, जुकरबर्ग के साथ मेरी मीटिंग की डेट किसी भी समय आ सकती है। तीन महीने से लगा हुआ था मैं। एटलास्ट! वह टाइम आ रहा है!...आंटी, हैव सम मोर।" वह मैडम गांगुली से मुख़ातिब हो जाता जैसे कि मीरा से उसने जो कहा है, वह फ़ाइनल स्टेटमेंट है जिसमें किसी सुधार की सम्भावना नहीं हो सकती। यह लगभग उन दिनों प्रत्येक शाम का दृश्य था। संवादों में कुछ शब्द इधर-उधर हो जाते थे और किसी शाम मैडम गांगुली वहाँ उपस्थित नहीं होती थीं, बस। दोनों में से किसी ने कहा नहीं लेकिन बातचीत का केन्द्र और उद्‌देश्य 'पापा' थे, जिन्हें 'ओनली टाइम विल टेल' तक अस्पताल में रहना पड़ सकता था और जन्मजात संस्कारों से भारतीय बेटा-बेटी होने के नाते

उनकी प्राथमिक ज़िम्मेदारी बनती थी कि उनका उचित इलाज और देखभाल हो, लेकिन...। यह 'लेकिन' डॉक्टरों के 'टाइम विल टेल' की तरह उलझा हुआ, अनुत्तरित लेकिन दोनों का अच्छी तरह समझा हुआ था। मैडम गांगुली इस परोक्ष और अपरोक्ष संवाद में मौन भागीदार थीं। उन्हें कुछ नहीं कहना था और उन्होंने कहा भी नहीं। यही स्थिति कुन्दन की थी। वह सुन और समझ रहा था लेकिन भाई-बहन को उनकी पसन्द का भारतीय खाना खिलाने के अलावा कुछ नहीं कह या कर सकता था। उनके आने के बाद एक-दो दिन वह विचित्र मन:स्थिति में रहा। जब तक वे नहीं आए थे, उसका अधिकांश समय अस्पताल में पैराप्लीजिया वार्ड के बाहर बीतता था। करना उसे कुछ विशेष नहीं होता था, नर्सों का बताया सामान ले आने के अलावा, बल्कि सामान भी अब दवा की एक दुकान में फ़ोन कर देने से आ जाता था, ऐसी व्यवस्था मैडम गांगुली ने कर दी थी। तो भी उसका मन साहब को छोड़कर जाने का नहीं होता था। वार्ड में किसी तीमारदार को अधिक समय रुकने नहीं दिया जाता था, इसलिए वह बाहर बरामदे की दीवार पर उचककर बैठा रहता था। पूरा बरामदा, गलियारा और सीढ़ियाँ तीमारदारों से भरे रहते थे। दूर-दूर से आए मरीज़ और उनके घरवाले, सम्बन्धी। कोई चादर बिछाकर छोटे-छोटे बच्चों के साथ उदास बैठी रहतीं तो कोई वार्ड के दरवाज़े से भीतर झाँकते हुए उस पलंग की ओर देखते रहते जिस पर उनके मरीज़ लेटे थे। ये सब पैराप्लीजिया वार्ड में भर्ती मरीज़ों के अपने थे और उन्हें अस्पताल में छोड़कर इधर-उधर नहीं जाते थे, हालाँकि वे मरीज़ के पास जाकर भी कुछ कर नहीं सकते थे। इन्हें कई बार गार्ड आकर डपट जाते या भगा जाते। कुछ देर बाद ये फिर आ जुटते। डॉक्टर या नर्स के बाहर-भीतर आने-जाने पर वे आशा अथवा आशंका से खड़े हो जाते थे। उनके चेहरे पर चिन्ता की गहरी छाप लगभग हर वक़्त बनी रहती, हालाँकि वे अक्सर मरीज़ या बीमारी के अलावा दुनिया भर की बातें भी करते ही थे। उनकी आवाज़ में एक स्थायी चिन्ता घर कर गई थी। इसीलिए जब मीरा दीदी और विनायक भैया आए तो उसने सोचा था कि वे भी वार्ड के आसपास मँडराया करेंगे लेकिन उनका

अधिकांश समय डॉक्टरों के कमरों में बीतता। अपने पापा के पास वे बहुत कम रुकते, जबकि उन्हें अन्य तीमारदारों की तरह वहाँ से कोई भगाता नहीं था। मैडम गांगुली से कहकर उन्होंने एक ऐसे व्यक्ति को वार्ड के बाहर तैनात करवा दिया था जो आवश्यक जानकारी उन तक पहुँचा देता था। इसलिए शाम का उनका समय घर पर ही खाते-पीते-बात करते बीतता। शुरू में कुन्दन को इस व्यवहार से दुख पहुँचा था—'साहब अस्पताल में सीरियस हैं और ये लोग मज़े से खा-पी रहे हैं' वाला अफ़सोस। लेकिन अब वह सामान्य होकर दीदी-भैया की फरमाइशें पूरी करता रहता था, जो घुमा-फिराकर एक ही बात रोज़ करते थे।

अन्ततः मिस्टर नेगी के मेडिकल कॉलेज में 'नम्बर पाँच' बनने के आठवें दिन भाई-बहन मिलकर न्यूरोलॉजी विभाग के वरिष्ठ डॉक्टरों के साथ बैठे और वही संवाद उन्हें दूसरी तरह से सुनाए, जो वे प्रतिदिन आपस में कहा-सुना करते थे। डॉक्टर जन्मजात संस्कारों से भारतीय होने के साथ-साथ देश-विदेश घूमे हुए और व्यावहारिक थे, इसलिए 'फॉरेन सेटेल्ड' बच्चों के अन्य दायित्व भी अच्छी तरह समझते थे। सो, उन्होंने 'सुखाश्रम' अस्पताल की जानकारी उन्हें दी जो शहर का अकेला और बेहतरीन 'स्पेशल जीरियाटिक केयर हॉस्पिटल' था, जहाँ ख़र्चा काफ़ी होता था लेकिन ऐसे मरीज़ों की पूरी देखभाल पारिवारिक वातावरण में होती थी, जहाँ ऐसे दर्जनों मरीज़ आराम से रह रहे थे जिनके बच्चे बाहर हैं और बार-बार आ नहीं सकते। यह बताना उन्होंने आवश्यक नहीं समझा कि वह अस्पताल आवश्यकता पड़ने पर अनाधिकारिक रूप से उनकी भी सेवाएँ लेता रहता है। चूँकि बेटे-बेटी की ओर से तत्काल 'मनी इज नो प्रॉब्लम एवर' घोषित कर दिया गया था, इसलिए अगले ही दिन भाई-बहन के वहाँ जाकर पूरी तरह आश्वस्त होने के बाद, मेडिकल कॉलेज में पैराप्लीजिया वार्ड के 'नम्बर पाँच' अर्थात मिस्टर वी. एस. नेगी अत्याधुनिक सुविधाओं से युक्त एम्बुलेंस में ले जाए जाकर 'सुखाश्रम' के 'नम्बर इक्कीस' बना दिये गए।

अब कोपरनिकस की संरक्षित की जा चुकी बेशक़ीमती किताब के प्रदर्शन-समारोह और जुकरबर्ग से बहु-प्रतीक्षित सम्भावित भेंट की राह में कोई भारतीय अथवा विदेशी नैतिक रुकावट शेष नहीं थी, इसलिए मीरा और विनायक अपने-अपने ठिकानों की ओर उड़ान भर गए। सर्वेंट रूम को छोड़कर बाक़ी फ़्लैट को ताला लगाकर एक चाबी 'आंटी' अर्थात मैडम गांगुली के हवाले कर दी गई। कुन्दन को अगले निर्देश तक वहीं रहने और साहब का हालचाल लेते रहने के निर्देश मिले।

उस रात कुन्दन बन्द फ़्लैट के सर्वेंट रूम के सन्नाटे में एक पलक सो न सका था। उसे साहब की दुर्दशा की याद कर-करके अपने बूढ़े माई-बप्पा की बहुत याद आई। सुबह होने तक उसने यह संकल्प कई बार दोहराया था कि यहाँ से मुक्त होते ही वह माई-बप्पा और बच्चों के पास गाँव चला जाएगा और वहीं काम का कोई जुगाड़ करेगा। पेट का क्या है, उसमें जितना डालो, कम ही पड़ता है! इस संकल्प के बाद उसका मन शान्त हुआ और जब उसके उठने का वक़्त था, वह गहरी नींद में चला गया। सपने में साहब उसके सामने मुस्कराते खड़े थे।

घात में लगा बाघ

क्या बात शेरू, आज नहीं खाता रोटी?...खा ले, यार! बार-बार क्या सूँघ रहा बाहर को? यहाँ कौन आने वाला है, वह भी इस रात को!...अरेऽऽऽ, कहीं बाघैन (बाघ-गंध) तो नहीं आ रही?...हाँ यार, कुछ लग तो मुझे भी रहा। बाघ ही होगा। कई दिन से इधर ही घूम रहा। अब तुझ पर नज़र है उसकी। यहाँ और क्या है उसके खाने को तेरे सिवा! भौं-भौं मत कर। तुझसे डरता है वो? चुप! मैं करता हूँ ज़ोर का हल्ला...हो-हो-होऽऽऽ...हो-हो-होऽऽऽ...अब भाग जाएगा। खा, अब रोटी खा ले। और सुन, तू बच के रहा कर। तुझे भी उठा ले गया तो?...चल देता है कभी बन्दरों को खदेड़ने, कभी सुअरों को भगाने। बड़ा बहादुर समझता है अपने को! जब पड़ता है बाघ के हाथ। तेरा बाप, तेरी महतारी, तेरे भाई-बहन कहाँ गए, कुछ पता है? सब इसी बाघ के पेट में गए। टप्प से उठा ले गया एक-एक करके। ख़बर भी नहीं लगी। जब वे ग़ायब हुए तब पता चलने वाला हुआ...वर्ना और कहाँ गए वो?

तेरा बाप ससुरा, था बड़ा प्यारा। सफ़ेद तन पर काले बूटे ऐसे, जैसे किसी ने बराबर छाप रखे हों। कहाँ से लाया होगा नाक के ऊपर वह काला लम्बा टीका जैसा! क्या ख़ूब फबता था यार! तुम भाई-बहनों को मिले ही नहीं वह काले ठप्पे। माँ पर गए तुम सब। और, मोहिला इतना कि सीधे गोद में आ बैठने वाला हुआ। पहला गास (कौर) हाथ से खिलाना ठहरा साले को। वर्ना खाता ही नहीं था। सुबह-सुबह मुझे उठाने को ठंडी थूथन पैरों में लगा देता था,

रज़ाई के अन्दर मुँह ठूँस के। डाँटो साले को तो नाराज़ हो जाने वाला हुआ। फिर मनाना ठहरा। उसके जाने का बड़ा दुख हुआ, यार! तू छोटा-सा था तब। उस शाम सीढ़ी में बैठा था। वहीं, देहरी के नीचे पहली सीढ़ी में बैठा रहता था जब मैं रोटी पकाता था। नज़र सीधे चूल्हे की तरफ़। बात करता रहता था मैं उससे—ओ ठप्पू, रोटी खाएगा, हाँ! 'ठप्पू' रखा ठहरा मैंने उसका नाम। वह कभी आँखों से जवाब देने वाला हुआ, कभी पूँछ हिला के कूँ-कूँ कर देता था।

तो, उस दिन भी बैठा था उस सीढ़ी पर। मैं रोटी पाथते-सेंकते बात कर रहा था उससे। नज़र मेरी हुई चूल्हे की तरफ़। कुछ देर से साले ने न कूँ-काँ की, न नाक से सूँ-साँ। मैंने देहरी की तरफ़ देखा तो नहीं दिखा। मैंने सोचा, नीचे आँगन में गया होगा। रोटी पका के हाथ धोने बाहर गया तो वहाँ भी नहीं था।

'ओ, ठप्पू!' पुकारा मैंने। कितनी आवाज़ें दीं। वह होता तब तो आता! उसके हिस्से की रोटी रखी ही रही। सुबह भी नहीं दिखा। मैंने पूरे गाँव में ढूँढ़ा। कुछ दिन बाद ऊपर जंगल में उसकी सूखी खाल का टुकड़ा पड़ा दिखा। काले ठप्पे वैसे ही चमक रहे ठहरे। तब जाना कि उस दिन बाघ उठा ले गया था उसे। और, तुम्हारी माँ सूबेदारनी? हाँ यार, सूबेदारनी रख दिया था मैंने उसका नाम। हा-हा-हा...असली सूबेदारनी सुनती तो बहुत गाली देती। मगर गाँव में होती तो सुनती। कबके चले गए ठहरे गाँव छोड़कर। तो, तेरी महतारी उन्हीं के आँगन में बैठी रहने वाली ठहरी। रोटी खाने आती थी मेरे पास, फिर सीधे वहीं। 'दही देने उसके घर, नमस्कार मेरे घर' वाला क़िस्सा ठहरा। जैसे, ख़ाली मकान का पहरा करने को कह गए होंगे उससे! रात को उन्हीं के गोठ में सो रहती थी। तुम उसी गोठ में पैदा हुए। भूरा रंग था, पूरे बदन में कोई दूसरा एक छींटा भी नहीं, जैसे तुम हो। माँ पर ही गए तुम सब। बाप की तो कोई निशानी नहीं पाई तुमने।

ठप्पू के जाने के कुछ महीने बाद की बात है। तुम भाई-बहन थोड़ा बड़े हो गए थे। पाँच तुम, दो तुम्हारे माँ-बाप, आठवाँ मैं। रोटी पाथते-पाथते हाथ थक जाते थे। हाथ से चक्की पीसनी पड़ती तो कौन कर सकता था। चार मील नीचे सड़क की दुकान से आटा लाद के लाना ज़्यादा आसान हुआ।

क्या दिन थे, यार! दिन में हम सब लगाने वाले हुए पूरे गाँव का चक्कर। पहले छुरमल ज्यू के मन्दिर में घंटी बजाने वाले हुए। घंटी सुन के तुम सब दौड़ के आ जाते। फिर हमने हर घर-आँगन का दौरा करना ठहरा। कभी तुम लोग मेरे आगे-आगे, कभी पीछे। और करना भी क्या ठहरा हमने।

तो, एक सुबह सूबेदारनी नहीं आई। मैंने आवाज़ मारी—ओ, सूबेदारनी, रोटी नहीं खाती आज? तब भी नहीं आई। मन्दिर की घंटी सुन के तुम सब आ गए मगर सूबेदारनी का पता नहीं। मैंने सूबेदार जी के गोठ में जाकर देखा कि कहीं बीमार-हीमार तो नहीं पड़ी है करके। वहाँ भी नहीं थी। फिर कभी नहीं दिखी, यार! बाघ ससुरा तुम लोगों की ताक में लगा रहता था। जब तू अकेला बचा तब मुझे समझ में आई। इसीलिए तुझे भीतर रखता हूँ। अकेले बाहर जाने को मना करता हूँ। मगर तुझ साले को अकल ही नहीं। कभी बन्दरों के पीछे, कभी सुअरों के। तेरे ही चक्कर में घूम रहा ये बाघ। थोड़ा सावधानी से रहा कर, समझा?

चल, अब रोटी खा। डर मत, चला गया बाघ।

हाँ-हाँ, उठता हूँ यार, उठता हूँ। अपनी ठंडी नाक हटा मेरे पैरों से। अपने बाप की ये आदत ख़ूब पाई तूने। पता है, पता है, सुबह हो गई। मगर करना क्या है इतनी जल्दी उठ के? न गोठ में गाय रँभा रही, न गोबर निकालना हुआ और न जंगल जाकर घास लानी ठहरी। जंगल वैसे ही घर तक आ गया। पहले मचती थी यार, गाली-गलौज, मार-काट। तेरी गाय मर जाए, तूने मेरे खेत की घास काट ली...तेरे बैल की पीठ पर बाघ बैठ जाए, तूने मेरे बाँज चुरा लिये...फलाने का नाश हो, वो मेरी लकड़ियाँ चुरा ले गया...सुबह-सुबह संग्राम। सूरज बाद में निकलता था, खेतों और जंगलों में गरमागरमी पहले ही हो जाती थी। मुँहअँधेरे पानी के धारे से रोज़ एक झगड़े की शुरुआत होती थी। जब तक गगरियाँ भरतीं, कौछी-भौछी, मतलब अलाणी ने ये कहा, फलाणी ने वो कहा...मैंने कहा करके मत कह देना हाँ, वो कल शाम कह रही थी कि तूने उसके बैल को दिन भर भूखा मार दिया...फलाने की बेटी का रिश्ता छोटे

खशियों में हो रहा है...ऐसी ख़ुश-पुश। लौटते समय सिर पर ठंडे पानी की गगरी और मुँह में कुबोल की गरमी। मनखी बढ़ रहे थे, खेत कम पड़ रहे थे, जंगल पीछे को सरकता जा रहा था। इसलिए सुबह से घास-लकड़ी के लिए मारामारी मचती थी। अब लो, जितनी चाहे घास ले जाओ, जहाँ से चाहे काट लो, है कोई पूछने वाला! मगर कौन काटे, कौन ले जाए और किसके लिए ले जाए! इफ़रात ठहरा स्साला! मनखी भागा तो जंगल धीरे-धीरे वापस आ गया। जैसे-जैसे पीछे को सरका था, वैसे-वैसे गाँव की तरफ़ बढ़ आया है। अब तो घर के दरवाज़े से शुरू हो जाता है जंगल। सो शेरू, घास-लकड़ी-पानी हर चीज़ का इफ़रात। पानी के लिए भी अब दूर नहीं जाना। विकास वाले नल भी लगा गए आँगन में। जब मनखी नहीं रहे तो वो 'घर-घर नल' कहके बन्द दरवाज़े के बाहर भी पानी की पाइप लाइन लगा गए! जितना चाहे पानी भरो... भरना भी क्यों, शहरों की तरह पानी का कंट्रोल जो क्या हुआ कि जल्दी-जल्दी भर लो, फिर बन्द हो जाएगा। वो तो दिशा-मैदान के लिए भी एक कोठरी बना गए ठहरे। स्वच्छ भारत शौचालय कह रहे थे। संडास कहते थे हम फ़ौज में। रात-बेरात, बारिश-हारिश के समय ही ठीक हुआ। और अब तो सड़क भी आ रही सुना, जब आने-जाने वाला कोई नहीं बचा। क्या ले जाने आ रही होगी अब वो सड़क?

क्यों लगा रहा यार ठंडी नाक? नहीं देखा जा रहा मेरा लेटे रहना!... अच्छा-अच्छा, तुझे बाहर जाना होगा। चल, खोलता हूँ दरवाज़ा। दूर मत जाना, हाँ!...आहा! क्या सुन्दर घाम खिला है पार हिमालय में! सोना जैसा पिघला है! पहले के दिन होते तो अब तक गाँव में हो-हल्ला मच रहा होता। कहीं किसी की सासू चीख़ रही होती—नहीं उठती आज, फलाँ की बहू दो गगरी पानी ला गई...कोई हलवाहे को पुकार रहा होता कि कहाँ मर गया रे धनुवां!...कोई अपने जंगल में घुसी घसियारिनों को हाँक रहा होता और मन्दिर की घंटियाँ टनटना रही होतीं।

मन्दिर के ज़िकर से याद आया, आज वहाँ लिपाई करनी है। कई दिन हो गए। बामण होते तो एकादशी-पूर्णिमा की याद दिलाते। अब जिस दिन मान लो।

देवता का थान हुआ। लिपाई-घिसाई कर देनी ठहरी। ठीक है? क्या राय तेरी? हाँ-हाँ, पहले चाय बनाएँगे, नहाना-धोना करेंगे। तू तो वैसे ही सदा का शुद्ध ठहरा, क्यों! ...चल फिर, सबसे पहले मन्दिर का काम निपटा लें।... तू नीचे बैठना हाँ, पता ही हुआ तुझे। देवता के लिए गोबर भी दुर्लभ हो गया ठहरा। ऐसे दिन आए यार! लाल मिट्टी से थोड़ा लीप देता हूँ आज। बहुत दिन हो गए। छुरमल ज्यू हुए हमारे ग्राम देवता। उनकी सेवा करनी ठहरी, जितना हो सके। बामण भाग गए तो छुरमल ज्यू को बिना पूजा-पाठ, दिया-बाती के थोड़ी छोड़ा जा सकता है, क्यों शेरू! संकट काल में गोपिया लाटा (लल्लू) भी बामण ही हुआ! हा-हा-हा...यहीं बैठे रहना हाँ, इधर-उधर मत चल देना। बाघ लगा है तेरी फ़िराक़ में...जय हो, छुरमल ज्यू महाराज, जय हो तुम्हारी। दाहिने हो रहना। भूल-चूल की माफ़ी देना। सबकी रक्षा करना, प्रभो! देस-परदेस में जो जहाँ हुआ, सबकी। मेरे साथी शेरू की भी। ये तुम्हारे नाम का दीया, पूरे गाँव की तरफ़ से...शुभं करोति कल्याणं आरोग्यम् धन सम्पदा, शत्रुबुद्धि विनाशाय दीपज्योतिर्नमोस्तुते...दीपक को नमस्कार करना हुआ...दीपकाय नमोस्तुते। बड़े ज्ञानी-ध्यानी होंगे हमारे पुरोहित, बामण। क्या मंत्र बनाया, शत्रुबुद्धिविनाशाय...मतलब कि शत्रु की बुद्धि का विनाश हो। अब यार, आज के ज़माने में शत्रुओं का विनाश तो दीपक जलाने से होने से रहा। पुरखों ने सोचा ही नहीं होगा कि ऐसे-ऐसे शत्रु हो जाएँगे। उनका समय तो ठीक-ठाक गुज़र गया, शेरू! हमारे समय का क्या? आज के शत्रु इतनी आसानी से डरने वाले होते तो न ये गाँव ख़ाली हुआ होता, न बाघ पीछे पड़े होते।...ग़लती हो गई रे शेरू, देवता के दरबार में खाप-कुखाप नहीं बोलना चाहिए। क्षमा करना प्रभो, लेकिन समय ही ऐसा आ गया है कि मुँह से ऐसी-वैसी बात निकल जाती है। लो, ये भ्वाँकरा बजा देता हूँ। गुँजा देता हूँ दूर-दूर तक पहाड़ों को। टु-ढ्वाँSSS टु-टु-टुSSS...इन धुर-जंगलों को पता चलना चाहिए कि अभी हमारा गाँव ज़िन्दा है। एक फ़ौजी अभी हारा नहीं है। ये चँवर गाय की पूँछ तुम्हारी सेवा में। ये शंख-घंट। तुम्हीं हुए पालनहार सबके, प्रभो!

देख रहे हो छुरमल ज्यू, अपने आँगन में चारों तरफ़ लटकी ये घंटियाँ! छोटी-बड़ी कितनी सारी घंटियाँ। लोग सोचते होंगे, इतनी सारी घंटियों से तुम ख़ुश होते होगे...जब गाँव आबाद था, तब कितनी थीं, याद है? और आज?... टन-टन-टनन्न्न...टन...ये घंटा, जिसकी टंकार ऊपर पहाड़ से टकराकर नीचे घाटी तक गूँज रही है, अमरीका वालों ने चढ़ाया। यहाँ जो क्या हुआ अमरीका, सात समुन्दर पार! नाम भी खुदा ठहरा अगर पढ़ सको तो। टन्न-टन्नऽऽऽ, ये भारी घंटा दिल्ली वालों ने चढ़ाया तुम्हारी सेवा में। टन-टन-टन, ये मधुर घंटी लखनऊ वालों की है। यूपी यानी उत्तर प्रदेश की राजधानी। पहले हम यूपी में थे शेरू, मगर तू पैदा हुआ उत्तराखंड में, और उसकी राजधानी देहरादून। ना-ना, गैरसैण कहाँ हुई राजधानी, नेता बनने देंगे तब तो! ख़ाली नारे लगा रहे ठहरे। इस चक्कर में उधर से अब तक कोई घंटी नहीं आई, लेकिन रुड़की से आई है और मुरादाबाद से भी...टन-न-न। वहाँ ख़ूब बनने वाली हुई पीतल की घंटियाँ...और, ये जो ऊपर लटकी है, मज़बूत तार से बाँधी हुई, बम्बई से आई। मुम्बई कहते हैं अब तो...वो, उधर आगरा वालों की, टन-टन-टन-टन... इतनी सारी घंटियाँ, नई-पुरानी। कितने नाम बताऊँ, शेरू! देस-दुनिया के किस कोने में नहीं पहुँचे हमारे गाँव वाले! जब से ये बना नया राज्य, हमारे सपनों का उत्तराखंड, तबसे तो जाने की दौड़ जैसी लग गई। सब उन सपनों का पीछा करने चले गए जो राज्य बनने से पूरे होने वाले थे, जिनके गीत गाए थे, जिनके लिए क़ुर्बानियाँ दी थीं। अरे यारो, जब वे सपने गाँव में ही पूरे नहीं हुए तो और कहाँ साकार हो जाएँगे? मगर नहीं, सबकी दौड़ा-दौड़ मची है। तबसे और भी बढ़ गईं तुम्हारे नाम की घंटियाँ, प्रभो! बड़ी नहीं तो छोटी-छोटी ही सही। अमरीका नहीं जा पाए तो दिल्ली, दिल्ली न सही, देहरादून, बरेली, और कहीं नहीं तो इतना बड़ा तराई भाबर है...कोटद्वार, हल्द्वानी, रामनगर, रुद्रपुर...मगर एक बात है, बरकत हुई बाहर जाकर ही। घंटियों का साइज़ बताने वाला हुआ उनकी हैसियत। सब कुछ भूल गए लेकिन तुमको भूले नहीं हैं, छुरमल ज्यू! कौन भूल सकने वाला हुआ अपने देवता को! कभी ध्यान नहीं रहा, तो हारी-बीमारी में, दुख-तकलीफ़ में याद आ ही जाने वाली हुई तुम्हारी।

भूल-चूक की माफ़ी के लिए तुम्हारे नाम की घंटी और दक्षिणा चढ़ा जाने वाले हुए।

क्यों रे शेरू, सुन रहा न तू भी? छुरमल ज्यू से आशीर्वाद माँगना ठहरा कि हे ईश्वर, देस-परदेस में सबको कुशल से रखना। दो-चार साल में एक बार आ ही जाते हैं बिचारे। पूजा-पाठ, जागर-सागर, दक्षिणा-वक्षिणा...सब कर जाते हैं। और प्रभो, जो नहीं पहुँच सकते तुम्हारी देहरी तक, परदेस जाके पहाड़ चढ़ने की आदत छूट ही जाती है, थोड़ी चर्बी-सर्बी भी चढ़ ही जाती है, घुटने-सुटने अकड़ जाते हैं...मोटर सड़क से चार किमी. की चढ़ाई चढ़कर आना आसान भी तो नहीं हुआ...तो, वो किसी के हाथ भिजवा देने वाले हुए तुम्हारे लिए भेंट। नीचे सड़क तक मोटर-कार आ ही जाती है। दिल्ली से बैठे कार में सर्रर्रर और घूमते-घामते इधर भी आ गए, नीचे रोड तक। वहीं से हाथ जोड़ दिये कि हे ईश्वर, भूल-चूक माफ़ करना, तुम्हारी देहरी तक नहीं आ सकते, शरीर की लाचारी है, ये भेंट स्वीकार करना, परदेस में बाल-बच्चों की रक्षा करना, सबको सुमति देना।

शेरू, देवता सबकी सुनते हैं यहाँ बैठे-बैठे। वो कहीं नहीं जाते-वाते। यहीं थापा ठहरा हमारे पुरखों ने उनको। यहीं हुआ उनका वास। आदमी की तरह देवता अपनी ठौर छोड़कर नहीं भागते परदेस! देवताओं ने ही आबाद कर रखा है गाँव।...माचिस कहाँ रख दी यार, धूनी जलानी थी। ये रही, वास्कट की जेब के अस्तर के भीतर। इसमें भी छेद हो गया स्साला। कितना अच्छा लगता है शेरू, जब मन्दिर की धूनी से धुआँ उठता है। लगता है गाँव साँस ले रहा है, देवता का आशीर्वाद उठ रहा है ज़मीन से आसमान तक। जय हो छुरमल ज्यू, कृपा बनी रहे।

क्यों भौंक रहा ऊपर को देख के? अरे, वो धूल-धुआँ? सड़क बन रही यार, बताया तो था तेरे को। पहाड़ काट रहे मजूर। डायनामाइट दाग रहे। तेरी भौं-भौं से बन्द नहीं होगा। सरकार बनवा रही। अच्छा है, हमारा गाँव थोड़ा नज़दीक हो जाएगा। जाने वाला तो अब कौन बचा है यहाँ लेकिन लोग आसानी से आ सकेंगे। इन सड़कों ने मनखियों को बाहर ले जाने का काम ख़ूब किया।

अब क्या पता, कुछ को वापस ले आए। किसी बन्द मकान के किवाड़ खुल सके तो एक कौर तेरा भी बढ़ जाएगा। ख़ुशी की बात हुई। वो क़िस्सा सुना है तूने? बिल्ली कहने वाली हुई कि मेरे मालिक की आँख फूट जाती तो मैं दूध चुरा के पीती। कुकुर कहने वाला हुआ कि मेरा एक मालिक बढ़ जाए तो सुबह-शाम मेरा एक टुकड़ा बढ़ जाएगा। छुरमल ज्यू कृपा करें, ये सड़क बढ़ा दे तेरा एक-दो कौर!

हाँ-हाँ, पंजा मत मार। मुझे पता है, अब तुझे कहानियाँ सुनानी होंगी। एक-एक घर की कहानी। किसका था, कहाँ गए, क्यों गए, सब कथा कहनी हुई तुझसे। वैसे तो मुझे दिन में कहानी नहीं कहनी चाहिए। आमा कहती थी, दिन में कहानी कहने और सुनने वाले के मामा घर का रास्ता भूल जाते हैं। यहाँ तो मामा क्या, सबके इजा-बाज्यू, कका-काकी, ताऊ-ताई, बुआ-फूफा... सभी रास्ता भूल गए ठहरे! इसलिए कह देता हूँ। और, कहानी कहे बिना न हमारे दिन कटते हैं न रात। तो, आज किसकी ओर चलें? कल तो मायाराम तिवाड़ी ज्यू के यहाँ गए थे। जजमान हुए हम उनके। मल्लब हमारे पुरोहित थे वो। मैंने कभी ज़िकर किया या नहीं, हमारे गाँव में कुछ घर बामणों के भी थे। थे मल्लब, थे। जजमानों के घर ही ढह रहे तो बामण बेचारों का क्या! वो तो हल को भी हाथ नहीं लगाते थे। दूसरे के हाथ के हल से खेती नहीं हो सकती और हमीं लोगों की खेती छूट रही थी। असल में हमारे बुबु (दादा) के भी बुबु ने अपने पुरोहित परिवार को इसी गाँव में ज़मीन देकर बसा लिया था। काफ़ी दूर था उनका गाँव, इसलिए। फिर यहीं बढ़ा उनका परिवार। वही छुरमल ज्यू के पुजारी भी थे।...तो, एक तो अपने बामण का छोड़ा हुआ मकान है। दूसरा, मायाराम जी थे बहुत मोहिले और भले इनसान। बाबू और आमा से उनका बड़ा अच्छा व्यवहार था। इसलिए उनके आँगन की झाड़-झंखाड़ साफ़ कर देता हूँ। उनको सफ़ाई बहुत पसन्द थी, शेरू। तूने देखा ही नहीं उनको। आँगन के पाथरों को भी चमका के रखते थे। घास-फूस का एक-एक तिनका उखाड़ते थे। अब उतना मुझसे कहाँ हो पाता है! अपना मन समझाने को इतना

कर देना ठहरा कि बंजर-उजाड़ नहीं लगे। अपने पुरोहित की आत्मा को शान्ति मिले। उनके बच्चे तो जैसे पंख लगाकर ही पैदा हुए थे। पढ़ने बाहर गए और बाहर ही रह गए। बाद में अपने बाज्यू को भी ले गए थे। सुना, वहाँ दिल्ली में बूढ़े पुरोहित ज्यू को ख़ूब खाते-पीते जजमान मिले। यहाँ किसी तरह गुज़ारा चल रहा था। वहाँ एक जजमान ने बड़ी वाली गाड़ी दक्षिणा में दे दी थी बल! पहाड़ वालों ने परदेस जाकर ख़ुद भी तरक़्क़ी की और पुरोहितों को भी ख़ुश रखा। देवता को प्रसन्न रखने का काम उन्हीं को तो करना हुआ!

अच्छा! तू साला यहाँ पसर के बैठा है!...बैठा रह, बैठा रह! मैं भी तेरे साथ बैठकर एक बीड़ी पी लूँ। कैसा रहेगा?...बीड़ी भी ख़त्म हो रही रे! कल चलेंगे बाज़ार। बैंक जाना है पेंशन के लिए। राशन की दुकान में गेहूँ-चावल भी आ गया होगा। थोड़ा तेल-गुड़ भी लेना है। कल होगी आठ मील की दौड़। चार जाना, चार आना। तेरा क्या, तू तो आगे-आगे दौड़ पड़ेगा अपनी काली-कमली से मिलने। बड़ी दोस्ती है उससे, ना! हा-हा-हा...तो, सुबह निकल चलेंगे घाम आने से पहले। देर हुई तो क्या पता राशन मिले ही नहीं। ठीक? क्या देख रहा ऐसे? कंट्रोल की दुकान का ही तो रोटी-भात खा रहा तू। इन बंजर खेतों में पैदा हो रहा क्या! कैसी बात कर रहा, यार!

अच्छा! हाथ में कुल्हाड़ी देखकर ही समझ गया कि जंगल जाना है करके। शाबाश!...असल में यार, टॉर्च के सेल हो गए ख़त्म और पिछली बार लछम सिंह की दुकान में मिले नहीं। सो, जंगल से द्याव (लीसायुक्त चीड़ की लकड़ी। इसकी खपच्चियाँ, जिन्हें छिलुक कहते हैं, आग जलाने और रोशनी करने के काम आती हैं) लाना ज़रूरी है। दो दिन से बिजली का पता नहीं। लैम्फु (लैम्प) साला बाहर-भीतर जाने में बुझ जाता है। वापसी में थोड़ी लाल मिट्टी भी ले आएँगे। गोबर तो सपना देखना हो गया! कब से कमरा लीपा नहीं।...ज़्यादा आगे-आगे मत जा। साथ में चल। रास्ता कितना ख़राब हो रहा ये! गाँव की सूरत 'ग्वैट' (रास्ते) से! सही क़िस्सा हुआ। यहाँ कौन है आने-जाने वाला!...ये कैरुवा की बेल देख, कहाँ-कहाँ फैल गई!

हिसालू-किल्मोड़ा के झाड़ आसमान जा रहे। ये पयाँ, आहा! दातुले (हँसिया) के बीन (हत्थे) और जाँठी (लाठी, स्टिक) बनाने के लिए कितना सुन्दर हो रहा! पहले इसके लिए कितनी मारा-मारी मचती थी...अच्छा बदमाश! जीतराम के खँडहर में तूने धार ज़रूर मारनी हुई। गाँव के बाहर ये शिल्पकारों की बस्ती थी। तूने कहाँ देखा शेरू, कितना बढ़िया कारीगर था जीतराम। वो, वहाँ पर उसका आफ़र (लोहार की भट्ठी) था। दूर-दूर से लोग औज़ार बनवाने, धार लगवाने आते थे। बहुत ही सीधा आदमी। और, यहाँ था शेरुवा तेली का कोल्हू। हकलाता था बिचारा लेकिन बहुत मेहनती। बैल मर गया उसका तो नया कहाँ से ख़रीदता? अपने ही कन्धे पर जुआ धरकर तेल पेरता था। कपड़े तेल में सने रहने वाले हुए। जहाँ बैठता वहीं छाप छोड़ जाता था।...ना-ना, उस तरफ़ मत जाया कर। कितनी बार कहा है तुझसे। उस खँडहर को देखकर मन में उबाल आ जाता है। मेरे फ़ौज से आने से पहले ही चनरराम का मकान ढह गया था। जीतराम लोहार, शेरुवा तेली, मंगत दर्जी तो बहुत बाद में गए। गाँव ख़ाली हो रहा था तो उनका गुज़ारा कैसे चलता! अब लगता है चनरराम के साथ बड़ा अन्याय हुआ। बहुत पहले मार-पीट के भगा दिया गया था। बेटी के कारण। उसका भी क्या दोष था! जिसका दोष था, वह तो...अब चल यहाँ से। कहानी सुनने में ख़ूब मन लगता है तेरा! नहीं कहनी वह अकथ कथा।

अरे, ये अचानक बरखा देवी कहाँ से आने लगी? दौड़ मत लगा, गल थोड़ी न जाएगा! रूड़ (गर्मियों) की बरखा हुई, आते-आते बिला जाती है। एक तरफ़ घाम, दूसरी तरफ़ बरखा! आहा, कुंतुलि दीदी की याद आ गई रे! जब भी ऐसा होता था, तो वह गाने लगती थी—'घाम-द्यो, घाम-द्यो स्यावौ ब्या, कुकुर-बिराउ बरेती भ्या!' (घाम-बरखा, घाम-बरखा, सियार का ब्याह। कुत्ते-बिल्ली बने बाराती) हम सारे बच्चे यही दोहराते हुए धमाचौकड़ी करते थे। कभी मोटी-मोटी बूँदें बरसतीं तो वह उछल-उछलकर हमारे साथ खेलती थी—'द्यो लागो दण-दण, बुड़ि भाजी बण-बण, ले बुड़ी खाजा, त्यार गोरू भाजा!' (दण-दण कर बरखा आई, बुढ़िया भागी जंगल। ले बुढ़िया खाजा, तेरे गोरू भागे!) सारे बच्चे दोहरा-दोहराकर उछला-दौड़ा करते थे और भीगते थे।

तब हम बच्चों से अधिक डाँट कुंतुलि दीदी को पड़ती थी। सयाने उसे उलाहना देते थे—'उमर हो गई लेकिन इस कुंतुलि का बचपना नहीं गया। शरम भी नहीं आती इसे बच्चों के साथ धिरधिराट (उछलते-कूदते) करते।'...बताता हूँ, कुंतुलि दीदी का क़िस्सा भी बताता हूँ। क़िस्से ही तो हुए हमारे बखत काटने का सहारा।

कुंतुलि दीदी दरअसल हुई भोला दा की सगी प्वीजु, मल्लब बुआ। भोला दा के बाबू हुए गंगा सिंह। उनकी छोटी बहन हमारी हुई कुंतुलि बुआ। दीदी ही कहने वाले हुए हम। गंगा सिंह और कुंतुलि दीदी के बाज्यू हुए नन्दन सिंह। अब कैसे समझाऊँ तुझे नन्दन सिंह और गंगा सिंह कौन हुए। थे हमारे ही बिरादर। तू ऐसे समझ, जिनका मकान गिरने वालों की सूची में चौथे नम्बर पर है। ख़ैर, कुंतुलि दीदी की शादी बहुत छोटी उमर में हो गई थी। तब वह दसेक साल की थी कहते हैं। तो, खेल-खेल में हँसते-हँसते शादी कर ली। मज़े से ससुराल भी चली गई मगर वहाँ पहुँचकर रोने लगी, जिसे कहते हैं डड़ाडाड़ (निरन्तर रोना)। चुप ही नहीं हुई। तब वहाँ से एक आदमी भेजा गया उसके बाज्यू मतलब नन्दन सिंह के पास, कि आओ और अपनी बेटी को समझा जाओ। यह तो चुप ही नहीं हो रही, खाना-पीना भी छोड़ रखा है। तो, गए नन्दन सिंह। बेटी को बहुत समझाया, लेकिन जब वो लौटने लगे तो उनके पीछे लग गई। वो समझाकर वापस ले जाते और लौटने लगते तो वह भी पीछे-पीछे दौड़ पड़ती कि बाज्यू, मुझे ले चलो, ले चलो। यहाँ नहीं रहूँगी। तुम्हारे साथ चलूँगी। जो कहोगे, मानूँगी...रट लगा दी उसने। किसी तरह नहीं मानी तो नन्दन सिंह ज्यू उसे साथ ले आए कि बाद में अच्छी तरह समझा-बुझाकर पहुँचा देंगे। फिर कुंतुलि दीदी मायके में ही रही। ससुराल जाने के लिए उसे कोई राज़ी नहीं कर पाया। वहाँ उन्होंने दूसरी शादी कर ली करके कहते थे। ख़ैर, हमने तो यह सब सुना ठहरा। जब हम छोटे-छोटे थे तब वह अच्छी-ख़ासी बड़ी हो गई थी। हम लोगों को तरह-तरह के खेल कराती थी। साथ में ख़ूब खेलती-कूदती थी। काम-धंधा छोड़कर खेलने आ जाती। हम बच्चों को दूसरों के खेतों से ककड़ी, भुट्टे, आड़ू, पुलम, गन्ने चुराने भेजकर ख़ुद पहरा देती थी और ख़ूब गाली खाती थी।

कभी वह गोठ के अँधेरे कोनों में ले जाकर हमें भूत-प्रेत की कहानियाँ सुनाती थी। हम डरकर उससे चिपक जाते थे। फिर वह ज़ोर-ज़ोर से काँपने लगती थी। हमें कसकर चिपकाकर कहती थी कि मुझे भूत परेशान कर रहा है। तुम लोग बिलकुल आवाज़ न निकालना वर्ना तुम्हें पकड़ लेगा। हम उससे और भी चिपक जाते और सुन्न होकर पड़े रहते थे।

कुंतुलि दीदी को कभी-कभी ग़ुस्सा भी आ जाता था। तब वह बोलती कुछ नहीं थी। बस, मुँह फुलाकर पानी के धारे के पास जाकर बैठ जाती। जब कोई पानी भरने आता तो वह पानी की गूल में हाथ डालकर ज़ोर-ज़ोर से हिला देती। पानी मटमैला हो जाता। पानी लेने वाला उसे डाँटता—'ये क्या किया कुंतुलि तूने?' तब वह पानी को और ज़ोर-ज़ोर से हिलाती और चिल्लाती—'कच्चू पाणी सच्चू, आज नरुका तिस्सै रै ग्यो। कच्चू पाणी सच्चू, आज नरुका भुखै रै ग्यो!' मल्लब, अरे मटमैले पानी, तू जल्दी से साफ़ हो जा। नरुका भूखे-प्यासे रह गए हैं। लोग समझ जाते कि आज कुंतुलि नरु कका से ग़ुस्सा है। जिससे भी वह ग़ुस्सा होती उसी का नाम ले-लेकर पानी गंदा करती रहती थी। ग़ुस्सा निकालने का उसका यह तरीक़ा अनोखा ही था। लोग हँसते और ग़ुस्सा भी करते। गाँव की लड़की हुई करके बर्दाश्त कर लेते थे। कोई बहू ऐसा करने की हिम्मत नहीं कर सकती थी, समझा! बूढ़ी होने तक वह ऐसी ही रही बिचारी। एक साल जब मैं फ़ौज से छुट्टी आया था, तब बहुत बीमार थी। कुछ दिन बाद मर गई। उसकी ससुराल ख़बर भेजी गई कि हुई तो तुम्हारे घर की ही बहू। गति-किरिया कर लेना वर्ना भूत बनकर तुम्हीं लोगों को सताएगी। कैसी अजीब बात हुई शेरू! इस गाँव में, अपने घर में, परिवार और बिरादरों के बीच उसने पूरा जीवन काटा लेकिन यहाँ किसी को उसके मरने का सूतक (छूत) तक नहीं लगा। उसकी शुद्धि और आत्मा की शान्ति के लिए किरिया-करम उन्हें करना था जिनसे जीवन भर उसका कोई रिश्ता-नाता रहा ही नहीं। नाम भर को एक मुर्दा रिश्ता ही तो था। और, सबसे भयानक बात क्या हुई शेरू, कि मौत की ख़बर सुनकर कुंतुलि दीदी का देवर आया और उसके जेवर और सारा सामान माँगने लगा।

किस बात का देवर हुआ यार वह, लेकिन पूरा हिसाब लगाकर आया था कि ससुराल से आते समय कुंतुलि दीदी ने क्या-क्या जेवर पहन रखे थे। कान के कनफूल और हाथ के कड़े तो सबने देखे थे। वह और भी कई जेवर माँगने लगा था। बड़ा झगड़ा मचाया उसने। पंचायत बैठी। काफ़ी कुछ दे-दिवाकर भोला के बाबू ने मामला निपटाया था।

भोला दा मुझसे पहले फ़ौज में चला गया था। चार साल बड़ा था मुझसे। रिटायरमेंट लेकर बरेली में बस गया। ससुराल थी उसकी वहाँ। किसी ज़माने में चिट्ठी-पत्री भी होती थी हमारी। बच्चे पढ़-लिखकर दूर-दूर चले गए, लिखता था। कुछ बरस तक तो घर भी आ जाता था, पूजा-पाठ कराने। धीरे-धीरे छोड़ दिया। जब उसका मकान गिरा तो मैंने एक पोस्टकार्ड डाल दिया था। मकान की बात हुई। सोचा था, कभी सुनेगा तो कहेगा कि आनन्द डियर, तूने ख़बर भी नहीं दी। कोई जवाब नहीं आया। ज़िन्दा भी है या नहीं।

अन्धे प्रेम का अजूबा क़िस्सा

यह कथा सन् 1963 में किसी दिन शुरू हुई थी।

फ़ाइलों से भरा चमड़े का भारी बस्ता ट्रेन के तीसरे दर्जे में ऊपरी सीट पर पटकने और हाथ में पकड़ी सुराही धीरे से नीचे रखने के बाद खीम सिंह जैसे ही अँगोछे से पसीना पोंछते हुए सीट पर बैठा, उसकी अनुभवी आँखों ने तत्काल पकड़ लिया था कि सामने की सीट पर बैठा जोड़ा भगोड़ा है। गहरे साँवले रंग की भरे-कसे बदन की लड़की जिस तरह लड़के से चिपकी बैठी, उसका एक हाथ पकड़े सशंक हिरनी-सी इधर-उधर ताक रही थी, खीम सिंह क्या, कोई भी समझ जाता कि वह पहली बार घर से दूर, अपरिचित इलाक़े में निकली है और यह लड़का उसका एकमात्र सहारा है, जिसका हाथ उसने इस तरह कसकर पकड़ा हुआ है कि कहीं वह उससे छूट न जाए। लड़का कभी ट्रेन से बाहर प्लेटफ़ॉर्म की चहल-पहल और कभी डिब्बे के भीतर का दृश्य देख रहा था, देख रहा था या कि केवल उसकी नज़रें घूम रही थीं और वास्तव में देख वह कुछ नहीं पा रहा था। शायद वह कुछ सोच रहा था और उसके भीतर की समस्त चिन्ताएँ उसके चेहरे को और भी गम्भीर बनाए हुए थीं। लड़के का साफ़ रंग और सलीके से पहने हुए कपड़े लड़की के साथ उसका कोई सीधा तालमेल नहीं बैठा पा रहे थे। खीम सिंह की अनुभवी आँखें देख सकती थीं कि लड़की के जिस हाथ ने लड़के की बाईं बाँह पकड़ी हुई है उसका पूरा पंजा और नाख़ून तक कटे-फटे हैं, जैसे गोबर और मिट्टी में

काम करने वाली गाँव की लड़कियों के हाथ होते हैं। जिस अन्दाज़ में उसने धोती-ब्लाउज पहन रखे थे और जिसमें उसका असहज होना छुप नहीं रहा था, उसे फूहड़ ही कहा जा सकता था और स्पष्ट था कि उसे इस पहनावे का अभ्यास न था। लड़का सुदर्शन था, गेहुँआ रंग, गठी हुई इकहरी देह, काले-घने बाल और उसकी आपस में मिली हुईं भौंहें अलग से ध्यान खींचती थीं। खीम सिंह ने उन्हें घूरते रहने के बाद डिब्बे के भीतर नज़र घुमाई। उनसे हटकर सीट के बिलकुल कोने में दो बूढ़े आमने-सामने बैठे थे जो बीड़ी के लम्बे-लम्बे कश खींचते और धुआँ उगलते हुए अपने-अपने में खोए हुए थे। एक की तो आँखें मिची हुई थीं, गोया वह ट्रेन में बैठे होने के बावजूद किसी और ही दुनिया में मौजूद था। ट्रेन में भीड़ नहीं थी।

खीम सिंह ने जेब से निकालकर बीड़ी सुलगाई और धुआँ सीधे सामने बैठे जोड़े की तरफ़ उड़ाते हुए मुस्कराया—"भागकर आ रहे हो घर से?"

लड़के के चौंकने और लड़की के सकपकाकर लड़के से और भी चिपक जाने ने पुष्टि कर दी कि खीम सिंह का अनुमान बिलकुल सही था, हालाँकि उसे पुष्टि की आवश्यकता नहीं थी और न ही उसने इसलिए पूछा था। उसके सवाल में निश्चयात्मकता स्पष्ट थी। लड़के ने फ़ौरन समझदारी दिखाई और तनकर खीम सिंह को देखते हुए बोला—"नहीं...नहीं तो।"

खीम सिंह खिलाड़ी था, पन्द्रह बरस की सरकारी नौकरी और उसमें भी साहब के साथ शहर-शहर दौरे करते, सरकारी दाँव-पेच समझते-बरतते और तरह-तरह के लोगों से निपटते हुए दुनिया देखा-भाला खिलाड़ी। वह तिर्यक होंठों से धीरे से हँसा, जिसे कहते हैं खेली-खाई हँसी—"तो नौकरी पर जा रहे होगे! घरवाली को पहली बार शहर ले जा रहे हो? कहाँ?" उसने जानबूझकर और व्यंग्य से 'घरवाली' कहा था क्योंकि वह दावे के साथ कह सकता कि आने वाले दिनों में भले वे पति-पत्नी बन जाएँ, फ़िलहाल तो उनका यह रिश्ता है नहीं।

लड़के ने गर्दन हिला दी जिसका मतलब 'हाँ' ही हो सकता था लेकिन अनिश्चित वाला 'हाँ'! स्पष्ट लग रहा था कि वह कोई संवाद नहीं करना चाहता

क्योंकि लक्षण बता रहे थे कि उसके भीतर पहले से ही संवाद चल रहे हैं। तो भी उसका अतिरिक्त चौकन्नापन चुगली करने लगा था कि खीम सिंह की तहक़ीक़ात जैसी पूछताछ से वह शंकित हुआ है। उसकी शंका का एक बड़ा कारण निश्चय ही खीम सिंह की वेशभूषा रही होगी। युवक ने गाँव के पटवारी-पेशकार देखे थे, जिनका आतंक तो था लेकिन कोई असामान्य वेशभूषा नहीं होती थी। दो-एक बार अल्मोड़ा आने पर पुलिस के सिपाही देखे थे जिनकी ख़ाकी वर्दी से डर लगता था लेकिन लाल रंग का बड़ा-सा लबादा पहने और लाल रंग की पट्टी में कसे पीतल के बिल्ले वाला साफा, जिसके गोल घेरे में दो मछलियाँ बनी हुई थीं, पहने हुए किसी आदमी को आज वह पहली बार देख रहा था। इस पहनावे का एक रौब था और खीम सिंह के सीधे यह पूछ लेने पर कि 'भागकर आ रहे हो घर से?' वह डर भी गया था किन्तु उसकी व्यावहारिक बुद्धि ने उसे सचेत कर दिया था कि डरा हुआ नहीं दिखना है। इसलिए भी वह उससे बात करने से बचे रहना चाहता था। उसके भीतर जो भी कशमकश चल रही थी, उसकी गम्भीरता और तात्कालिकता के बावजूद वह बीच-बीच में कनखियों से खीम सिंह को देख लेता था।

अचानक खीम सिंह एक झटके में इस तरह खड़ा हुआ कि दोनों भयाक्रान्त हो आत्मरक्षात्मक मुद्रा में हो गए लेकिन खीम सिंह उन्हें हाथ के इशारे से आश्वस्त करता और 'बैठो-बैठो' कहता हुआ सुराही उठाकर लगभग दौड़ते हुए डिब्बे से उतर गया। लड़के-लड़की को देखकर वह भूल ही गया था कि उसे साहब के डिब्बे में पानी की सुराही पहुँचानी है। अपने डिब्बे में चढ़ते हुए साहब ने याद भी दिलाया था कि पानी पहुँचाना न भूले। याद दिलाने की ज़रूरत थी नहीं, यह बात साहब को पता थी, तब भी वे हर बार उसे कुछ न कुछ हिदायत देना नहीं भूलते थे। खीम सिंह को अपनी ड्यूटी के बारे में अच्छी तरह पता था, बल्कि कई काम जो मैनुअल के हिसाब से ड्यूटी का हिस्सा नहीं होंगे, उन्हें भी वह ड्यूटी समझकर दौरे-दर-दौरे करता आ रहा था, जैसे कि फ़र्स्ट क्लास के डिब्बे में साहब के लिए चादर बिछाकर तकिया यथास्थान रख देना और लकड़ी के स्टैंड में सुरक्षित पानी की सुराही, जिसके मुँह पर उलटा

गिलास ढक्कन की तरह रखा रहता था जो पानी पीने के काम भी आता था, सिरहाने की तरफ़ सीट के नीचे उनकी पहुँच के दायरे में सँभाल देना। बीच में किसी-किसी स्टेशन पर वह अपने डिब्बे से उतरकर फर्स्ट क्लास के डिब्बे में खिड़की से झाँककर या डिब्बे में जाकर यह भी सुनिश्चित कर लेता था कि साहब को किसी चीज़ की आवश्यकता तो नहीं है। जो ट्रेन सुबह देर से यानी आठ-नौ बजे के बाद गंतव्य पर पहुँचती थीं, उसमें उन्हें सात बजे के क़रीब प्लेटफ़ॉर्म से चाय ले जाकर देनी होती थी। यह सब उसे कभी याद दिलाना नहीं पड़ता था। थपकियाँ दे-देकर सुला देने वाली ट्रेन यात्राओं में भी उसकी नींद रास्ते में पड़ने वाले स्टेशनों पर अपने आप खुल जाया करती थी। इस 'श्वान निद्रा' के कारण वह अपनी तुलना ट्रेन के टीटी और बस के कंडक्टरों से किया करता था जो रात के किसी भी प्रहर अगले स्टेशन पर उतरने वाले यात्रियों को सावधान करने के लिए सही समय पर उठते रहते हैं। आज वह इस भगोड़े जोड़े के चक्कर में सुराही पहुँचाना भूल ही जाता। अच्छा हुआ, समय पर याद आ गया। ट्रेन चलने में अधिक देर अब न होगी, उसने फ़र्स्ट क्लास के डिब्बे से लौटते हुए अनुमान लगाया।

भगोड़ा जोड़ा तनिक सहज दिखाई दिया यद्यपि लड़की की हिरनी-सी भयातुरता या सतर्कता बरकरार थी और उसने लड़के का हाथ अब भी उसी तरह पकड़ा हुआ था। खीम सिंह ने अपना साफ़ा उतारकर बड़े जतन से ऊपर की सीट पर फ़ाइलों के बस्ते के साथ रख दिया और बालों में उँगलियों की कंघी करता हुआ सीट पर पैर रखकर आराम से लधर गया। उसकी निगाहें बार-बार सामने बैठे जोड़े पर जातीं और वह मुस्करा देता। लम्बी सीटी देकर ट्रेन धीरे-धीरे प्लेटफ़ॉर्म से सरकने लगी। लड़की की सतर्क आँखों में भय मिश्रित कौतुक छा गया। वह खिड़की से बाहर देखने लगी। लड़के ने उसके कान में कुछ कहा। खीम सिंह को अचानक पुरानी याद आ गई। वह अपनी पत्नी को जब पहली बार लखनऊ ले गया था तो ट्रेन चलने पर उसने कैसी किलकारी मारी थी, जिसमें ख़ुशी, आश्चर्य और भय सब बराबर-बराबर मात्रा में मिले हुए थे! इस स्मृति की कौंध से उसके मुखमंडल पर स्निग्ध मुस्कान तैर गई,

जिसकी ऊष्मा कनखियों से देखते लड़के की पकड़ में आ गई और उसने एकाएक राहत-सी अनुभव की।

"तो, कहाँ के हो भुला?" इस बार खीम सिंह ने सहजता से कुमाऊँनी में पूछा तो लड़का मुस्करा उठा और लड़की की आशंकित आँखों में किसी पहचान की तरलता उमड़ आई। वह लड़के को देखने लगी कि वह क्या जवाब देता है, जिसके भीतर मंथन चल रहा था कि वह सही-सही गाँव का नाम बता दे या...।

"अल्मोड़ा," उसने अस्पष्ट-सा जवाब दिया। इसके बाद तुरन्त अगला सवाल होना चाहिए था—'अल्मोड़ा में कहाँ?' लेकिन खीम सिंह ने उसका असमंजस भाँप लिया था और अर्थपूर्ण ढंग से मुस्कराकर दूसरा सवाल कर दिया—"कहाँ जाओगे, लखनऊ?" इस बार लड़के ने गर्दन हिला दी, निश्चयात्मक 'हाँ' में।

"नौकरी है वहाँ?" खीम सिंह का स्वर नरम और अपना-सा हो गया था। लाल पट्टी और पीतल के बैज वाला साफ़ा उतारने के बाद उसका रौब कुछ कम हो गया था या लड़के को ऐसा लगने लगा था। उसने सहजता से उत्तर दिया—"है। कोई अच्छी मिलेगी तो बदल दूँगा।"

"आपकी नज़र में है कोई?" कुछ देर के मौन के बाद इस बार लड़के ने अनुनय के स्वर में पूछा। पता नहीं क्यों इस आदमी के प्रति उसकी प्रारम्भिक आशंकाएँ बिला गई थीं। यह रौबदार साफ़ा उतार देने का असर था या कुमाऊँनी में बोलने का, निश्चय से नहीं कहा जा सकता था।

इस बीच खीम सिंह ने आँखें बन्द कर ली थीं। गति पकड़ चुकी ट्रेन थपकियाँ दे रही थी और दिन भर की दौड़-धूप से थका हुआ उसका तन शिथिल हो गया था। ऐसे में पलकों को भारी होना ही था और वे मुँदने लगीं। नींद की खोह में सरकते खीम सिंह को लड़के का कुछ कहना सुनाई दिया लेकिन मस्तिष्क के उस हिस्से ने सवाल दर्ज करने में आनाकानी की जो इसके लिए उत्तरदायी था। जब लड़के ने पाया कि जवाब देने वाला सो गया है तो वह लड़की की तरफ़ घूमा, जो बार-बार जम्हाइयाँ ले रही थी।

उसने कोमल स्पर्श से लड़की का सिर अपने कन्धे पर रखकर हौले से थपथपा दिया। लड़की को बहुप्रतीक्षित आश्वस्ति मिली और उसने उसी अवस्था में आँखें बन्द करके लड़के को दोनों हाथों से घेर लिया। उसके भीतर का अनजान भय लड़के के सतत सामीप्य से ही तनिक शान्त था।

"तुमने कुछ कहा?" खीम सिंह ने भारी पलकें उठाकर जम्हाई के साथ पूछा। लड़के का हवा में चक्कर काटता सवाल अपने लक्ष्य पर दस्तक दे चुका था।

"कोई नौकरी होगी तो देखना।" इस बार लड़के ने अनुनय और आशा के साथ कहा। 'कोई अच्छी नौकरी' के बजाय इस बार 'कोई नौकरी' कहने पर खीम सिंह का उनींदे में भी ध्यान गया और उसके होंठ तिर्यक हो गए। वह पहले से जानता था कि लड़के के पास नौकरी कहाँ से होगी। भागकर जा रहे हैं, किसी ठिकाने की तलाश में। पहाड़ के लड़कों का भाग-भागकर शहरों की तरफ़ जाना कोई नई बात नहीं थी। यहाँ नई बात इतनी-सी थी कि लड़का एक लड़की को भी भगाकर ले जा रहा था या लड़का-लड़की दोनों परस्पर सहमति से भाग रहे थे। लड़की को देखकर तो यह नहीं कहा जा सकता था कि वह लड़के को भगाकर ले जा रही होगी। 1963 के उस समय में तो यह असम्भव बात ही होती। "हूँ" कहकर उसने लड़के की ओर देखा और तत्काल उसकी आँखें लड़की की तरफ़ फिसलकर उस जगह टिक गईं जहाँ से उसका आँचल सरक गया था। उनींदी पलकें चैतन्य हो उठीं और वह सीधा बैठकर एकटक उधर ही देखने लगा। लड़के से यह छुप नहीं सकता था, सो उसने कुहनी की हरकत से लड़की को जगा दिया। लड़की ने चौंककर इधर-उधर देखा और पल्लू को कसकर लपेटते हुए फिर उसके कन्धे के सहारे सो गई। खीम सिंह की आँखों से भी फिर खुला नहीं रहा गया। वह सीट पर उपलब्ध जगह में पैर सिकोड़कर सो गया। दोनों बूढ़े बैठे-बैठे सो रहे थे और उनकी गर्दन हौले-हौले झूल रही थी। सिर्फ़ लड़का जागता रहा। तेज़ दौड़ती ट्रेन की खटर-पटर तो देर-सबेर उसे भी सुला देती लेकिन भीतर की उधेड़बुन में, जो कहीं इस खटर-पटर से अधिक शोर मचाए हुए थी, वह कैसे सो सकता था!

क़रीब-क़रीब आधी रात हो गई थी जब खीम सिंह की नींद खुली। ट्रेन किसी स्टेशन पर रुकी थी और एक प्रौढ़ युगल उनके कूपे में अपना सामान रख रहा था। वह उठा और बाहर निकलकर फ़र्स्ट क्लासं के डिब्बे में साहब वाले कूपे की खिड़की पर आँखें चिपकाकर झाँक आया। कुछ साफ़ दिखा नहीं लेकिन वह आश्वस्त था कि साहब सो रहे हैं। अपने डिब्बे में लौटकर जैसे ही वह पुन: सोने की मुद्रा में जा रहा था, उसके दिमाग़ में बिजली-सी चमकी।

"खीम सिंह, कोठी के लिए अब कोई पहाड़ी लड़का ला दो। दो साल में चार लड़के देख लिये यहाँ के, सब कामचोर। पहाड़ी लड़के मेहनती होते हैं और ईमानदार भी।" कुछ दिन पहले मेमसाहब ने कहा था जब वह फ़ाइलों का बस्ता लेकर कोठी पर गया था। उस दिन उसे कोठी पर ही रह जाना पड़ा था क्योंकि नया नौकर भी छोड़कर चला गया था। फिर अगले पाँच दिन दफ़्तर का कामकाज छोड़कर उसे घरेलू नौकर बनकर वहीं रहना पड़ा था। हाल ही में एक शाम साहब ने भी याद दिलाया था—"कोई लड़का मिला खीम सिंह, मेमसाहब परेशान हैं।"

सीट में नये यात्रियों के बैठ जाने से सीमित जगह में सिकुड़कर तिरछा होते हुए उसने दूसरी ही नज़र से लड़के को देखा। दोनों एक दूसरे पर लदे सो रहे थे। लड़की नितान्त अबोध और निर्दोष लग रही थी। लड़के के चेहरे पर भी निश्छलता पसरी हुई थी। वह जानता था कि ये दोनों प्रेम के पागलपन में भागकर तो आ गए हैं लेकिन इनके पैरों के नीचे ज़मीन है न सिर पर आसमान। लखनऊ में स्टेशन से बाहर निकलते ही इन्हें सबसे पहले किसी आश्रय की तलाश होगी।

"खीम सिंह, तुम ये क्या बवाल ले आए?"

"रख लीजिए मीमसाब, दोनों आपकी सेवा करेंगे।"

"लड़का तो ठीक था खीम सिंह, मगर ये लड़की? इसके घरवाले आ गए, रिपोर्ट लिखा दी तो?"

"कोई नहीं आएगा मीमसाब। वहाँ रपट कौन लिखाने वाला है! थोड़ी देर रो-धोकर ख़ुश हो जाएँगे कि सिर से बोझ उतर गया।"

खीम सिंह अपने घर चला गया और दोनों को कोठी के आउटहाउस में जगह मिल गई।

'प्रेम अन्धा होता है' इस सार्वभौमिक कथन को पुन: 'सत्य वचन' प्रमाणित करते हुए लड़का वीरेन्द्र और लड़की हीरा आकर्षण के चरम आवेग में भाग आए थे। कहाँ जाएँगे, कहाँ सिर छुपाएँगे, क्या खाएँगे, जैसे सवाल उस समय उनके लिए अस्तित्व नहीं रखते थे लेकिन बस में बैठकर काठगोदाम आने और फिर ट्रेन में बैठने के बाद धीरे-धीरे अन्धे प्रेम को कुछ-कुछ दिखाई देने लगा था। हीरा तो वीरेन्द्र की बाँह पकड़े हुए सारी ज़िम्मेदारी और अपना सिर उसके कन्धे पर रखकर सोती रही थी लेकिन वीरेन्द्र रात भर परेशान रहा था। सुबह लखनऊ स्टेशन पर उतरने के बाद वे खीम सिंह के इशारे पर उसके पीछे-पीछे बाहर आए। फ़ाइलों का भारी बस्ता और साहब को कार में रवाना कर दिया तो खीम सिंह ने एक ताँगे में बैठने के बाद आदेश सुनाया था—"बैठो" और वे अपना झोला पकड़े यंत्रचालित से ताँगे पर सवार हो गए थे। आधा घंटे तक घोड़े की टापें सड़क के साथ-साथ उनकी छाती पर भी पड़ती रही थीं—टक-टक-टक-टक! लेकिन फिर उनके पैरों के नीचे ठोस ज़मीन थी और सिर के ऊपर एक छत। वीरेन्द्र ने इसे दो मछलियों के निशान वाले साफ़े का कमाल माना और हीरा ने अपनी क़िस्मत का ख़ूबसूरत लेख। पहाड़ में जवान होती लड़कियाँ अपनी क़िस्मत में 'पता नहीं क्या जो लिखा है' के गीत गाकर जंगल गुंजाया करती थीं। क़िस्मत के अद्भुत लेखे के रूप में जो वरदहस्त उन्हें शीघ्र प्राप्त होने वाला था और जो उनकी आगे की दुनिया को रोशन करने वाला था, उसका अभी उन्हें कोई अनुमान नहीं था।

सिंचाई विभाग के एस. ई. अर्थात अधीक्षण अभियंता गोविंद नारायण माथुर की धर्मपरायण पत्नी मोहिनी माथुर को एक ही चिन्ता थी कि कोई बड़ा लफड़ा न खड़ा हो जाए। खीम सिंह के आश्वासन पर दोनों को उन्होंने कोठी के आउटहाउस में रख लिया था लेकिन मन में आशंका बनी हुई थी। वीरेन्द्र ने जब साफ़-साफ़ बता दिया कि हीरा उनके हलवाहे की लड़की है तो उनकी चिन्ता बढ़ गई थी।

कहीं राजपूत लड़के के घरवाले लाठी-डंडा लेकर यहीं न पहुँच जाएँ। एक अछूत लड़की को भगा ले जाने के कारण उनकी बिरादरी में बवाल तो हुआ ही होगा। खीम सिंह जब भी कोठी में आता, और इन दोनों के आने के बाद कुछ अधिक ही आने लगा था, तो बड़े भरोसे से यही कहता था कि मीमसाब, पहाड़ से इनकी खोज में यहाँ कोई नहीं आने वाला। वहाँ से तो लड़के-लड़कियाँ भागते ही रहते हैं। तो भी बिना ब्याह के दोनों को अपने यहाँ रखने पर उनके मन में अपराध-बोध बना हुआ था। रास्ता साहब ने सुझाया। खीम सिंह 'हलवाहे की लड़की' का अभिभावक बनने को राज़ी नहीं हुआ लेकिन वीरेन्द्र सिंह नेगी के अभिभावक के रूप में अपना नाम लिखवाने को सहर्ष तैयार हो गया था। इस तरह लखनऊ पहुँचने के सप्ताह भर बाद आर्य समाज मन्दिर में अग्नि को साक्षी मानकर दोनों ने पति-पत्नी के रूप में सात वचन निभाने की शपथ ली। वधू की अभिभावक बनी मीमसाहब को खीम सिंह बधाई तो क्या देता, उसने गद्गद स्वर में यह अवश्य कहा था कि अब आपकी घरेलू कामकाज की समस्या हमेशा के लिए हल हो गई, मीमसाब!

अविश्वसनीय लगने वाली काल्पनिक कथाएँ बीहड़ यथार्थ के बीच मनुष्य के सपनों से ही जन्म लेती हैं। इसलिए कभी-कभी सपने जैसा जीवन में घटित हो जाए तो किम् आश्चर्यम्! तो, माथुर साहब की विशाल सरकारी कोठी के सूनेपन में एक नव-युगल और एक प्रौढ़-दम्पति के जीवन का नया अध्याय लिखा जाने लगा। मोहिनी जी, वीरेन्द्र और हीरा को उस जीवन के पाठ पढ़ाने लगीं जो उन दोनों का बिलकुल अनजाना था। उस अल्हढ़ पहाड़ी नवयौवना एवं निर्मल हृदय युवक से पहाड़ी ग्राम्य जीवन के अविश्वसनीय-से क़िस्से सुनकर उनकी उदास दोपहरें खिलखिलाने लगीं। 'पानी पिलाओ' कहने पर जो लड़का बड़े भदेस ढंग से हाथ में पकड़े लबालब भरे गिलास से पानी छलकाता हुआ सामने आ खड़ा होता था, कुछ ही दिन के बाद ट्रे में कप, चम्मच, दूध की प्याली, चाय की केतली और तश्तरी में बिस्कुट सजाए विनम्रता से पेश आने लगा। जिस हीरा के हाथों को मडुए के मोटे-मोटे टिक्कड़ पाथना ही आता था, वह धीरे-धीरे गोल फुल्के सेंकना सीखने लगी थी।

नि:सन्तान मोहिनी माथुर का दिन दोनों को दैनंदिन घरेलू कामकाज सिखाने, शहरी जीवन का आचार-व्यवहार समझाने, उनकी भोली बेवक़ूफ़ियों और अनचीन्हीं बोली के छौंकों के कारण कभी झुँझलाने और कभी खिलखिलाने में पता नहीं कब बीत जाता था। उनकी दोपहरियों की बोरियत में दो युवा स्वरों का चहचहाना भर गया। वीरेन्द्र एक-दो बार बताने पर ही काम और शिष्टाचार सीख लेता था लेकिन हीरा को घरेलू कामकाज और व्यवहार का सामान्य सलीका सिखाने में भी मोहिनी जी को बड़े पापड़ बेलने पड़े। वह रोटी बेलते-बेलते कभी पल्लू या दुपट्टे से नाक पोंछते हुए ज़ोर की आवाज़ करती। धुले बर्तनों और दाल-चावल-मसालों के डिब्बों पर आटा सने हाथों की छाप छोड़ देती। फ़र्श पर कहीं भी टाँगें फैलाकर बैठ जाती और अपनी किसी बात पर मेमसाब को हँसते देखकर खिलखिलाती तो उसकी हँसी दीवारें फाड़कर बाहर सड़क तक पहुँच जाती। एक बार उन्होंने तनिक खीजकर कह दिया—'तू भी किस जंगली को भगाकर ले आया वीरेन्द्र' तो वह इतनी ज़ोर-ज़ोर से रोती रही थी कि उसे चुप कराना मुश्किल हो गया था। तो भी मिसेज माथुर ने हिम्मत नहीं हारी और उस 'जंगली कन्या' को धीरे-धीरे सभ्य और पालतू बनाने में लगी रहीं। एक चीज़ थी जिसका 'जंगलीपन' बहुत मोहक था। उनके आग्रह पर जब हीरा शरमाते हुए अपने सुरीले स्वर में कोई पहाड़ी गीत गाती तो उठती-गिरती स्वर लहरियाँ तैरते हुए उनके मन की रिक्ति को भी जैसे सहलाकर भर देतीं। तब उनके भीतर ममता की सूखी नदी बरसाती प्रवाह से लबालब हो उठती और एक लहर आँखों तक भी चली आती। उस क्षण अनायास ध्यान आ जाता कि उनकी सन्तान हुई होती इसी उम्र की होती। तब उसका जंगलीपन और भूल-चूक भूलकर वे उससे दुलार करने लगतीं।

पहाड़ी नौकरों के मेहनती और ईमानदार होने की स्थापित सच्चाई को दोनों ने कई तरह से प्रमाणित किया। कोठी के पीछे की बड़ी-बड़ी क्यारियाँ जो दफ़्तर के माली की बेगार वाली ड्यूटी से किसी तरह हरी हो पाती थीं, उनमें मौसमी फूलों और सब्ज़ियों की मौलिक महक भर गई। फलों के रूखे-सूखे दिखते पेड़ लहलहाकर फलने लगे। पहाड़ की चढ़ाई-उतराई में भारी-भारी बोझ ढोने

की आदी हीरा के लिए उस बगीचे की खुदाई-गुड़ाई-सफ़ाई खेल-खेल में हो जाने वाला काम था। हीरा जब तक 'मीमसाब' के निर्देशन में गृहकार्य में तनिक भरोसेमन्द हुई, वीरेन्द्र ने बाहर का काम बख़ूबी सीख लिया। वह 'मीमसाब' के साथ बाज़ार जाता और कभी ड्राइवर के साथ गया तो ज़िद करके स्टेयरिंग पर हाथ आजमाने लगा। साइकिल चलाना उसने सबसे पहले सीखा। साहब के कहने पर उसने शाम को हिन्दी-अंग्रेज़ी टाइप सीखना भी शुरू कर दिया था। रात को अपनी कोठरी के एकान्त में उन्हें कभी गाँव की याद आ जाती और वे अपने पीछे जो हुआ होगा, उसकी कल्पना करके कभी हँसते, कभी गम्भीर हो जाते। हीरा तो रो भी पड़ती थी लेकिन सच यही था कि मछली के बिल्ले वाले साफ़े की जादुई करामात से उन्हें जो ख़ूबसूरत दुनिया हासिल हो गई थी, उसमें पहाड़ और परिवार की याद अधिक टिक नहीं पाती थी।

साफ़े की असली करामात एक दिन अचानक सामने आ गई। शाम को साहब के घर आते समय कभी-कभी खीम सिंह ज़रूरी फ़ाइलों का बस्ता लेकर उन्हीं के साथ कार में आ जाता था। आता तो वीरेन्द्र और हीरा से अपनी बोली में हँसता-बोलता। वे अपनी कोठरी में होते तो वहाँ चला जाता। कभी हीरा से चुहल भी कर लेता था। शाम को वीरेन्द्र ने टाइप स्कूल जाना शुरू कर दिया था। एक शाम खीम सिंह आया तो हीरा साहब को चाय देकर किसी काम से अपनी कोठरी में गई हुई थी। पता नहीं खीम सिंह कब दबे पाँव वहाँ जा पहुँचा। हीरा की चीख़ सुनकर मोहिनी जी बरामदे में निकलीं तो उन्होंने आउटहाउस के दरवाज़े से खीम सिंह का साफ़ा लुढ़कते हुए बाहर आता देखा।

"खीम सिंह!" मीमसाहब की दहाड़ सुनकर बदहवाश हीरा रोते-बिलखते आकर उनसे चिपक गई। खीम सिंह साफ़ा उठाने की परवाह किये बिना सिर झुकाए पीछे से ही बाहर निकल गया। मीमसाहब ने हीरा को सीने से लगा लिया।

"मार देना था उसे।" मोहिनी जी ने हीरा की पीठ थपथपाई। खीम सिंह की इस हरकत पर उन्हें बहुत क्रोध आ रहा था। हीरा से चुहल करते समय उसकी आँखों से टपकती लोलुपता देखकर एकाध बार उन्हें खटका हुआ था लेकिन

उनकी क्षेत्रीय आत्मीयता का ध्यान कर वे सन्देह झटक देती थीं। आज फिर साबित हो गया था कि पुरुष की नज़रों को समझने में स्त्रियाँ भूल नहीं करतीं।

दूसरी सुबह साहब ने खीम सिंह को बिना साफ़े के दफ़्तर में देखा तो पूछना चाहा कि क्या हो गया लेकिन अगले ही पल वह रोता-गिड़गिड़ाता उनके चरणों में पड़ा था और बीवी-बच्चों के भूखे मर जाने की दुहाई देते हुए नौकरी बचा लेने की गुहार लगा रहा था। मोहिनी जी ने उन्हें कुछ नहीं बताया था। 'ग़रीब की नौकरी लेने का पाप कौन सिर पर ले!' इस उदार दर्शन के कारण उसे माफ़ी मिल गई लेकिन कोठी में उसके प्रवेश पर पूरी रोक लग गई थी।

निस्सन्तानता से उपजी भीतरी-बाहरी रिक्ति को मोहिनी माथुर कई वर्ष से सत्संग और भगवद्भजन से भरने का प्रयत्न किया करती थीं। ऋषिकेश के भारद्वाज आश्रम में भी माथुर दम्पति का साल में एकाधिक बार जाना हो जाता था, जहाँ स्वामी जी के वचन दोनों को सांसारिक माया-मोह से यथासम्भव विरक्त रहने को प्रेरित करते थे। लेकिन अब दोनों को, मोहिनी जी को तो अवश्य ही, जीवन का एक कल्याणकारी उद्‌देश्य मिल गया था, जिसमें मोह-माया तो पर्याप्त था किन्तु किसी दूसरे के जीवन को सुखमय बनाने के प्रयास का परमार्थ कहीं अधिक दिखाई देता था। अगली ऋषिकेश यात्रा में स्वामी जी ने भी इसे जीवन को सार्थक बनाने का यत्न घोषित कर दिया था। हीरा ने सचमुच मोहिनी जी के जीवन के सूनेपन को अपनी मोहक-ऊष्मित उपस्थिति से भर दिया था, जो 'मीमसाब' के सम्बोधन को छोड़कर उन्हीं के आग्रह पर उन्हें 'माँ जी' कहने लग गई थी। वे उसे पुत्रिवत् स्नेह करने लगी थीं। संध्या समय जिस हारमोनियम को वे मन-बेमन से सयत्न बजाकर 'मेरो मन अनत कहाँ सुख पावे' जैसे भजन गा लेती थीं, अब वही हीरा की संगत में अत्यन्त मधुर एवं कर्णप्रिय लगने लगा था। हीरा पहाड़ के लोकगीत बहुत मीठे गले से आनन्दपूर्वक गा लेती थी, जिसका उसे खेतों-जंगलों में काम करते हुए गाने का बचपन से अभ्यास था, लेकिन भजन या दूसरे गीत गाने का उसे कोई अनुभव न था। वास्तव में गीतों से उसका नैसर्गिक नाता था, नदियों-झरनों-हवाओं के बहने की तरह, लेकिन 'संगीत' कहते हैं जिसे,

उसके बारे में कुछ पता न था। 'माँ जी' जो गाती थीं, उसमें वह स्वर मिलाने में अपने को असमर्थ पाती। वह लय-ताल ही नहीं, शब्द भी उसके लिए सर्वथा अपरिचित थे। तब उन उस्ताद जी को पुन: सादर याद किया गया जिनसे मोहिनी जी ने कई वर्ष पहले हारमोनियम पर भजन गाना सीखा था। उस्ताद अल्ताफ हुसैन इस बिलकुल ताज़ा, अनगढ़ किन्तु कोमल एवं मधुर स्वर को सुनकर अत्यन्त रोमांचित हो गए। उन्हें हारमोनियम पर उसे शास्त्रीय स्वरों की पहचान सिखाने में बहुत मेहनत करनी पड़ी लेकिन स्वर पकड़ना, मिलाना और उसे साध लेना तो उसने प्रकृति के सान्निध्य में अनायास पाया था। चन्द महीनों के अभ्यास के पश्चात हीरा बड़े मनोयोग और श्रद्धा से मीठे-सुरीले भजन गाने लगी। इस दौरान यह तथ्य बड़ी बाधा की तरह उपस्थित होता रहा था कि हीरा मधुर कंठ की स्वामिनी भले ही हो, छपे अक्षर उसके लिए काला अक्षर भैंस बराबर थे। तब मोहिनी जी ने उसे अक्षर ज्ञान से शुरू करके थोड़ा-थोड़ा पढ़ाना शुरू किया। बहुत मेहनत और प्रोत्साहन के पश्चात काले अक्षर भैंस से क्रमश: गाय और बकरी तो बन गए लेकिन इससे आगे न बढ़ने पर अड़े रहे। पढ़ना-लिखना सीखने में हीरा ने पूरी तरह हाथ-पैर छोड़ दिये। अपनी असफलता पर वह रोने बैठ जाती। फिर मोहिनी जी ने भी हथियार डाल दिये। यही एकमात्र सफलता रही कि वह धीरे-धीरे टेढ़ा-मेढ़ा 'हीरा' लिखकर अपने हस्ताक्षर बनाने लगी थी। उस्ताद जी ने बताया कि लखनऊ आकाशवाणी से कुमाऊँनी-गढ़वाली बोली में 'उत्तरायण' कार्यक्रम प्रसारित होता है जिसे पहाड़ी के अच्छे गायकों-वादकों की तलाश रहती है। कुमाऊँनी के मौलिक उच्चारण और लोकधुनों में रचे-पगे स्वर की धनी हीरा आकाशवाणी की स्वर परीक्षा आसानी से पास कर गई। उसके गाये लोकगीत 'उत्तरायण' से प्रसारित होने लगे। अपनी इस अनजानी प्रतिभा, अनजानी इसलिए कि बचपन से गीत सुनते और फिर सखियों-बुजुर्गों संग गाते हुए उसे कभी लगा ही नहीं था कि यह कोई विशेष बात है, की व्यापक स्वीकृति से वह प्रसन्न हुई थी। लिखने-पढ़ने के असफल प्रयास में ध्वस्त हुआ आत्मविश्वास तनिक वापस आ गया था।

लखनऊ आने के डेढ़-दो साल में हीरा का कायान्तरण हो गया था। खीम सिंह ने उसे एक बार हजरतगंज़ बाज़ार में मेमसाब के साथ देखा तो दिमाग़ पर ज़ोर डालकर ही पहचान सका था। साड़ी के उलटे पल्ले में वह मेमसाहब के साथ ऐसे आत्मविश्वास से चली जा रही थी जैसे कि शहर में पली-बढ़ी उनकी बेटी या बहू हो। चेहरे का निर्दोष पहाड़ीपन अलबत्ता अपनी छाप बचाए रखने में सफल रहा था। वीरेन्द्र मज़ाक़ में कहता भी था कि अगर आज तुझे गाँव ले जाऊँ तो हमारे घरवाले कोई देसी बहू समझ बैठेंगे। इस विचार से ही हीरा सहम जाती। कैसा और कितना भी कायान्तरण हो गया हो, वह स्वयं जानती थी कि जन्म से ही 'शिल्पकार' का जो ठप्पा उसके अस्तित्व पर लगा हुआ है, उसे मृत्यु भी मिटा नहीं सकती। इसलिए वीरेन्द्र का मज़ाक़ उसे इस ठप्पे की स्मृति कराकर मानसिक यंत्रणा का ही कारण बनता था। एक दिन आकाशवाणी में उसे इसी कारण बहुत अपमानित होना पड़ा था। उस दिन कोई कुमाऊँनी कवि जी अपनी कविता रिकॉर्ड कराने वहाँ आए थे। स्टूडियो में रिहर्सल के दौरान कवि जी ने उससे पूछ लिया—"बहुत अच्छा गाती हैं आप, रियल फोक!"

वह अपने में ही सिमट गई थी।

"कहाँ हुआ आपका घर?"

"अल्मोड़ा के आगे।" बड़ी मुश्किल से वह कह पाई थी। इतने में ही साँवला चेहरा तप गया था।

"पूरा नाम क्या लिखती हैं?"

उसका चेहरा और भी झुक गया था। भीतर उधेड़बुन मची रही। पूरा नाम? उसका नाम हीरा है। गाँव में प्यार से या ग़ुस्से में 'हिरुलि' कह देते थे। मन्दिर में शादी के समय माँ जी ने 'माथुर' लिखवा दिया था। वह अभिभावक बनी थीं न! फिर बैंक के खाते में उन्होंने हीरा नेगी लिखवा दिया था, जो मान लिया गया था कि शादी के बाद वह हो गई थी। मोहिनी जी ने ही आकाशवाणी के फ़ॉर्म में हीरा नेगी लिखा होगा लेकिन वहाँ भी कहते उससे सब हीरा ही थे। पूरे नाम की ज़रूरत उसे कभी पड़ी नहीं। उसका असमंजस देखकर कार्यक्रम संयोजक ने हँसते हुए बताया था—"हीरा नेगी। बहुत संकोची हैं हीरा जी।"

कवि जी ने कहा था—"आपको अपने प्रोग्राम में बुलाने की इच्छा है। हमारी एक संस्था है—पर्वतीय परिषद। कल्चरल प्रोग्राम करते रहते हैं। आपको सुनकर ख़ुश होंगे लखनऊ के पहाड़ी।"

वह हाथ जोड़कर सिर्फ़ मुस्करा दी और पानी पीने के बहाने उठ गई थी। स्टूडियो के भारी दरवाज़े के धीरे-धीरे बन्द होते हुए उसने अपने पीछे किसी को कहते सुना था—"अरे, इनका तो पेशा ही हुआ गाना। अच्छा क्यों नहीं गाएगी! किसी नेगी जी के साथ भाग आई तो हीरा नेगी हो गई!" उसके कान धप-धप करने लगे। कोठी में रहते हुए उसे कभी इस तरह की बातें सुनने को नहीं मिलती थीं। वह भूल ही गई थी कि वह कौन थी और किसके साथ भागकर आई थी। उसकी ख्याति से पहले उसकी 'मूल' पहचान फैल गई थी। उस दिन वह सहज होकर गा नहीं सकी। कान जल रहे थे और दिमाग़ में हथौड़े की तरह वही संवाद गूँज रहा था—"गाना तो इनका पेशा ही हुआ...किसी नेगी जी के साथ भाग आई है...।" दो-तीन बार 'कट-कट' सुनना पड़ा तो आँसू निकल आए थे। हारमोनियम पर संगत कर रहे श्रवण जी ने पूछा भी था कि हीरा, आज क्या बात है? उस दिन किसी तरह रिकॉर्डिंग निपट पाई थी।

एक इतवार को दो-तीन लोग उसे ढूँढ़ते हुए कोठी में आए थे, एक कार्यक्रम में गाने का निमंत्रण लेकर। वह नहीं जाना चाहती थी। आकाशवाणी के स्टूडियो में उस दिन सुनी गई बातें वह भूल नहीं पा रही थी। उस प्रस्ताव पर माँ जी के ख़ुश होने और कार्यक्रम में जाने के लिए ज़ोर देने पर उसे राज़ी होना पड़ा था। खचाखच भरे रवींद्रालय में उसके गाये गीत ख़ूब पसन्द किये गए। मंच पर गुलदस्ता और शॉल देकर सम्मानित किया गया था। माँ जी और वीरेन्द्र भी उसका गाना सुनने आए थे। कार्यक्रम के समापन पर हॉल से बाहर आते-आते उसकी मूल पहचान पर किये जाते रहे तंज़ उनके कानों तक भी पहुँचे ही थे। अगली बार जब ऐसे ही कार्यक्रम का निमंत्रण आया तो उसने सिरे से नकार दिया। माँ जी का आदेश भी उसने नहीं माना।

"वीरेन्द्र ने मना किया है?" उन्होंने पूछा था—"क्यों वीरेन्द्र?"

वीरेन्द्र कुछ नहीं बोला लेकिन हीरा ने दो-टूक कह दिया था—"इन्होंने कुछ नहीं कहा लेकिन मैं नहीं जाऊँगी।" 'उत्तरायण' में रिकॉर्डिंग के लिए जाना भी उसने धीरे-धीरे बन्द कर दिया। माँ जी ने भी फिर बहुत ज़ोर नहीं दिया।

कायान्तरण वीरेन्द्र का भी ख़ूब हो गया था हालाँकि वह गाँव से आते समय भी हीरा जितना पहाड़ी 'भुस' (फूहड़) नहीं था। इंटर तक की पढ़ाई और जातीय श्रेष्ठता की पृष्ठभूमि ने उसे जन्मजात 'सभ्य' बनाया हुआ था, किन्तु अब वह आत्मविश्वास से भरा और शहरी जीवन से सुपरिचित व्यवहार कुशल युवक था। देह भी अच्छी निखर आई थी। लखनऊ की सड़कों पर आत्मविश्वास से साइकिल चलाता हुआ वह साहब-मेमसाहब के कामों से बैंक, डाकख़ाने और दूसरे दफ़्तरों में जाता। कभी-कभार कैरियर पर बैठाकर हीरा को भी बाज़ार ले लाता। जब से साहब ने उसे सिंचाई विभाग के एक डिवीजन में अस्थायी तौर पर टाइपिस्ट रखवा दिया था, उसकी देह-भाषा में नई लय जुड़ गई थी। बड़ी ठसक के साथ वह दफ़्तर जाता और अपने को शहरी सभ्य समाज का हिस्सा समझने लगा था। इसी कारण कभी-कभी हीरा को उसके फूहड़पन और गँवई आदतों के लिए डाँट देता और उलटे मेमसाहब से झिड़की खाता था—"अच्छा, तू बड़ा तमीज़दार हो गया!"

यह तो हो ही नहीं सकता था कि वीरेन्द्र और हीरा को अपने गाँव और परिवारों की याद बिलकुल न आती हो। यहाँ ख़ूब सुख था, इतना कि उन दोनों ने कल्पना भी न की होगी। प्रेम के चरम आवेग में घर से भागते समय भी कहीं अवचेतन में तो रहा ही होगा कि जाने कैसी-कैसी मुसीबतों का सामना करना पड़े लेकिन जो अकस्मात् मिल गया था, वह कल्पनातीत था। कष्ट और संघर्ष के दिनों में अपने लोगों और घर-गाँव की याद बहुत सताती है लेकिन ऐसा नहीं है कि सुख के दिनों में उन्हें बिसर ही जाते हों। सुख और उपलब्धियों के समय घर-गाँव और अपना परिवार कम याद नहीं आते, बल्कि इसलिए अधिक ही, जैसा कि वीरेन्द्र और हीरा दोनों सोचते और चर्चा भी करते थे कि काश, घरवाले हमारे ये दिन देख पाते! हीरा के घरवालों को तो इस सम्बन्ध पर कोई आपत्ति नहीं हो सकती थी, बल्कि उनके लिए यह गर्व की बात थी

कि उनकी लड़की उच्च कुलीन राजपूतों के घर है, लेकिन यह सोचकर हीरा उदास हो जाया करती थी कि उसके बाबू, माँ और भाइयों के साथ जाने क्या सलूक किया गया होगा। अगर कहीं वह भी उनके सामने पड़ गई तो वे क्या नहीं करेंगे! इसलिए वह कभी गाँव जाने की सोच नहीं पाती थी लेकिन वीरेन्द्र के साथ ऐसा नहीं था। उसने अपनी पूरी बिरादरी की नाक कटवा दी थी और अपने कुल पर सदा के लिए एक कलंक लगा दिया था। तो भी उसे लगने लगा था कि सरकारी नौकरी और उसका हालचाल देखकर और इतने समय बाद उसे क्षमा कर दिया जाएगा। लोग उसका 'अपराध' धीरे-धीरे भूल गए होंगे। तब उसे इजा, बहन नन्दा, छोटे भाई आनन्द और आमा की बड़ी याद आती। उसका मन उनसे मिलने को व्याकुल हो जाता। उसने एक बार मेमसाब से चर्चा भी की थी कि क्या उसे एक बार गाँव हो आना चाहिए। उन्होंने मना नहीं किया था लेकिन सावधान किया था कि इसमें ख़तरा है। हो सकता है कि वे तुम्हें मजबूर करें कि हीरा को छोड़ दो और शुद्धि करा लो। उच्च जातियों में, विशेष रूप से लड़के वालों के लिए यह असामान्य बात नहीं है। इसलिए जितनी बार उसका परिवार और पहाड़ प्रेम ज़ोर मारता, यह आशंका उसका दिल तोड़ देती। हीरा को छोड़ने की वह सोच नहीं सकता था। वह विश्वास करने लगा था कि उन्हें जो मिला है उसमें हीरा का बड़ा योगदान है। उसके बिना वह अकेला नौकरी भले पा लेता, साहब के परिवार का अभिन्न हिस्सा होने का सौभाग्य और इस कारण प्राप्त स्नेह एवं सुख-सुविधाएँ अर्जित कर ही नहीं सकता था। तो भी, वह एक सप्ताह की छुट्टी लेकर गाँव गया था। आमा, इजा, बाज्यू, बहन और भाई के लिए कपड़े, रेवड़ी, मिठाइयाँ, एक ट्रांजिस्टर—जिसका इजा को बहुत शौक़ था, हल्द्वानी से गुड़ की भेलियाँ, भुना चना, आदि, जो उसे पता था कि छुट्टी पर घर आने वाले परदेसी लाया करते थे, लेकर गाँव पहुँचा। क़रीब तीन साल बाद वह गाँव लौटा था, सफल होकर आया था। उसके मन में उमंग थी। जैसा उन गाँवों में हुआ करता था, उसके घर आने की ख़बर जंगल से गाँव की ओर आती पगडंडी से ही जेठ मास की आग की तरह फैल गई थी। अपने घर के आँगन में पहुँचने तक एक

छोटा-सा हुजूम कुछ दूरी बनाते हुए उसके पीछे-पीछे लग गया था। रास्ते भर उसने घरवालों की प्रतिक्रियाओं के तरह-तरह के अनुमान लगाए थे परन्तु यह न सोचा था कि उसके बाज्यू आँगन में लाठी पकड़े स्वागत में खड़े मिलेंगे।

"ख़बरदार! ...इससे कह दो कि हमारे आँगन में भी पैर न धरे, वर्ना...!" उन्होंने आँगन के चौड़े पत्थरों पर ठक-ठक लाठी बजाई थी। बाज्यू की ऐसी मुद्रा वीरेन्द्र ने कभी नहीं देखी थी। पिता-पुत्र के बहुत अच्छे रिश्ते थे, लगभग दोस्ताना, जैसा गाँव में किसी पिता-पुत्र के बीच देखा नहीं गया था। वे हँसी-मज़ाक़ भी कर लेते थे लेकिन उस समय उनकी मुद्रा देखकर वीरेन्द्र जहाँ था वहीं ठहर गया, गहरे सदमे से जकड़ा हुआ। उस अवतार में वे बाज्यू तो क़तई नहीं थे। उसके पीछे-पीछे आ रहा मज़दूर भी, जो उसका सामान पीठ पर लादे हुए था, उनकी गर्जना और ठक-ठक सुनकर सहम गया था। फिर जो हुआ उसे वीरेन्द्र जीवन भर भूलने की कोशिश करता रहा, हालाँकि कभी भूल नहीं पाया। वह उन चन्द मिनटों को, या कि पता नहीं कितनी समयावधि, कभी याद करना नहीं चाहता लेकिन वे जैसे उसके स्मृति पटल पर हमेशा के लिए सबसे ऊपर चिपके रह गए थे। उसे इस तथ्य से बहुत राहत मिलती रही कि उस स्मृति में दृश्य और संवाद स्पष्ट नहीं थे, गड्ड-मड्ड हो गए थे। अन्यथा उस समय वहाँ जो हुआ उसकी स्पष्ट स्मृति उसे कभी चैन नहीं लेने देती।

बाज्यू ने उसके सिर का निशाना साध कर हाथ की लाठी हवा में उठाई थी और उसके जड़ हो गए पैरों में बिजली-सी दौड़ी थी...वह भाग रहा था विद्युत गति से, पहाड़ी पगडंडी पर सन्तुलन खो देने की चिन्ता किये बिना। उसके पीछे कुछ दूर तक वह श्रमिक भी भरसक तेज़ चलता आया था जिसकी पीठ पर उसका सामान लदा था। फिर कुछ पता नहीं कि श्रमिक कहाँ रह गया, उसके सामान का क्या हुआ जो वह बड़ी हसरत से घरवालों के लिए ले गया था। भागते-भागते भी एक क्षीण-सी उम्मीद गाँव की सीमा तक साथ लगी रही थी कि 'ददा-ददा' कहकर सदा साथ लगा रहने वाला भाई आनन्द ही आ जाए पीछे से पुकारता हुआ कि 'ददा, रुक जाओ...ददा-ददा!' लेकिन कोई उसे रोकने नहीं आया था। किसी आवाज़ ने उसे नहीं रोका, न इजा की रुलाई ने,

न नन्दा के लाड़ ने और न आमा की लाड़ भरी डाँट ने। उसे पुकारने के लिए वे आवाज़ें वहाँ थीं ही नहीं, यह तो धीरे-धीरे तब स्पष्ट हुआ था जब हल्द्वानी के लिए बस में बैठने के बाद उसका दिल-दिमाग़ कुछ ठिकाने आया और भागते-भागते गाँववालों के मुँह से सुनी गई बातों के अर्थ खुलने लगे थे। उन बातों का आशय जैसे-जैसे स्पष्ट होता गया था, वैसे-वैसे वह संज्ञाशून्य होता गया और पूरी यात्रा में पत्थर जैसा बना रहा था।

तीसरी ही सुबह वीरेन्द्र को वापस लौटा देखकर हीरा के सीने की धक-धक सिर तक पहुँच गई थी। वह क्या पूछती! अचम्भे से अनायास खुल गया मुँह लिये उसका मुँह ही हेरती रही। वीरेन्द्र ने लखनऊ पहुँचने तक अपने को सँभाल लिया था। हीरा से उसने संयत स्वर में इतना ही कहा था—"उस घर के दरवाज़े हमारे लिए हमेशा के लिए बन्द हो गए।" इसकी आशंका तो हीरा को थी ही लेकिन जो जानने के लिए उसका दिल काबू में नहीं हो पा रहा था, उसे पूछने की हिम्मत भी नहीं कर पा रही थी। वीरेन्द्र को चाय-पानी देकर वह उसके पास बैठ गई थी लेकिन उसकी पीठ पर रखे उसके हाथ ने चुगली कर दी थी। उँगलियों का काँपना अनुभव कर वीरेन्द्र ने उसकी ओर देखा और चाय का कप उठाने के बहाने नज़रें नीची करके कहा था—"तेरे यहाँ सब ठीक ही है।" हीरा की उँगलियों का कम्पन बन्द हो गया था लेकिन स्वयं उसका सिर झुका ही रह गया था। हीरा को वह कैसे बता सकता था कि जिस हलवाहे की लड़की ने एक राजपूत के लड़के को फँसाने की जुर्रत की थी, वह सकुशल कैसे रह सकता था। ब्राह्मणों-राजपूतों की दया पर जिसका सम्पूर्ण अस्तित्व टिका था, उन्हीं की इज़्ज़त मिट्टी में मिला देने के जुर्म की कड़ी सज़ा उसे अवश्य दी गई होगी, बाज्यू का रौद्र रूप देखने के पश्चात यह समझना क्या मुश्किल था! हीरा से वह क्या कहता! मेमसाब भी समझ ही गई होंगी। तभी उन्होंने कुछ नहीं पूछा था।

उस सुबह के बाद घर-गाँव-परिवार का उल्लेख उनकी चर्चाओं में आना बन्द हो गया था। यह अलग बात थी कि सपनों में उनका आना बढ़ गया था। एक हूक थी जो कलेजे में उठती थी, जिसे दबा देने के लिए यत्न करना पड़ता था।

धीरे-धीरे वे इसके साथ जीना सीखते गए और सामान्य दिखने लगे थे। कोई यह कैसे देख सकता था कि दोनों के भीतर एक कीला-सा गहरे धँसा हुआ था और गाहे-बगाहे टीसता रहता था! एक-दूसरे से भी वे कहाँ कह पाते थे।

प्यार था या देह का दुर्दमनीय आकर्षण, वीरेन्द्र के भीतर का वह शुरुआती तूफ़ान शान्त हो ही जाना था जब हीरा के अलावा और कुछ दिखाई नहीं देता था और चूँकि किसी भी क़ीमत पर उसे सामाजिक स्वीकृति नहीं मिलनी थी, इसलिए कहीं दूर भाग जाने के अलावा कोई राह सुझाई नहीं देती थी। यह उनकी क़िस्मत ही थी कि उन्हें लखनऊ पहुँचते ही पैरों के नीचे ठोस ज़मीन और सिर के ऊपर सुरक्षित छत मिल गई थी। दर-दर की ठोकरें खानी पड़तीं या किन्हीं आपराधिक हाथों में पड़ गए होते तो क्या होता, यह सोच-सोच कर वीरेन्द्र सिहर उठता था। यह सिहरन मन में बहुत दूर तक जाती थी और वह अपने पर ही अचम्भा करने लगता था कि दीवानगी में कैसा क़दम उठा बैठा! अनायास उसके भीतर कोई सवाल करने लगता था कि क्या वह हीरा से सचमुच प्यार करता था या केवल दुर्दम्य दैहिक आकर्षण था? उसे वह सब याद आता और मन में सवाल उठने लगते। एक सुबह जब उसकी आँखें कमर पर फेंटा कसकर गोठ से गोबर समेटकर बाहर निकालती हीरा की कुर्ती के झूलते गले के पार गई तो उसकी देह से दिमाग़ तक सनसनी दौड़ गई थी। फिर तो दोनों हाथों से सिर पर भारी बोझ सँभाले या झुककर खेत में काम करती या दौड़कर जानवरों को हाँकती अस्त-व्यस्त हीरा की देह का पीछा करती ही रही थीं उसकी आँखें। इसके अलावा और क्या देखा था उसने हीरा में कि उसके साथ भाग आने का अविश्वसनीय-सा फैसला कर बैठा? जिसके स्पर्श मात्र से 'अशुद्ध' हो जाने का ख़तरा सदा बना रहता था, उसे शरारतन यहाँ-वहाँ छू लेने और एकान्त देख कभी दबोच लेने के अलावा न कभी प्यार जताया गया और न ही सदा साथ देने की क़समें खाई गई थीं। भरी-भरी पुष्ट देह के अलावा क्या उसके चेहरे और व्यक्तित्व में भी कोई आकर्षण उसे अनुभव होता था? वह स्वयं से पूछता और कोई उत्तर न सूझता था।

बल्कि, कभी यह भी लगता था कि वह कैसे उसके प्रति आकर्षित हो सका था, दैहिक ही सही, जो कि अक्सर गंदी और कभी-कभार तो घिनौनी-सी भी बनी दिखाई देती थी। तब उसे यह लगने लगता था कि माथुर परिवार में उन्हें शरण और स्नेह न मिल गए होते तो क्या वह अपने उस पागलपन पर पछतावा नहीं कर रहा होता? क्या तब वह हीरा को मझधार में छोड़-छाड़कर वापस गाँव नहीं चला गया होता? दिमाग़ फिर कई कोणों से सोचने लगता था, कि अगर वह हीरा के अलावा और किसी और लड़की के साथ भागा होता तो भी क्या उसके बाज्यू लाठी लेकर उसका स्वागत करते? तब तो वह शान से हर साल छुट्टियों में गाँव जाता और छोटे भाई आनन्द को भी साथ लाकर नौकरी दिलवा चुका होता। ऐसे अवसरों पर उसे अपने ऊपर बहुत क्रोध आने लगता था। जब से वह गाँव से बैरंग लौटा था, बाज्यू द्वारा ठुकराया-गरियाया जाकर, उसके दिमाग़ में अक्सर ऐसे विचार हाला-डोला मचाने लगे थे। इजा और बहन की याद उसे विह्वल कर देती। बाज्यू का क्रोधित लेकिन लाचार चेहरा उसके ध्यान से उतरता ही नहीं था और आमा के स्नेहिल आलिंगन की स्मृति उसे विचलित कर देती थी। तब उसे गाँव-घर की बहुत याद आती थी। गर्मियों में जब धूप और लू के थपेड़ों के बीच साइकिल चलानी पड़ती थी, घमौरियों से देह लाल हो उठती थी और कोठी में चारों तरफ़ लगी खस की टट्टियों से आती शीतल हवा ही तनिक सकून देती थी, उसे पहाड़ बेतरह याद आने लगता था। काश, वह पहाड़ जा पाता और फिर से वहाँ की शान्त-सुन्दर वादियों-जंगलों में घूमता, नदियों में नहाता और परिजनों के साथ तीज-त्योहार मना पाता। अब वह वहाँ नहीं जा सकता था, कभी नहीं जा सकेगा और इस सबका कारण हीरा थी। तब सारा दोष हीरा के मत्थे मढ़ने के साथ ही यह सवाल भी सिर उठा लेता था कि क्या उसे हीरा से मुक्ति पा लेनी चाहिए थी? क्या वह ऐसा कर सकता था? यह सवाल उसे अत्यन्त विचलित कर देता। वह सिहर उठता और सिर को झटका देकर किसी काम में व्यस्त होने की कोशिश करता था ताकि यह ख़याल उसके दिमाग़ में बैठ ही न जाए। यह विचार उसके पैरों के नीचे की ज़मीन, सिर की छत और एक सुखद दिशा

में खुल रहा भविष्य आँधी की तरह उड़ा ले जाता था। वह काँपकर रह जाता था। परिणामस्वरूप रिश्ते-नाते, घर-परिवार और प्यारे पहाड़ की स्मृतियों को चुपचाप टीसते रहने के लिए वह मन के तहख़ानों में बन्द कर देता था।

हीरा की स्मृतियों में पहाड़ के ऐसे कोई रोमानी या मीठे अनुभव नहीं थे। हो भी नहीं सकते थे। उसके लिए खेत, जंगल, जानवर, नदियाँ, पहाड़, आदि-आदि कष्टों, उपेक्षाओं एवं वंचनाओं के पर्याय थे। मालिकों के गोठों से रोज़ सुबह गोबर निकालना, जानवरों के साथ जंगल-जंगल भटकना, खेतों में खटना, दूर-दूर से लकड़ी-मिट्टी-घास ढोना, झिड़कियाँ-गालियाँ खाना तथा थके-हारे अक्सर अधपेट सो जाना ही बचपन से उसने देखा-भोगा था। अपनी इजा को देखते-देखते यह सब करना-सहना उसने स्वयं सीख लिया था और इजा की मौत के बाद स्वयं ही सब सँभाल भी लिया था। बाबू और ददा (भाई) मालिकों के खेतों में हल चलाते या दूसरे कामों में अपना हाड़ तोड़ा और चाम काला किया करते थे। जब उसके तन के उजड्ड उभारों पर गाँव के युवकों की लोलुप दृष्टि टिकने लगी थी और मालकिन-जिमदारिनों ने उसके बाप को उसको शीघ्र ब्याह देने के लिए उलाहना देना शुरू कर दिया था, तब भी बाबू ने चुप्पी ही साधे रखी थी। ददा की दो ब्याहताओं में एक भी घर में टिकी नहीं थीं और उन्हें अपना घर सँभालने वाली कोई चाहिए थी। मालिकों के यहाँ काम कर वह कुछ कमा ही लेती थी। उसके पड़ोसी दो शिल्पकार परिवारों की कन्याओं के ब्याह के अनुभव भी दुखद ही रहे थे। इसलिए उसकी कल्पनाओं में ब्याह कोई सुखद सम्बन्ध नहीं था लेकिन जब कभी अकेले में गाँव का कोई युवक छेड़ता तो उसे भय या क्रोध के बजाय गुदगुदी-सी होती थी। यह उसकी युवा देह की भाषा थी या सवर्ण हाथों के वर्ज्य स्पर्श का रोमांच, उसके लिए समझ पाना मुश्किल था। एक दिन जब अचानक ही वीरेन्द्र हाथ पकड़कर उसे भगा लाया तो वह बिना कुछ सोचे-विचारे गाय के पीछे चली जाती बछिया की तरह उसके पीछे-पीछे चल पड़ी थी। अब जो प्यारा संसार उसे क़िस्मत से उपलब्ध हो गया था, उसके लिए स्वप्नलोक सरीखा था। वह उस पहाड़ में लौट जाने के लिए सोच ही

नहीं सकती थी जहाँ उसके लिए घोर कष्ट, शोषण, उपेक्षा और अभाव ही अभाव थे। यहाँ आकर वह बहुत ख़ुश थी, सिवाय अक्सर उठने वाली एक कसक के। बाबू और ददा की उसे बहुत याद आती थी, विशेष रूप से बाबू की। पसीने और मिट्टी से लथपथ उनकी हड्डियाँ, चमकती हुई काली देह, उसकी आँखों के आगे कौंध जाया करती थी, जो रात को कथरी पर पसरते ही ढेर हो जाया करते थे। अगर उसने बाबू के दोनों पैरों में कपड़े की पट्टियाँ न बाँध दी होतीं तो गहरी नींद में भी पैर पटकते-कराहा करते थे। यहाँ 'माँ जी' की रसोई में जब वह सब्ज़ी और दाल छौंकने के बाद फुल्के बेलती-सेंकती तो अनायास ही बाबू और ददा की ललचाई नज़रें उसे चूल्हे को घूरती मालूम होती थीं, जिनकी जिह्वा ने यह स्वाद कभी न चखा था और जो उसे अब सहज ही उपलब्ध हो गया था। काश, वह उन्हें एक बार इस रसोई में पेट भरकर खिला पाती! इसके अलावा हीरा को और कोई रंज न था। वह अपने को अत्यन्त भाग्यवान मानती थी और वीरेन्द्र को देवता, जो जाने किस जन्म के पुण्यों के प्रताप से उसके जीवन में यह वरदान लेकर आ गया था। वह उस पर न्योछावर थी। यह उसकी कल्पना से बाहर था कि वह कभी उसे छोड़ देने के विचार से जूझा करता था।

यह जो समय है, अपनी गति से उड़ते-उड़ते अपने पीछे परिवर्तन की अमिट लकीर छोड़ते जाना नहीं भूलता। तो, इस कथा में भी वह अपने चिह्न छोड़ता गया था। माथुर साहब चीफ़ इंजीनियर हो गए थे। वीरेन्द्र की अस्थायी नौकरी पक्की हो गई थी और हीरा की गोद में एक-एक कर दो नन्हे फूल खिल गए थे। सृष्टि के विरल मातृत्व-सुख से हीरा प्रफुल्लित थी तो मोहिनी जी के अन्तर्मन का वह अभाव छलछलाने की सीमा तक भर गया था जिसके लिए उन्होंने जाने कितने व्रत-उपवास, पूजा-प्रार्थनाएँ और बाबाओं की कुटियाओं की शरण ली थी और निराशा ही पाई थी। इसी क्रम में जब वे बहुत पहले ऋषिकेश में भारद्वाज आश्रम के स्वामी जी की शरण में पहुँची थीं तो स्वामी जी ने उनके सिर पर स्नेहपूर्वक हाथ रखकर ऊपर की ओर इशारा करते हुए कहा था—

"उसके खेल निराले हैं, देवि! उसकी सृष्टि है यह और उसकी इच्छा के समक्ष मानव निरीह है। इसे स्वीकार करना ही होता है, ख़ुशी-ख़ुशी करिए या रो-धोकर। अब देखिए कि माँ तो देवकी ही थीं लेकिन उनकी सन्तान से यशोदा ने माँ होने का कैसा अद्भुत आनन्द पाया! उस पर भरोसा रखिए।"

मोहिनी जी ने स्वामी जी का यह सन्देश समझ लिया था कि उनके माथे पर माँ बनना नहीं लिखा। उन्हें किसी शिशु को गोद लेकर यह सुख अर्जित करना चाहिए। इसके लिए न वे और न ही माथुर साहब अपने को तैयार कर पाए थे। अब जब हीरा के माध्यम से उनके घर में दो-दो शिशुओं की किलकारियाँ गूँजने लगी थीं तो उन्होंने इसे स्वामी जी की चमत्कारिक भविष्य-दृष्टि और उनका आशीर्वाद माना था। भारद्वाज आश्रम और स्वामी जी के प्रति उनकी निष्ठा अगाध हो गई थी। यशोदा जैसे मातृत्व-सुख और स्वामी जी के प्रति अटूट हो गई आस्था का ही परिणाम था कि दोनों बच्चों के लालन-पालन और शिक्षा को माथुर दम्पति ने अपना ईश्वर-प्रदत्त दायित्व मान लिया था। बच्चों के लालन-पालन, शिक्षा और भविष्य निर्धारण के मामले में जन्मदाता माता-पिता की कोई भूमिका नहीं रह गई थी। वे दोनों केवल अपने जाए बच्चों, बेटा विनायक और बेटी मीरा, की सफलताओं पर केवल गर्व कर सकते थे और जो तय कर दिया जाता था, उससे प्रसन्न हो जाते थे। उनका जीवन पहले ही दिन से माथुर दम्पति के निर्देशों पर चलता आया था। इसका उन्हें कभी कोई गिला न हुआ था।

वह 1983 का साल था, और जैसा कि कई वर्ष पहले तय किया जा चुका था कि स्वामी जी के चरणों में ही शेष जीवन बिता देना है, माथुर जी के रिटायर होने के कुछ ही दिन पश्चात पति-पत्नी ऋषिकेश चले गए। एक साल पहले इंटर की परीक्षा पास करके विनायक को इंजीनियरिंग पढ़ने के लिए इलाहाबाद के एक कॉलेज में भर्ती करा दिया गया था। मीरा की आगे की पढ़ाई के लिए, जो एक साल बाद हाईस्कूल की परीक्षा देने वाली थी, स्वामी जी ने सुदूर आन्ध्र प्रदेश के ऋषि वैली विद्यालय का रास्ता लगभग सुनिश्चित करा दिया था। विनायक और मीरा के उच्च-अध्ययन के लिए पर्याप्त राशि बैंक में

सुरक्षित कर देने के पश्चात् माथुर दम्पति ने अपनी शेष जमा पूँजी और दूसरी सम्पत्तियाँ भारद्वाज आश्रम के नाम कर दी थीं। महानगर इलाक़े में वर्षों पहले मीरा के नाम से ख़रीदा गया एक भूखंड वीरेन्द्र और हीरा को सौंप दिया गया था, जिस पर वीरेन्द्र ने अपनी बचत और भविष्य निधि से कुछ ऋण लेकर मकान बना लिया था। कोठी ख़ाली करते हुए माथुर दम्पति तो संन्यस्त-से रहे थे लेकिन हीरा की आँखें डबडबा आई थीं। यह स्थान उसका शरणस्थल ही नहीं, एक पावन मन्दिर था जिसके आशीर्वाद से उसका परिवार बसा, बढ़ा और पल्लवित हुआ था। उसे अपने नये बने मकान में जाने की ख़ुशी नहीं हो पा रही थी। इस 'मन्दिर' से अलग होने का दुख बहुत भारी था। वीरेन्द्र को भी विदाई के समय 'माँ-बाबूजी' के चरण स्पर्श करते हुए रोना आ गया था। इन वर्षों में उनके साथ भारद्वाज आश्रम आते-जाते और स्वामी जी पर श्रद्धा रखने के बाद भी वह उनकी भाँति 'निर्मोही' या तटस्थ नहीं हो सकता था। आश्रम में कभी-कभार उनकी मुलाक़ातें होती रहने वाली थीं लेकिन अब से उनकी राहें अलग-अलग थीं।

भेलू पधान और चुन्नी भौजी का भैंसा

आग के पास भी दाँत किटकिटा रहे हैं शेरू। लगता है ह्यूं (हिम) पड़ने वाला है। देखूँ, क्या हाल हो रहा बाहर। परे हटकर बैठ, पूँछ मत जला बैठना अपनी...पक्का गिरेगा हिम आज। ये जो सुबह से झिर-झिर बरखा लगी है ना, इसी के पीछे उड़ता-उड़ता आएगा। बबा हो, जरा-सा खिड़की क्या खोली, थुरथुरी (कँपकँपाना) हड्डी तक समा गई!

क्या करें, रोटी खा लें? है तो अभी बहुत जल्दी। शाम को ही रात हो गई और रात आनी अभी बाक़ी है। जाड़ों की ये लम्बी रातें काटना पहाड़ों में बहुत मुश्किल होता है। बैठे रहो आग के पास, जब तक सगड़ में ताप रहा। फिर दुबको रज़ाई के भीतर। आख़िर कोई कितना तापे, कितना सोए! इसीलिए रात काटने को क़िस्से-कहानी कहते थे। आण् (पहेली) पूछते थे। अच्छी याद आई यार! चल, आण् कहते हैं। एक बसन्ती आमा (दादी) थी ना, वह कहती थी एक से एक पहेली। गाती भी बहुत अच्छा थी। गा-गा के कहानी सुनाती थी—राजुला-मालूशाही की कथा, सिदुवा-बिदुवा की कथा, बाईस भाई बफौलों की...क्या ग़ज़ब क़िस्से कहती थी, शेरू!...राजुला हुई पूस की पालक जैसी... हाँ, हमारे बाड़े में हो रखी थोड़ी, देखें सुअरों से कब तक बचती है!...और कहती थी, राजुला हुई नारंगी का दाणा (दाना) जैसी...नारंगी के दो पेड़ तो हमारे भी हैं रे लेकिन बन्दरों के उजाड़ से बचें तब!...उजड़ तो ये क़िस्से, कहानी, गीत-संगीत सभी गए, शेरू! आहा, कैसा सुन्दर गीत गाती थी बसन्ती आमा!

शाम के बखत जब अँधेरा होने लगता था, दीया-बाती का समय हो जाता था, तब मीठे गले से गाती थी कि संध्या रानी गायों की पूँछ पर बैठकर आ गई है। खेतों और जंगल से थकी-माँदी लौटती सुन्दरियों के आँचल में दुबककर आई है संध्या। पूछ रही है कि दीया क्यों नहीं बार रहे हो। शंख-घंट क्यों नहीं बजा रहे हो...ऐसा गीत गाती थी शेरू! कहती थी कि सुबह के सूरज को और शाम के चन्दा को बड़े आदर से न्योता देना चाहिए कि आओ और हमारे दिनों को जगमग रोशनी से भर दो। हमारी रातों को नौणी (नवनीत) जैसी शीतल चाँदनी से नहला दो। यह सृष्टि सदा सुहागन बनी रहे!...कितनी अच्छी बात थी शेरू! इस सृष्टि के साथ इनसान की मुहब्बत को, उसके आदर को गीतों, कथाओं, रीति-रिवाजों, त्योहारों में बरता जाता था!...अब कहाँ! मनखी ने अपनी ज़मीन छोड़ी तो जीवन का सत ही मिट गया। ये सूनी दीवारें, ख़ाली और खँडहर मकान क्या कथा कहेंगे, क्या गीत गाएँगे और क्या पूछेंगे पहेलियाँ! इस वीरान गाँव में संध्या गीत गाते हुए कैसे आए! यहाँ तो अँधेरा आता है—पट्ट काला अँधेरा...न दीया, न बाती...लेकिन यार, उदास न हो। मैं दीया भी जलाऊँगा और पूछूँगा पहेली भी। देगा जवाब?...काठ की सीढ़ी, लोहे की लगाम, ऊपर जा बैठा भेलू पधान!...क्या हुआ, बता!...ऐसे क्या देख रहा मेरा मुँह? नहीं आता तो 'आण् लाग्' (पहेली लगी) कह दे। तब मैं बताऊँ...ठीक है फिर, इसका जवाब हुआ—दरवाज़ा, साँकल और ताला....भेलू पधान!...हा-हा-हा...यहाँ सभी के द्वारों के ऊपर एक-एक भेलू पधान बैठ गया है, शेरू!...एक आण् लग गया हाँ तुझे! एक और पूछूँ?...अड़ंगी बाबा, खड़ंगी चेला, भुरभुरिया नाती...क्या हुआ, बता?...अरे पगले, अड़ंगी बाबा मल्लब चीड़ का पेड़, खड़ंगी चेला यानी उसकी बड़ी टहनी और भुरभुरिया नाती हुआ उसका फल, मल्ल्ब ठिठ! भुर-भुर-भुर लुढ़कता जाता है न वह। भुरभुरिया नाती!...हा-हा-हा...दो आण् लग गए हाँ तुझे!...तू भी कहता होगा किस पागल के हाथ पड़ गया करके। मगर क्या करूँ, शेरू डियर! एक तू ही हुआ मुँह देखने को, बोलने को। तेरी कूँ-कूँ हुई मेरी ज़िन्दगी। तेरी पुछड़ी हिलती है तो मेरी साँस आती-जाती है। तेरा भौंकना हुआ गाँव का धड़कना। समझा! मगर तेरे पीछे भी एक बाघ लग गया है।

एक उमेद सिंह थे। ठुलबाज्यू, मल्लब ताऊ लगते थे हमारे। आज़ाद हिन्द फ़ौज में जाकर अंग्रेज़ों के ख़िलाफ़ लड़े, ठहरे। गाँव में अकेला तिपुरिया मल्लब तिमंज़िला मकान उन्हीं का था। विशाल, भारी चौखटों पर ऐसी नायाब कारीगरी कि देखते रहो। बच्चे हुए नहीं और बूढ़े-बुढ़िया कबके मर-खप गए। उनका मकान गाँव में सबसे पहले खँडहर हुआ। तब गाँव आबाद था। उनके पाथरों और डिजाइनदार चौखटों से उनके भतीजे हिम्मत ने बड़े शौक़ से अपना मकान बनाया। दाल-रोटी चल ही रही थी पर पता नहीं हिम्मत को नौकरी करने की क्या सूझी। बेटियों के ब्याह की फ़िकर लगी होगी। हुई भी तो चार-चार। भाभर में कहीं आरा मशीन में लग गया तो परिवार ही लेकर चला गया। उसके मकान को देखकर आज हँसी आती है और रोना भी। सामने की दीवार और डिज़ाइनदार दरवाज़े-खिड़कियाँ साबुत खड़े हैं। और तो और, दरवाज़े के ऊपर थेलू पधान भी साबुत बैठा है...हा-हा-हा...पीछे से हो गया पूरा खँडहर।...फ़ौज में हमारा एक साथी खोजा नसीरुद्दीन के क़िस्से सुनाता था। बड़ा मस्तमौला, हँसाने-रुलाने वाला हुआ खोजा नसीरुद्दीन। दुष्टों का दुश्मन, ग़रीब-गुरबों का दोस्त। कहीं मज़ार है बल उसकी, बुख़ारा में या कहाँ। सामने से बड़ा-सा दरवाज़ा है, जिस पर ख़ूब बड़ा ताला लटका है लेकिन पीछे जाओ तो मज़ार पूरी खुले में है! हा-हा-हा...उसका क़िस्सा सच है या नहीं, लेकिन हमारे हिम्मत के मकान का ठीक ऐसा ही क़िस्सा हुआ।...ख़ैर, उमेद सिंह ताऊ ग़ज़ब के कथ्यार (क़िस्सागो) थे। हरज्यू की कथा, सैम ज्यू की कथा, ग्वल्ल, नरसिंह और कलबिष्ट की कथा...सब देवताओं के क़िस्से ठहरे उनके पास। छल-छितरों (भूत-प्रेतों) के भी ख़ूब क़िस्से सुनाते थे। सब याद हुए उनको। एक कथा को कई-कई रातों तक कहने वाले ठहरे। दिन में नहीं कहते थे कि मामा रास्ता भटक जाएँगे। भिटौली (चैत मास में बहनों के लिए भेंट) लाने वाले मामाओं का तब बड़ा इंतज़ार होता था गाँवों में। बच्चों को और उनकी माताओं को ज़्यादा ही।...तो, पूस-माघ के महीनों में अँधेरा हुआ नहीं कि उमेद सिंह ज्यू के बड़े से चाख (बाहरी कमरा) में आग के चारों ओर अड़ोस-पड़ोस से सब आ बैठते थे। जब इनरवा भूत की कहानी सुनाते थे ना,

तो बच्चे तो बच्चे, बड़े भी डर जाते थे। सुनाऊँ इनरवा भूत की कथा, डरेगा तो नहीं?...क्या हुआ, अभी से डर गया! या, बाघैन आ रही? बाघ का कोई भरोसा नहीं रे, ऐसे मौसम में भी घात लगा सकता है वो। आ, चुपचाप बैठ जा मेरे पास। कितनी सुन्दर आँच हो रही बाँज की लकड़ियों की! पूस की रातों में आग का ही सहारा हुआ। आ, बाघ का ही क़िस्सा सुना देता हूँ।

एक बार सीधे आमना-सामना हो गया था रे बाघ से! वैसे तो देखा-देखी होती रहने वाली हुई। जंगल हुआ चारों ओर। जितनी बार कहीं आओ-जाओ, दूसरे गाँव जाओ या बाज़ार, जंगल के बीच से ही जाना हुआ। घास-लकड़ी को जंगल ही जाने वाले हुए और खेत भी हमारे जंगल के बीच ही हुए। तो, दिख जाने वाला हुआ कई बार दूर से। कभी बाघैन लगी तो हम हवा के रुख़ से पहचान जाते थे कि उस तरफ़ होगा। उधर नहीं जाते थे। वह तो हमें देख ही लेता होगा हर बार। कभी हम भी देख लेते थे, झाड़ियों के बीच सर-सर चलता-छुपता। पहले के बाघ डरने-छुपने वाले हुए मनखियों से। देखते ही भाग जाते थे। आजकल के बाघ तो ससुरे डरते ही नहीं! सीधे झपट्टा मारकर उठा ले जाते हैं। अरे डर मत, तुझे नहीं ले जाएगा। मैं हूँ ना! तो, उस बार क्या हुआ कि मैं आ रहा था अल्मोड़ा से। पेंशन के चक्कर में गया था बैंक। ज़िन्दा हो कि नहीं करके साल में एक बार बुलाने का नियम हुआ। अफ़सर के सामने खड़ा होकर कहना ठहरा कि हुजूर, मैं आनन्द सिंह, भूतपूर्व सिपाही, नम्बर फलाना-फलाना। तो, लौटने में कुछ देर हो गई। ऐसी भी देर नहीं हुई थी। अँधेरा नहीं हुआ था। शाम का झुकमुक-झुकमुक हो रहा था। वो, सामने वाला मोड़ नहीं है, सूखे चीड़ के पेड़ वाला, जहाँ से अपना गाँव दिखने लगता है, वहीं। जैसे ही मैंने वह मोड़ काटा, उसने भी ठीक उसी समय वही मोड़ काटा। एकदम सामने आ गया झप्प से। उसको पता नहीं चला होगा उधर से मैं आ रहा हूँ करके और न मेरे को। तीखा मोड़ भी तो था। अपने ही सोच में गुम मैं लम्बे-लम्बे डग भरता चला आ रहा था। बब्बा हो, आज भी याद करके रोंगटे खड़े हो जाते हैं, शेरू! उसके और मेरे बीच चारेक क़दम का फासला रह गया होगा। मेरी नीचे की साँस नीचे और ऊपर की ऊपर।

उसको कैसा लगा होगा, मैं क्या जानूँ। वो मुझे देखे, मैं उसको देखूँ। न वो कुछ कर पाए न मैं। मैं तो क्या कर सकता था ख़ैर! भाग सकता था लेकिन पैर जैसे वहीं जम गए ठहरे। पता नहीं क्या अकल आई, अकल आई कि डर के मारे हुआ, पता नहीं मगर मैं ज़ोर-ज़ोर से चीख़ने लगा—हो-हो-हो-हो। प्राण जैसे आ गए बाहर को चीख़ते-चीख़ते और शेरू, उसने जो समझा होगा, मारी छलाँग नीचे को नदी की तरफ़ और ये जा, वो जा। तब जाकर साँस लौटी। उधर, गाँव वालों ने मेरी चीख़ सुनी तो समझा कि आज किसी भूत-वूत ने पकड़ लिया आनन्द सिंह को या बाघ के हाथ पड़ गया। वो सब दौड़ पड़े, चीख़ते-हल्ला मचाते। जिसके हाथ जो पड़ा, वही लेकर। हल्ला मचाने से बचा मैं उस दिन। तब लोग थे गाँव में शेरू और किसी का चीख़ना-चिल्लाना सुनकर दौड़ आते थे। पहले वाला गाँव होता तो अब तक चारों ओर से हल्ला उठने लगता। बाघ पहले भी कभी आता ही था गाँव में। कभी किसी की बकरी के चक्कर में, कभी गाय-बछिया की ताक में। भूख तो उसे भी लगने वाली हुई। तो, एक घर से हल्ला उठा नहीं कि सारा गाँव हो-हो-हो-हो करके हल्ला मचा देता था। चारों ओर से हल्ला सुनकर बाघ भाग जाता था। मनखी इतने अकेले नहीं हुए थे और बाघ भी इतना चालाक और ख़तरनाक नहीं था। कैसा बखत आ गया! मनखी की आवाज़ में आवाज़ मिलाने वाला नहीं रहा!

चल, अब रोटी खा लें। बखत हो गया। आलू-प्याज़ की थिच्वाणी (कूटकर बनाई हुई रसदार सब्ज़ी) है।...बाहर का क्या हाल है?...अन्धाकुप्प हो रहा...बिलकुल सुनसानी...ले, हिम गिरने भी लग गया! मेरे हाथ में पड़े ये फूल देख। कहा था ना मैंने कि रात तक पड़ जाएगी बरफ़। कितनी पड़ती है, सुबह पता पड़ेगा।

अब रज़ाई में चल। ये कोयले ढक देते हैं राख के नीचे। सुबह तक आग बची रहेगी। बिस्तर में ज़्यादा खचबच मत करना, हाँ! तू हिलता है तो रज़ाई में ठंडी हवा घुस जाती है।

और दिन तो सबेरे-सबेरे ठंडी थूथन लगा देता था शेरू, आज क्यों नहीं उठ रहा? छोड़ रज़ाई अब। देखें बाहर क्या हाल हैं।...आ हा!..देख तो, ग़ज़ब हो रखा रे! सुकिलपट्ट (सफ़ेद ही सफ़ेद) हो रही...पेड़ सफ़ेद, पाथर सफ़ेद, मिट्टी सफ़ेद, पहाड़ सफ़ेद...देख-देख। बधाई शेरू, मौसम की पहली बरफ़ पड़ी है। बधाई देने का रिवाज हुआ। बरसे ह्यूँ तो कौन सँभाले ग्यूँ!...मल्लब, अच्छी बरफ़ पड़ी तो अच्छी फ़सलें होती हैं, अच्छे फल होते हैं, अच्छी घास उगती है। जड़ी-बूटियों के लिए भी ज़रूरी हुई बरफ़। अच्छी बरफ़ पड़ी तो बसन्त ऋतु भी ख़ूब गमकती है। वर्ना बुराँश के फूलों में भी रंगत नहीं आती। बरखा से भी ज़्यादा अच्छी होने वाली हुई बरफ़। बारिश का पानी तो बह जाता है। अपने साथ बहुत कुछ बहा भी ले जाता है। बरफ़ पड़ी रहती है मिट्टी के ऊपर। धीरे-धीरे गलकर सीधे धरती में जाती है। सबसे बढ़िया सिंचाई। कुछ फल-फूल-कंद तो ह्यूँ का स्वाद चखे बिना फलते ही नहीं। इसलिए हुई ख़ुशी की बात।...ना-ना, एकदम से बाहर नहीं! रुक, मुझे गम बूट निकालने दे। उसके बिना तो उँगलियाँ झड़ जाएँगी। बेलचा कहाँ रखा होगा, बेलचा?... पहले सीढ़ी साफ़ करता हूँ। वाह, एक फुट से ज़्यादा पड़ी है। रात में ध्यान नहीं दिया, वर्ना दन (कालीन) बाहर रख देते। ताज़ी बरफ़ उसकी सारी धूल खींच लेती। जैसे मैदानों में ड्राई क्लीन होता है मशीनों से। उससे भी बढ़िया सफ़ाई।...कमर थक रही इसे साफ़ करने में मगर यार, नीचे शौचालय तक तो रास्ता बनाना ही होगा। ये काम ठीक किया विकास वालों ने। वर्ना चौमास में और बरफ़ पड़े में बड़ी मुश्किल होती थी। पीछे हट, पैर में लगेगा बेलचा। तेरे लिए खेल हो रहे, यहाँ आफ़त आ रही।...जब हम छोटे थे शेरू, ताज़े हिम से ख़ूब खेलते थे। काँसे की थाली में ताजी हिम जमा करके नमक-मिर्च मिलाकर खाते थे। ताज़े हिम का स्वाद ही ग़ज़ब हुआ। मिर्च लग गई तो फिर गुड़ के साथ खाने वाले हुए। आइसक्रीम कुछ नहीं हुई उसके सामने।...अब कहाँ से यार! बूढ़े दाँत कहाँ बर्दाश्त कर पाएँगे। तू खाएगा? देख, कैसी सुन्दर, मुलायम बरफ़ है। इस सृष्टि में कैसी-कैसी अद्‌भुत चीज़ें होने वाली हुईं!... इस समय तो ठीक हुआ, पैर रखने पर धँस रहे मगर रात में जब इसके ऊपर

पाला पड़ जाएगा ना, तब यह काँच जैसी चिकनी और ठोस हो जाएगी। सर्रर से फिसल जाने वाले हुए इसमें। समझो, हाथ टूटा या बरमान (सिर) फूटा। तू नहीं फिसलेगा। चार पैर वाला हुआ तू, मगर चारों पैर चार दिशाओं में रपट जाएँगे!..हा-हा-हा! चल, एक बाल्टी में भर के सगड़ के ऊपर रख देते हैं। हाथ-मुँह किससे धोएँगे वर्ना! अरे, तूने अपने पैरों के छाप देखे? वाह, क्या फूल जैसे पड़ रहे! और मेरे छाप देख! बूढ़ा हुआ तो क्या, फ़ौजी का ही पैर ठहरा! सावधान रहना, बाघ के भी छाप ही छाप दिखेंगे। वह नहीं दिखेगा। ये जो होते हैं घात (दुबककर हमला) लगाने वाले, सबसे ख़तरनाक यही होते हैं। सामने से आए तो लड़ा भी जाए। चल भीतर, द्वार ढक देता हूँ। अगर हवा पड़ी फर-फर-फर, तब देखना ठिठुरन!

नहाने की छुट्टी हुई आज। ना, पंचस्नान भी नहीं। छुरमल ज्यू के लिए भी यहीं से हाथ जोड़ देते हैं। फ़िकर तो मुझे चुन्नी भौजी के मकान की है। दार में दम नहीं रहा। इस बरफ़ का वज़न कैसे सह पाएगी कमज़ोर छत! एक फुट बरफ़ का वज़न कम समझ रहा तू?...वो सुन, जंगल से टण-टणाक-टण की आवाज़ नहीं आ रही बीच-बीच में?...वो...हिम के भार से पेड़ों की टहनियाँ टूट रही हैं। ख़ूब लकड़ियाँ टूटी मिलती हैं हिमपात के बाद...लेकिन करें तो क्या करें, बता? जाएगा, एक और मकान जाएगा। अगली बरसात में तो वैसे भी जाना ही है उसने। जा ही रहे एक-एक करके...। अच्छा ये बता, रात से चार रोटी रखी हैं की मड़ुआ की। हो जाएगा ना कलेवा?...मड़ुआ राजा, जब सेंको तब ताज़ा!

शेरू, हिम पड़ना भी ज़रूरी हुआ लेकिन ज़िन्दगी बहुत मुश्किल हो जाती है। आदमी तो जैसे-तैसे काम चला लेता है। जानवरों की बड़ी मुश्किल हो जाती थी। पता है, जब मैं पलटण से लौटा था, एक भैंस पाल ली थी। ताक़त हुई बदन में तब। बड़ी सीधी भैंस थी। काई नाम रखा था उसका। एक बार ऐसा ही हिम पड़ा। नहीं-नहीं, इससे भी अधिक। हमारी तीन सीढ़ियों तक आ गया था। तो, मुझे याद ही नहीं रहा कि ऐसी कड़ाके की ठंड में गोठ के द्वार कसकर बन्द करके गोबर से सील करने पड़ते हैं। द्वार की झिर्रियों से तीखी

बर्फ़ीली हवा भीतर जा रही करके अकल ही नहीं आई। मैं तो मोटी रज़ाई के भीतर थुलमा लगा के सो गया। सुबह देखा तो बिचारी कुड़कुड़ा रही ठहरी। काँप रही ठहरी। झाग फेंक रही थी मुँह से। मेरी समझ में नहीं आया कि क्या हुआ होगा। पड़ोस में रहते थे हमारे अम्बा ताऊ। वही, जिनके बन्द दरवाज़े पर छर्र-छर्र धार मार आता है तू दिन में तीन-चार बार। तो मैंने कहा, अम्बा ठुलबाज्यू, जरा देखो तो मेरी काई को क्या हुआ। उन्होंने देखते ही कह दिया—अरे आनन्द, हद्द कर दी रे तूने। ठंड में मार दिया बिचारी बेज़ुबान को। अब वो तुझसे कैसे कहने आती कि दरवाज़ों से बरफ़ जैसी उड़ के अन्दर आ रही, इन झिर्रियों को बन्द कर दो करके? अब आग तपा उसको। बदन सेंक उसका।... आग जलाई उसके पास। गरम-गरम भट (काले सोयाबीन) पका के खिलाए। मालिश करी। तब जान बची बिचारी की...दूर से देखने में सुन्दर लगने वाला हुआ हिमपात मगर उसमें रहना आसान हुआ क्या! बिचारी चिड़ियाँ भी मरकर पट-पट गिरती हैं यहाँ-वहाँ। शश (ख़रगोश), सौल (सेही) मरे मिलते हैं बरफ़ के नीचे। शहर के लोग दौड़कर जाते हैं शिमला, मसूरी, नैनीताल। स्नो फॉल देखने का बड़ा शौक़ हुआ उनको। मगर बाबू, यहाँ रह के देखो स्नो फॉल में। टट्टी करके भेल धोना भूल जाओगे। कहीं फँस गए रास्ते में तो ऊपर की साँस ऊपर और नीचे की नीचे रह जाएगी। यहाँ मरे इनसान को फूकना मुश्किल हो जाता है। एक थे हमारे पदम बुबु (दादा), वो नीचे खेत में मकान था उनका, जिसकी बस दीवारें ही बची दिखती हैं। एक साल बहुत ही बरफ़ पड़ गई। चार फुट बरफ़ पड़ी कहते हैं। नहीं, मैं नहीं था तब गाँव में। फ़ौजी ठहरे हम, कभी-कभी छुट्टी आने वाले। तो, उस साल पदम बुबु टें बोल गए। थे नब्बे साल से ऊपर। कितना बचते! अब चार फुट हिमपात में कैसे ले जाते उनको! पूरे पैर डूब रहे ठहरे। भीतर से बाहर निकालना ही मुश्किल हो गया। तब गाँव में लोग थे, शेरू! आज कौन कहेगा यहाँ कभी लोग भी रहते होंगे! तो, किसी तरह उनको निकाला बाहर। बाहर भी कहाँ रखते? पटाङण भरा ठहरा बरफ़ से। फिर आपस में सल्ला करके उनको रख दिया गोठ में। कौन रखता है मुर्दा घर में? पका अन्न और मरा मनखी फ़ौरन निपटा देना चाहिए। मगर क्या करते?

पूरे तीन दिन-तीन रात उनको गोठ में पहराया। बहुत बाद तक लोग कहते थे, मुख मिष्ठा, पेट दुष्टा था पदिया। इसीलिए मरकर भी सता गया। तो, ऐसा हुआ बाबू हमारा स्नो फॉल। यहाँ रहो तो पता चले!

यार शेरू, और तो जो होगा, मुझे चुन्नी भौजी के मकान की बड़ी फ़िकर हो रही। आज हमारी सूची में कहीं नौवाँ नम्बर तो नहीं जुड़ता!...चुन्नी भौजी हुई लछदा की औरत। ये लछदा भी ग़ज़ब था। गाँव से हम सब साथ ही स्कूल के लिए निकलते। वह बीच रास्ते से कब सटक जाता था, पता ही नहीं चलता था। कभी ग्वालों के साथ गुच्ची खेलता, कभी किसी के बाड़े से फल-फूल चुराता था और आये-दिन जोगा सिंह की दुकान से उधार खाता था। पंड्डिज्यू का बेटा है करके जोगा सिंह उधार दे देते थे। उसके बाबू जगन्नाथ तिवाड़ी ज्यू हमारे पुरोहितों में हुए। तिवाड़ी लोगों को हमारे बुज़ुर्गों ने इसी गाँव में बसा लिया था। बताया तो था तुझे। जगन्नाथ ज्यू के दो बेटे हुए। बड़ा बेटा हेम बहुत होशियार, पढ़ाकू निकला। बम्बई की किसी कम्पनी में बड़ा अफ़सर बना वो। फिर कौन देखता है इस तरफ़। होगा कहीं। छोटा वाला हुआ हमारा उत्पाती लछदा। दिन में दुकान से उधार खाता था और रात को सपने में बड़बड़ाता था—जोगा कका, बाबू से कहना नहीं कि मैंने बिस्कुट और मिसरी उधार खाए हैं। बाबू मारेंगे...बाज्यू उसकी नींद में ही डंडे से पिटाई कर देते थे—और खाएगा उधार, और खाएगा बिस्कुट-मिसरी! हा-हा-हा...अपनी चुगली आप ही कर देने वाला हुआ नींद में!.. शिब-शिब, बड़ी बेमौत मरे दोनों बाप-बेटे, एक ही साथ। जंगल गए थे लकड़ी काटने। अचानक आँधी-तूफ़ान आया। भरी दोपहर उसी पेड़ पर बजर गिरा (बिजली गिरी) जिसके नीचे खड़े थे। वहीं स्वाहा हो गए। ऐसे में पेड़ के नीचे खड़ा ही नहीं होना था लेकिन मौत बुला ले जाती है। लछदा की शादी को छह ही महीने हुए थे। चुन्नी भौजी थी बड़ी सुन्दर। बड़ी हिम्मती और मेहनती निकली। अकेले सारी खेती-पाती सँभाली लेकिन हाथ में चार पैसे नकद भी तो चाहिए। अटक-विकट के लिए। तो शेरू, उस अकेली औरत ने ऐसा काम किया जैसा कोई सोच नहीं सकता। वैसे, किया तो बिचारी ने मजबूरी में ही।

उसकी भैंस कामन हुई (गरमी चढ़ी) तो पल्ले गाँव के शेरुवा ने अपना भैंसा लाने में बड़े नखरे दिखाए। पूरे पचास रुपये लेकर माना। बिचारी ने उधार लेकर चुकाए। संजोग की बात, उस साल भैंस ने कटड़ा जना तो उसने पाल लिया। लोग कटड़े को मार देने वाले हुए। उसने पाल-पोसकर बड़ा कर लिया। सयानों ने समझाया, अरे चुन्नी ब्वारी (बहू) तू ये क्या कर रही? कोई औरतों वाला काम हुआ ये? मगर उसने किसी की परवाह नहीं की। लोगों को ज़रूरत तो रहती ही थी और शेरुवा साला टालमटोल करता था। हाथ जोड़ने पर बड़े नखरे दिखाकर आता था। तो, चुन्नी भौजी का भैंसे का कारबार चल निकला। आसपास के गाँवों से भी बुलावा आता तो ले जाती। बड़े मर्दाना ढंग से मुँह से सीटी बजाती। भैंसे को उकसाती। औरतें तो शरमाकर भीतर चली जातीं लेकिन चुन्नी भौजी मर्दों के बीच खड़ी भैंसे को ललकारती रहती। काम हो जाता तो घरवालों से कहती—लाओ, गुड़ की भेली फोड़ो। तुम्हारे गोठ की ख़ुशख़बरी हो गई।...कभी कोई मनचला बदमाशी में पूछ लेता था—तुमने ठीक से देखा चुन्नी भौजी, सच्ची में हो गया? वह दहाड़ती—तूने नहीं देखा, अपनी इजा के मुश्यार (खसम)! इत्ती बड़ी-बड़ी आँखें निकालकर फिर क्या देख रहा था?...वह रुपये लेकर गुड़ खाते हुए अपना भैंसा हाँक ले जाती। लोग उसके बारे में गन्दी-गन्दी बातें करते। कभी कोई मुस्टंडा नशा करके रात में चुन्नी भौजी का दरवाज़ा पीटने लगता। वह डरती नहीं थी। हाथ में दातुला लेकर दरवाज़ा खोल देती। एक बार तो उसने पल्ली गाँव के कमलेश का सिर सच में फोड़ दिया था। और, एक बार वह अपना भैंसा लेकर पटवारी पर चढ़ बैठी। हुआ ये शेरू कि उसके ककिया ससुर पूरनचन्द्र थे बड़े घुन्ना। मुख से हँसते और पूँछ से डसते थे। तो, उन्होंने पटवारी से मिलके लछदा के हिस्से की ज़मीन अपने नाम लिखा ली। कहा कि हमीं हुए वारिस। उसके तो कोई आल-औलाद है नहीं। चुन्नी भौजी को ख़बर लगी तो वह भैंसा लेकर पहुँच गई पटवारी के घर। भैंसा उसका बड़ा कहना मानता था। ख़ूब उत्पात मचा दिया उसने। तब पटवारी ने माफ़ी माँगी और इंदराज सही किया।

ख़ूब धाक रही यार चुन्नी भौजी की। लोग तरह-तरह से नाम धरते थे, बातें बनाते थे मगर मेरे मन में उसके लिए बड़ा मान था। पहाड़ की औरतें हिम्मती तो होने ही वाली हुईं लेकिन वह तो ग़ज़ब ही थी। मुझसे अच्छे से बात करती थी। तो, सालों ने मेरा भी नाम उससे जोड़ दिया। मैं लिहाज करता था लेकिन वह पैर फैलाकर मेरे पास बैठती। हुक्का माँगकर गुड़गुड़ाती और कन्धे में कुल्हाड़ी धरकर जंगल चली जाती। ऐसे-ऐसे पेड़ों की फुनगियों में चढ़ जाती कि देखकर रूह काँपती थी। लोग नाम भले धरें लेकिन वह सबके दुख-तकलीफ़ में आगे आती। मदद करती। जो काम कोई नहीं कर पाता, वह कर देती। कोई आदमी अपनी औरत को पीटता तो वह बचाने चली जाती। उलटे दोनों से गाली खाती लेकिन किसी का बुरा नहीं मानती थी। औरतों से कहती थी, क्यों चुपचाप सहते हो मार? तुम भी लगा दो एक-दो हाथ। उसका कहा तो क्या मानतीं लेकिन औरतें अपना दुख उससे कह देती थीं। उसकी हिम्मत से उनको भी सहारा मिलता होगा। बाद में जब उमर हो गई उसकी, तब थोड़ी इज़्ज़त भी करने लगे थे लोग। पता नहीं अचानक क्या रोग लगा बिचारी को। एकदम सूखती गई और एक दिन खेत में ही मरी मिली। ऐसी कोई जनानी नहीं देखी यार। तभी तो मैं उसे लछदा का नहीं, चुन्नी भौजी का मकान कहता हूँ। थोड़ी देखभाल कर देता हूँ।

कभी-कभी बड़े सोच पड़ जाते हैं शेरू। चुन्नी भौजी ने तो कुछ हिम्मत दिखाई थी। तो भी उसे क्या-क्या देखना-सुनना पड़ा। सुनते थे कि उसके ककिया देवर ने ही उसके खाने में कुछ मिला दिया था। उसके हिस्से की ज़मीन पर शुरू से ही नज़र थी उनकी। कुंतुलि दीदी को दस साल में ब्याह दिया गया, जब उसे कोई अकल ही नहीं थी। कैसे-कैसे करके उसने यहाँ अपने दिन काटे और क्या-क्या नहीं सहा-सुना! हमारी नन्दा दीदी को शादी की उमर में नदी में फाल (कूद) मारनी पड़ी। और वह हिरुली, चनरराम की बेटी...

छोड़ यार, जो बात भूलना चाहो, वही लौट-लौटकर सामने खड़ी हो जाती है...।

अक़्ल की उम्र से भेंट नहीं होती

अस्पताल में लुंज-पुंज पड़े 'नम्बर इक्कीस' को देखकर यह विश्वास करना कठिन होगा कि वह कभी सुदर्शन एवं हृष्ट-पुष्ट पुरुष हुआ करते थे। युवावस्था एवं प्रौढ़ावस्था में ही नहीं, वृद्धावस्था में भी। हमारे विश्वास करने, न करने से क्या होने वाला है। जीवन इसी तरह चलता है। इस सृष्टि की अनन्त काल से चली आई रीति में प्राणी जन्म से बूढ़े व बीमार नहीं होते। हम जिसे सितम कहते हैं, क्या पता वक़्त उसे अपनी सुन्दर रचना मानता हो! जो हो, हमारे हिसाब से 'नम्बर इक्कीस' के साथ यह कुछ ज़्यादा ही हो गया है। और, क्या त्रासद संयोग है कि इस हादसे से कुछ ही दिन पूर्व एक शाम मैडम गांगुली के सोफ़े पर बैठे-बैठे टीवी पर हेलेन का एक पुराना फ़िल्मी नृत्य-गीत देखते-सुनते हुए नेगी जी ने कहा था—"आज की हेलेन को देखकर कोई विश्वास करेगा कि कभी वह ऐसी थी और ऐसे-ऐसे डांस किया करती थी!" मिसेज गांगुली ने उन्हें ऐसे देखा था जैसे कि यह बात प्रकारान्तर से उन्हीं के बारे में कही गई हो। कोई बीस साल पहले की सी मुस्कान ओढ़ने की असफल कोशिश करते हुए वह गुनगुना उठी थी—"वक़्त ने किया क्या हसी सितम। तुम रहे न तुम, हम रहे न हम! वक़्त ने किया...।"

'सुखाश्रम' के 'नम्बर इक्कीस' अर्थात मिस्टर वी. एस. नेगी की जीवन-कथा की सीडी को थोड़ा रिवाइंड करके 1983 से शुरू करते हैं जब उनके आश्रयदाता माथुर दम्पति ऋषिकेश चले गए थे और वीरेन्द्र व हीरा अपनी तेरह वर्षीय

बेटी मीरा के साथ महानगर इलाक़े में बने अपने मकान में आ गए थे। बेटा विनायक साल भर पहले इंजीनियरिंग पढ़ने इलाहाबाद चला गया था। उनका मकान पिछले दो सालों में धीरे-धीरे बनकर तैयार हुआ था। बेटी मीरा के बार-बार आग्रह करने पर हीरा ने उसका नाम 'उड्यार' तय कर दिया था। इसका क़िस्सा इस तरह है कि जिन दिनों मकान बन रहा था, आसपास के मकानों के भाँति-भाँति के नाम देखने से उत्साहित मीरा ने उसका नाम सोचना शुरू कर दिया था। एक दिन उसने पूछा—"दादी, हमारे घर का नाम 'प्रेमाश्रम' कैसा रहेगा?" जिस् तरह उसका लालन-पालन हुआ था, स्वाभाविक ही उसकी प्रत्येक जिज्ञासा पहले दादी अर्थात मोहिनी माथुर के समक्ष प्रकट होती थी। 'प्रेमाश्रम' नाम उसके दिमाग़ में क्यों आया, कहना मुश्किल है। यह निश्चित है कि इसका सम्बन्ध उसके मम्मी-पापा के प्रेम प्रकरण से नहीं था। दोनों बच्चों को उस बारे में कुछ नहीं बताया गया था। ऐसा वीरेन्द्र के आग्रह, बल्कि ज़िद पर किया गया था। जब तक बच्चे तनिक समझदार हुए, वीरेन्द्र के मन में हीरा के प्रति अपने 'प्रेम' के बारे में तमाम प्रश्न उठने लगे थे। वह उसके साथ भाग आने को अपनी चरम मूर्खता मानने लगा था। इसीलिए उसने माँ जी से आग्रह किया था कि बच्चों को उस बारे में कुछ न बताया जाए। मिसेज माथुर को तब कुछ-कुछ आभास हो गया था कि प्रेम के दरिया की लहरें शान्त हो गई हैं, बल्कि शायद कोई पछतावा उसकी जगह ले रहा है। उनके अनुभव ने इसे कुछ असामान्य नहीं माना था। उन्होंने वीरेन्द्र को समझाने की कोशिश की थी कि सही बात जानने से बच्चों के मन में दोनों के प्रति सम्मान ही बढ़ेगा लेकिन वीरेन्द्र का गिड़गिड़ाना देखकर उन्होंने तय कर दिया था कि वह प्रसंग सदा के लिए दफ़्न माना जाए। बहरहाल, उस दिन दादी ने मीरा को उत्तर दिया था—"नाम तुमने अच्छा सोचा है लेकिन मेरी राय में तुम्हें अपनी मम्मी से पूछना चाहिए। मकान की असली मालकिन वही है। हमारा ठिकाना तो अब भारद्वाज आश्रम होगा।"

मम्मी से पूछा तो उसने 'अपने बाबू से पूछो' कहकर टाल दिया था। बच्चे वीरेन्द्र को 'पापा' कहते थे लेकिन हीरा के लिए वह 'बच्चों का बाबू' ही था,

हालाँकि वीरेन्द्र उसके इस सम्बोधन पर कुढ़ता था। ख़ैर, 'प्रेमाश्रम' नाम हीरा को जँचा या नहीं, उस पर उसने कोई प्रतिक्रिया नहीं दी थी। वीरेन्द्र को तो यह नाम पसन्द ही नहीं आना था क्योंकि वह 'प्रेम' पर गम्भीर शंका करने लगा था। उसने अपनी ओर से 'नेगी कुटी' नाम सुझाया जिसे बेटी ने तत्क्षण रद्द कर दिया था। मीरा के लिए यह मुद्दा महत्त्वपूर्ण बन गया था और वह इसे आसानी से छोड़ने वाली नहीं थी। इसलिए मम्मी को ही कोचती रही। अन्ततः उसके बहुत ज़ोर देने पर हीरा ने हँसते हुए कह दिया था—"तो फिर इसका नाम उड्यार रख दे।" मीरा के लिए यह शब्द सर्वथा अपरिचित था। हीरा ने उमंग के साथ समझाया—"पहाड़ों में चट्टानों के नीचे जो गुफा बनी होती हैं, उन्हें उड्यार कहते हैं।" इतना कहते ही उसने अपनी ज़बान काट ली थी क्योंकि पहाड़ का प्रसंग कहीं बच्चों को उनकी असली कहानी तक न पहुँचा दे, जिसकी 'बच्चों के बाबू' ने सख़्त मनाही की हुई थी। उसने तत्काल बात सँभाल ली और बताया कि "तेरे बाबू ने कभी एक सिनेमा दिखाई थी जिसमें जंगल में अचानक बारिश हो जाती है तो चरवाहे गुफा में छुप जाते हैं। उसके अन्दर आग जला लेते हैं। कंद, वग़ैरह भून लेते हैं। उसे वे उड्यार कह रहे थे। उस बड़े उड्यार में उनके साथ गाय-बकरियाँ भी आ गई थीं। वहाँ वे गा रहे थे, हँसी-खेल कर रहे थे। मुझे बहुत अच्छा लगा था वह जंगल में घर जैसा उड्यार।"

मीरा को वह कैसे बता सकती थी कि ऐसे ही एक उड्यार में एक दिन वीरेन्द्र ने उसे पहली बार दबोचा था। 'उड्यार' नाम उसकी जिह्वा पर कैसे आ गया, वह नहीं बता सकती लेकिन उस समय उसे वह घटना बिलकुल याद नहीं थी लेकिन तत्काल आकाशीय बिजली चमकने की तरह कौंध गई थी। उस स्मृति से उसका साँवला चेहरा रक्ताभ हो उठा था। वह मधुर स्मृति उसे दिन भर तरंगित करती रही थी। उधर, मीरा का किशोर मन उड्यार के बारे में सुनकर रोमांचित हो गया था। उसने तत्काल घोषणा कर दी कि हमारे घर का नाम 'उड्यार' होगा और दौड़कर दादी को भी उड्यार की पूरी जानकारी दे डाली थी। शाम को दफ़्तर से आने के बाद वीरेन्द्र ने इस नाम पर

नाक-भौं सिकोड़ी अवश्य लेकिन कुछ कहा नहीं। उस कोठी में रहते हुए अपनी असहमतियाँ व्यक्त करना वह भूल ही चुका था लेकिन उसे यह नामकरण हीरा की ओर से उसे खिजाने-चिढ़ाने वाली कारस्तानी जान पड़ा। वह कैसे भूल सकता था कि जवानी के पागलपन में उसने जो मूर्खता की थी उसकी शुरुआत एक उड्यार में ही हुई थी।

उस मूर्खता का परिमार्जन तो अब नहीं हो सकता था लेकिन वीरेन्द्र ने यह अवश्य किया कि मकान के लिए नेम प्लेट बनवाते समय 'उड्यार' नाम ग़ायब कर दिया। जो नेम प्लेट बनवाकर वह लाया उसमें काले संगमरमर पर सुनहरे अक्षरों में केवल 'वी. एस. नेगी, सिंचाई विभाग' लिखा हुआ था। यह वीरेन्द्र के वी. एस. नेगी बनने की शुरुआत थी, जिस नाम से उसे अब आगे पहचाना जाना था। यह नेम प्लेट गेट पर लगवाई जाती, इससे पहले ही मीरा ने पिता के इस 'एकतरफ़ा निर्णय' के विरुद्ध विद्रोह कर दिया। वह शुरू से ही अलग मिज़ाज की थी और मोहिनी माथुर ख़ुश होकर कहती भी थीं कि आगे चलकर यह लड़की बड़े-बड़ों के कान काटेगी। तो, मीरा ने सबसे पहले पिता के ही कान काटे। उसकी आपत्ति यह थी कि नेम प्लेट पर मकान का और मम्मी का नाम क्यों नहीं लिखवाया गया। घर सिर्फ़ एक इमारत नहीं होता, उसे स्त्री ही घर बनाती है और पुरुषों को यह बात अच्छी तरह समझनी होगी। 'वी. एस. नेगी' बन रहे वीरेन्द्र ने इस पर तो आपत्ति नहीं की लेकिन तनिक नाराज़गी से यह ज़रूर कहा कि माँ जी के लाड़-प्यार ने इस लड़की का दिमाग़ ख़राब कर दिया है। 'दिमाग़ ख़राब कर देने' का सत्य यह था कि अब तक दोनों बच्चों का लालन-पालन और शिक्षा-दीक्षा श्रीमती माथुर के संरक्षण और निर्देशन में ही होते आए थे। वीरेन्द्र और हीरा की इसमें कोई भूमिका नहीं रही थी। बल्कि कहा तो यह जाना चाहिए कि माथुर साहब की कोठी में रहने तक उनकी भूमिका बच्चों को जन्म देने के बाद कुछ भी नहीं रह गई थी। अब चूँकि माथुर दम्पति की उनके जीवन में दैनंदिन उपस्थिति नहीं थी, यह पहला अवसर था जब किसी निर्णय के लिए पिता-पुत्री का सीधा संवाद हो रहा था और वीरेन्द्र पिता की भूमिका में बेटी के समक्ष प्रस्तुत था।

नेम प्लेट में 'उड्यार' के अलावा मम्मी का भी नाम लिखवाने की ज़िद तक ही बात सीमित नहीं रही। मीरा ने इस पर भी ज़ोर दिया कि मम्मी के नाम के आगे शादी से पहले का उनका सरनेम लिखा जाना चाहिए। मम्मी का पूरा नाम वह 'हीरा नेगी' जानती थी जो बैंक एवं अन्य दस्तावेज़ों में दर्ज था और यदा-कदा चर्चा में भी आ जाया करता था। स्वाभाविक ही 'नेगी' को वह विवाह-पश्चात् लिखे जाने वाले 'सरनेम' के रूप में पहचानती थी। इसीलिए अब वह मम्मी का विवाह-पूर्व सरनेम जानने को उत्सुक हो गई थी। उसकी इस ज़िद ने वीरेन्द्र को खिन्न व क्रुद्ध और हीरा को सन्न कर दिया था।

"इनका सरनेम?" वह क्रोध मिश्रित व्यंग्य से हँसा तो हीरा को बड़ा धक्का लगा था।

"प्लीज़ पापा!...अच्छा, दादाजी का पूरा नाम क्या था?" मीरा तहक़ीक़ात करने पर उतर आई थी।

वीरेन्द्र ग़ुस्से से हीरा को घूर रहा था और हीरा के लिए यह अत्यन्त यंत्रणादायक हो रहा था। 'पांडे' या 'नेगी' जैसा कुछ उनके नामों के आगे नहीं लिखा जाता। यह वह बचपन से देखती आई थी लेकिन इसके कारणों के बारे में वह इतना ही जानती थी कि वे औरों से अलग और 'अछूत' हैं। यह प्रकरण उसे अपने अतीत की अपमानजनक स्थितियों का स्मरण कराकर मानसिक आघात पहुँचा रहा था। इसलिए उसने वीरेन्द्र और बेटी के समक्ष पहली बार निर्णायक रूप से अपनी बात रखी कि अगर उसका नाम लिखना ही हो तो सिर्फ़ 'हीरा' लिखा जाए। उसके स्वर की निर्णयात्मक ध्वनि से वीरेन्द्र चकित हुआ था लेकिन मीरा न केवल इस तर्क से सहमत हुई बल्कि उसने प्रसन्नतापूर्वक घोषणा कर दी थी कि यद्यपि स्कूल के दस्तावेज़ों में उसका नाम 'मीरा नेगी' लिखा चला आ रहा है, तथापि आज से वह 'हीरा' की तरह ही सिर्फ़ 'मीरा' होगी। इस तरह बेटी के सामने उनकी मूल कहानी का उद्घाटन हुए बिना मकान की नेम प्लेट का मामला सुलझ गया और हीरा को मानसिक यंत्रणा से राहत मिली थी। मीरा को अपना नेगी-मुक्त छोटा-सा नाम बहुत प्यारा लगने लगा जो अब हमेशा उसके साथ इसी रूप में रहने वाला था।

मम्मी को इस 'नई दृष्टि' का श्रेय देते हुए उसने उन्हें अतिरिक्त प्यार किया। इस तरह महानगर कॉलोनी के पुराने वाशिंदों ने अपने नये पड़ोसियों को 'मिस्टर वी. एस. नेगी' और 'मिसेज हीरा' के नाम से पहचाना, जिसमें 'मिस्टर' और 'मिसेज' उनके अपने अभिजात संस्कारों के कारण स्वत: जुड़ गए थे। मकान का 'उड्यार' नाम उनकी और हर नये देखने वाले की जिज्ञासा का केन्द्र बाद में भी बना रहा।

इस कथा में एक विचित्र किन्तु सत्य यह भी है कि शादी के बीस साल बाद अब वीरेन्द्र, बल्कि वी. एस. नेगी और हीरा के परस्पर सम्बन्धों की नई और वास्तविक शुरुआत हो रही थी। अब तक वे माथुर परिवार का अंग थे और उन्हीं के संरक्षण एवं दिशा-निर्देशन में उनका जीवन एक बँधी-बँधाई लीक पर चलता आया था। उस कोठी में उनका परस्पर प्रेम और द्वंद्व और उलझनें और टकराव कभी सतह पर नहीं आ पाए थे। पति-पत्नी के स्वाभाविक व सामान्य मतभेद या छोटी-छोटी बातों पर टकराव के अवसर अवश्य उपस्थित होते थे। अपनी बदलती मन:स्थिति के कारण वीरेन्द्र अकेले में घुटे स्वर में ताने भी कसा करता था लेकिन ये टकराव कभी खुलकर प्रकट नहीं हो पाते थे। एक लम्बा समय साथ रहने और उनके सन्तानवत स्नेह के बावजूद माथुर दम्पति का वे बहुत लिहाज करते थे। बल्कि, यह कहना सही होगा कि मालिक और नौकर वाली प्रारम्भिक दीवार वे कभी लाँघ नहीं पाए। दोनों ही सदा उनकी अनुकम्पा के बोध के बोझ से दबे-दबे ही रहे। यह अतिरिक्त सतर्कता भी बराबर बरती जाती थी कि उनकी किसी भी बात से साहब और माँ जी नाराज़ न होने पाएँ। चूँकि हीरा का लगभग सारा दिन और वीरेन्द्र का कार्यालय के अलावा बाक़ी समय कोठी में ही बीतता था, वे काम के अलावा आपस में और कोई बात नहीं करते थे। अपने बारे में तो बिलकुल भी नहीं। अपनी कोठरी में वे रात को सोने के लिए जाते थे। वहाँ भी उनकी बातचीत दबे स्वरों में ही होती थी। बच्चों के लिए कोठी में अलग कमरे निर्धारित कर दिये गए थे। एक-दो बार वीरेन्द्र ने नाराज़गी में ज़ोर से कुछ बोला भी तो तत्काल मिसेज माथुर की डाँट ने उसे चुप करा दिया था।

कहा जा सकता था कि वहाँ उनका सम्बन्ध सतत निगरानी में रहता था। अब वे स्वतंत्र थे और उनके मध्य जो भी दबा-ढका था, बहुत शीघ्र सतह पर आने लगा था। हमेशा की सकुचाई और विनत हीरा तो क्या ही बोलती, नेगी जी की दबी-ढकी भावनाओं, अपेक्षाओं, कुंठाओं और पौरुष को अब आवाज़ मिलने लगी थी, जिस पर रोकने-टोकने वाला कोई न था। यह परिवर्तन अचानक और बहुत तेज़ी से इस प्रकार हुआ था जैसे फूले गुब्बारे का बन्द मुँह एकाएक ढीला छोड़ दिया गया हो।

'उड्यार' में आने के बाद वी. एस. नेगी और हीरा का पहला खुला टकराव शीघ्र ही सामने आया और गेट पर नेम प्लेट लग जाने के तत्काल बाद, बल्कि उसकी पृष्ठभूमि में ही हुआ। हुआ यह कि हीरा ने उन्हें एक सुबह 'नेगी जी' कहकर पुकार लिया। 'नेगी जी' कहने के पीछे उसका कोई अन्यथा कारण नहीं था। उसने अत्यन्त सहज रूप में, बल्कि तनिक आनन्द से अनायास ही उन्हें पुकारा था। यहाँ यह भी ध्यान देना आवश्यक होगा कि माथुर दम्पति के संरक्षण से स्वतंत्र हो जाने के बाद हीरा का व्यक्तित्व भी तनिक खुल रहा था। 'अपने घर' में सब कुछ अपना-सा होने का सुखद अनुभव उसके मन में भी खिल रहा था, यद्यपि बहुत धीरे-धीरे। नेगी जी की तरह नहीं, जो एकाएक घर के मालिक की तरह व्यवहार करने लगे थे। बात भी एकदम सामान्य थी। पहले दिन सुबह खाना तैयार करने में हीरा को थोड़ी-सी देर हो गई थी। या, शायद यह कहना सत्य के क़रीब होगा कि नेगी जी ही कुछ जल्दी तैयार हो गए थे। दफ़्तर जाने से पहले वे नाश्ता करते थे और दोपहर का खाना साथ ले जाते थे। हीरा से उनका बोलना सहज रह ही नहीं गया था। उसके प्रति सतत प्रत्याकर्षण-सा अनुभव करते थे। तो, गुस्से में बोले थे—"तुमसे टाइम पर खाना भी नहीं बनता।"

हीरा कुछ नहीं बोली थी, जैसा कि उसका स्वभाव बन गया था। अगले दिन वह नाश्ता और खाना तैयार करके प्रतीक्षा कर रही थी जबकि नेगी जी ने तब तक स्नान भी न किया था। तब उसने कहा था—"आज देर नहीं हो रही, नेगी जी!"

उसके स्वर में तनिक भी तंज न था, बल्कि नेगी जी का अभिजात 'नेगी' और जन्मजात पौरुष आहत न हुआ होता और वे सहज भाव से देख पाते तो हीरा की वह मुस्कान उन्हें प्रेम-पगी ही दिखती लेकिन हुआ उलटा। नेगी जी बिदक गए। एक तो हीरा का 'नेगी जी' पुकारना और ऊपर से मुस्कराना, उन्हें गहरे बेध गया। पलक झपकते उनके दिमाग़ ने हीरा के मुख से निकले उस सम्बोधन के पीछे कितने ही निहितार्थ खोज लिए। नेम प्लेट प्रसंग भी ताज़ा ही था। वे तमतमा उठे, कुछ पल लाल-लाल आँखों से उसे घूरते रहे फिर चीख़ पड़े—"हाँ, नेगी हूँ और तुम्हारे कारण जाति-बाहर हूँ। यही कहना चाहती हो न?"

जिसे कहते हैं काटो तो ख़ून नहीं, वही हीरा के साथ हुआ। वह जड़ हो गई। सदमे और भय से चौड़ी हो गई उसकी आँखें एकदम डबडबा आईं और चुपचाप टपकने लगीं जिन्हें छुपाने का कोई यत्न उससे नहीं हो पाया था। वह कुछ कहने या क्षमा माँगने की स्थिति में भी नहीं थी। स्वचालित से उसके दोनों हाथ जुड़ गए। नेगी जी उसके जुड़े हुए हाथों का काँपना भी क्या देख पाए होंगे। वे आग्नेय नेत्रों से उसे घूरते हुए तौलिया उठाकर नहाने चले गए थे। जिस धमाके से दरवाज़ा चौखट से आ टकराया, वह बता रहा था कि उनका ग़ुस्सा खौल रहा है। उस दिन नाश्ता और खाना अनछुआ पड़ा रहा। नेगी जी भूखे पेट फनफनाते हुए दफ़्तर चले गए। फिर हीरा का अपने मुँह में कौर डालने का प्रश्न ही नहीं था। वह मीरा के स्कूल से आने तक बैठी रोती रही। मीरा ने अवश्य चाव से खाना खाया जिसे घर में गुज़र चुके तूफ़ान का कुछ पता न था।

अपने सदमे से अधिक दुख एवं चिन्ता हीरा की यह थी कि 'विनायक के बाबू' बहुत ग़ुस्सा हो गए और बिना कुछ खाए दफ़्तर चले गए। अब सारा दिन भूखा रहेंगे। दुख के साथ क्रोध की एक लहर उसे स्वयं भी लपेटे में ले रही थी कि आख़िर उसके मुँह से 'नेगी जी' निकल कैसे गया! पिछले बीस वर्षों में उसने उन्हें कभी ऐसे सम्बोधित नहीं किया था। आज ऐसा क्या और कैसे हो गया? बहुत ज़ोर देने पर भी अपनी स्मृति में 'विनायक के बाबू' या

'बच्चों के बाबू' के अतिरिक्त कोई दूसरा सम्बोधन उसे नहीं मिला जो उसके मुँह से निकला हो, वह भी सीधे उन्हें सम्बोधित करने के वास्ते नहीं, बल्कि किसी वार्तालाप में उनका सन्दर्भ देने के लिए। 'नेगी जी' तो उसने कभी उनके लिए सोचा नहीं। बोलने का तो सवाल ही नहीं था। रह-रह कर उसके मन में यह प्रश्न भी सिर उठाता रहा कि आख़िर उसके 'नेगी जी' कहने में ऐसा क्या था कि उन्हें इतना क्रोध आ गया। 'नेगी जी' तो वे हैं ही। बाहर के लोग उन्हें इसी सम्बोधन से बुलाते हैं। तब तो वे नाराज़ नहीं होते। पड़ोसियों से अभी निकटता नहीं हुई थी तो भी आते-जाते कभी किसी के दर्शन हो जाते तो लोग उन्हें 'नेगी जी' ही कहते थे—"अच्छा हुआ नेगी जी आप आ गए, पड़ोस आबाद हो गया," "तो, आप सिंचाई विभाग में हैं, नेगी जी!" क्या इसी का प्रभाव था कि उसके मुँह से भी 'नेगी जी' निकल गया? और, इसका जो अर्थ 'विनायक के बाबू' ने लगा लिया था, उसकी तो वह कल्पना भी नहीं कर सकती थी। दो दशक के बाद भी वह कभी नहीं भूल पाई थी, और भूलने भी कहाँ दिया गया था, कि वह हलवाहे की बेटी है जिसके स्पर्श से भी मालिक लोगों को छूत लग जाती है और गोमूत्र या पानी के छींटे शुद्धि के लिए अनिवार्य हो जाते हैं। यह उसके लिए एक चमत्कार था, भाग्य का अनोखा लेखा, कि कटु सामाजिक सत्य के बावजूद एक जिमदार (राजपूत) पुत्र ने उसके साथ शादी की और निभा रहा है। अपने भाग्य पर वह मन-ही-मन इठलाती थी। जो कुछ इस रिश्ते से उसे मिला है, वह उसके लिए ही नहीं, उसकी समूची बिरादरी के लिए भी कल्पनातीत था लेकिन एक पल के लिए वह यह नहीं भूल सकी थी कि उसकी अपनी सामाजिक हैसियत क्या है। एक आशंका कि कभी, किसी क्षण अचानक यह ख़ूबसूरत सपना टूट न जाए, उसके दिल-दिमाग़ में बराबर बनी रहती थी। इसीलिए अतिरिक्त विनम्रता एवं सतर्कता के साथ-साथ अपराध-बोध भी उसके व्यक्तित्व का अनिवार्य हिस्सा बन गया था। वह कैसे उस अर्थ में 'नेगी जी' पुकार सकती थी, जिस अनर्थ में उन्होंने सोच लिया था! क्या वह क्षण क़रीब आ गया था जिसकी आशंका उसे सपने में भी सताया करती थी? इसीलिए वह उसी क्षण से काँपने लगी थी

और रह-रहकर दिन भर काँपती रही थी। घड़ी-घड़ी बिजली का करंट जैसा उसके सम्पूर्ण व्यक्तित्व को कम्पायमान कर जाता था। माँ जी का साया भी आज सिर पर नहीं था जिसने आज तक उसकी रक्षा की थी। मीरा स्कूल से लौटी तो उसका काँपना कुछ थमा। ध्यान बँटाने के लिए वह मीरा से लगातार कुछ न कुछ बोले जा रही थी। मीरा का साथ उसे कुछ सुकून दे रहा था लेकिन उसे खाना खाते ही ट्यूशन के लिए भागना था। वह फिर अकेली रह गई और रह-रहकर उसका काँपना फिर शुरू हो गया था। एक लम्बी साँस छोड़कर वह बिस्तर पर लेटी और एकाएक फूट-फूटकर रो पड़ी, रोती चली गई। 'उड्यार' की दीवारें और छत उससे चुप होने को नहीं कह सकते थे। यह उसके जंगल का उड्यार नहीं था—स्वतंत्र, उन्मुक्त, उल्लास और मस्ती भरा। यह एक सभ्य शहर में नाम भर का उड्यार था, जहाँ वह क़तई सहज न थी। अजनबी जंगल में आ पहुँची एक चिड़िया थी जो वर्षों बाद भी यहाँ की नहीं हो सकी थी।

वह रोती रही, उसकी सुबकियाँ कमरे की दीवारों के भीतर गूँजती रहीं और उसका मन-प्राण दीवारों के पार कहीं दूर उड़ता-भटकता रहा। चनरराम हलवाहे की वह अकेली बेटी, लोग कहते थे कि सावन-भादों की जंगली घास की तरह बढ़ती गई थी। बचपन से हाड़-तोड़ मेहनती थी। किसी तरह की सुविधा या आराम नहीं था। नाममात्र को मजूरी और अधपेट खाना। तब भी लोग कहते थे कि हिरुली के बदन में तो मिट्टी भी दूध-दही-घी की तरह लगता है। वह दोनों पैरों से पेड़ के तने को जकड़े हुए उछल-उछलकर चीड़ के ऊँचे पेड़ पर चढ़ लकड़ी काट देती। बाँज के पेड़ की फुनगियों से मुलायम पत्ते काट लाती। ऊँची-ख़तरनाक चट्टानों में बकरियों की तरह चलकर हरी घास काट लाती। गोबर की डलिया लेकर दौड़ती-उझकती खेतों तक पहुँच जाती और मन आता तो किसी पेड़ के नीचे बैठकर एक हाथ गाल पर रख न्योली के सुर उठा लेती। न्योली की विलम्बित तान वादियों में गूँजती तो गाँव के लोग कहते कि बाँज की जड़ों के पानी की सारी मिठास हिरुली के गले में ही घुली है। बढ़वार उसकी ऐसी कि देह कपड़ों में समाती न थी और सऊर

सिखाने वाली न माँ बची, न भाभी टिकी। गाँव के किशोर लड़कों की ठहरी हुई जवानी हिरुली को देखकर उमड़ी चली आती। अछूत कन्या को छेड़ने से पहले न उन्हें जनेऊ कान में लपेटने की ज़रूरत थी न बाद में 'छ्वड़' (गोमूत्र या पानी के छींटे) डालने की। हिरुली खिलखिलाती थी, घुरड़-सी उछलती थी और आँखें मटकाती थी। तेरह-चौदह की होते-होते गाँव की महिलाओं ने चनरराम को टोकना शुरू कर दिया था कि लड़की को ब्याह दे। देखता नहीं 'कामन्' (गरमी चढ़ी) गाय-सी कैसी रँभाती फिरती है। चनरराम को बेटी के भविष्य से कहीं अधिक सुबह-शाम की रसोई की चिन्ता थी और लड़की विदा करने के लिए उसके पास था ही क्या! बेटी की तरफ़ से उसने आँखें बन्द ही रखीं और हिरुली गाँव की सुशील बहू-बेटियों के लिए ईर्ष्या और निन्दा का मुद्दा बनती चली गई।

गाँव के दूसरे लड़कों की तरह पान सिंह नेगी का लड़का वीरेन्द्र भी गाँव आने पर हिरुली को छेड़ने का कोई मौक़ा छोड़ता न था। इस मामले में उसमें और दूसरे लड़कों में कोई फ़र्क़ न था लेकिन एक दिन जब बारिश के दौरान जंगल के उड्यार में कसकर भींचने के बाद वीरेन्द्र ने उसके हाथ में गरी का टुकड़ा और मिसरी का कुंजा (टुकड़ा) रखा तो उसका स्वाद उस सनसनी से कहीं बेहतर लगा था जो उसके तन-मन में गरी-मिसरी चबाते समय भी तारी थी। वह नया मीठा स्वाद था जो जिह्वा के अलावा भी किन्हीं और अनजाने तन्तुओं पर अनुभव होता था और जिसने वीरेन्द्र को दूसरे लड़कों से भिन्न बना दिया था। उस स्वाद के बाद वह उसका इन्तज़ार करने लगी थी। वीरेन्द्र कभी अल्मोड़े की बाल मिठाई का टुकड़ा भी लाता। वह उसके घर आने की प्रतीक्षा करती और उनके घर से काम के लिए बुलावा आता तो भागी चली जाती। यह सिलसिला कितने समय चला हिरुली नहीं जानती लेकिन यह कैसे भूल सकती थी कि एक दिन वीरेन्द्र ने उससे दूसरी सुबह-सुबह गाँव के बाहर मिलने को कहा तो वह बिना कुछ सोचे-समझे चली गई। उस सुबह वीरेन्द्र के हाथ में गरी-मिसरी या बाल मिठाई के बजाय एक थैला था। थैला उसने कन्धे पर टाँगा और उसका हाथ पकड़कर कहा था—'चलो'।

वह उसके साथ चलती गई, चलती ही गई। यह भी नहीं पूछ पाई कि कहाँ जाना है। पहली बार मोटर में बैठते हुए वह डरी लेकिन वीरेन्द्र का हाथ थामे चुपचाप बैठी रही। फिर ट्रेन में बैठी और अगली सुबह से उसकी पूरी दुनिया ही बदल गई थी। मुहब्बत या प्रेम जैसा शब्द उसने कभी सुना नहीं था। वीरेन्द्र के साथ नई दुनिया में प्रवेश कर जाने के बाद भी ये शब्द वह नहीं जानती थी। इतना अवश्य जानती थी कि गाँवों से लड़कियाँ अक्सर किसी के साथ भाग जाती थीं। किसी लड़की को कोई शादी कराने के नाम पर ले जाता था। उसकी एक भाभी दूर के गाँव के एक जवान के साथ भाग गई थी। ऐसा उसने लोगों को कहते सुना था। उन भागने वालों के साथ क्या हुआ, उसे नहीं पता लेकिन उसके साथ जो हुआ वह वर्णनातीत था जिसका पूरा श्रेय उसकी नज़रों में वीरेन्द्र को था। वीरेन्द्र को उसकी ज़िन्दगी में लाने का करिश्मा उसके भाग्य के लेखे ने किया था। लखनऊ नाम के अनजाने शहर की एक विशाल कोठी में शरण, साहब और माँ जी का स्नेह, ब्याह, बच्चे, अपना मकान, सब कुछ वीरेन्द्र की खिलाई हुई गरी-मिसरी के कारण सम्भव हुआ था। सिर्फ़ एक कसक थी कि उसे अपने बाबू और भाई को हमेशा के लिए छोड़ना पड़ा था। यह एक शूल की तरह हृदय में कसकता था लेकिन यह उस ख़ूबसूरत दुनिया के मुक़ाबले नगण्य था जो इसकी क़ीमत पर प्राप्त हुई थी।

क्या अब यह सुन्दर संसार छिन जाने वाला है? उसके भाग्य का यह लेखा यहीं तक था? बहुत पहले जब वह आकाशवाणी में गीत गाने जाती थी तो एक बार पर्वतीय समाज के सांस्कृतिक कार्यक्रम में भी गाने गाये थे। वहाँ उसका बड़ा स्वागत हुआ था। उस रात वीरेन्द्र ने उसे बुरी तरह लताड़ा था कि 'बहुत उड़ने लगी हो! मुझे बदनाम करके छोड़ोगी यहाँ भी?' वह बहुत डर गई थी और उसके पैरों में गिर पड़ी थी। रोते-रोते उसने क़सम खाई थी कि आइंदा कहीं नहीं जाएगी। बस, तुम नाराज़ मत होना। उस दिन बात वहीं तक रह गई थी लेकिन क्या आज उसने वीरेन्द्र को नाराज़ करके, अनजाने में ही सही, अपनी ख़ूबसूरत दुनिया उजाड़ ली है? रह-रह कर काँपना उसे और डरा रहा था। यह कम्पन, जिसका केन्द्र उसके अन्तरतम में कहीं गहरे

और तीव्र था, बन्द ही नहीं हो रहा था। क्या यह सपनों जैसी दुनिया के ढह जाने का संकेत था?...सुन्दर दुनिया! क्या सचमुच? दुख और पश्चात्ताप के उन क्षणों में एकाएक इस सवाल ने भी उसके दिमाग़ के कोने से सिर उठाया कि जो दुनिया उसे अचानक और सहज ही उपलब्ध हो गई थी और जिसे वह पिछले बीस वर्षों से भाग्य का करिश्मा मानकर सीने से सहेजे हुए थी, क्या वास्तव में सुन्दर थी? क्या यह उसकी दुनिया थी? और, क्या यह हीरा सचमुच वही हिरुली थी? आज बीस वर्ष बाद उसे क्यों लग रहा था, नेगी जी का 'नेगी जी' कहे जाने पर अत्यन्त क्रोधित हो उठने से पैदा हुए इस भीतरी कम्पन के बाद, कि यह न उसकी दुनिया है और न वह ही वह है। वह तो वहीं कहीं छूट गई थी। उस सुबह गाँव के बाहर वीरेन्द्र के हाथ पकड़कर 'चलो' कहते ही, कई साल पहले उसी पगडंडी पर। उसी झाड़ी के पीछे जहाँ उसने अपने फटे-मैले धोती-ब्लाउज वीरेन्द्र के लाए धोती-ब्लाउज से बदले थे। उन कपड़ों के साथ वह हिरुली भी वहीं रह गई थी। जो वीरेन्द्र के साथ मोटर में बैठकर काठगोदाम और फिर ट्रेन में बैठकर लखनऊ पहुँची थी, वह कितने ही संकोचों, डरों, दबावों, बोझों, अनुकम्पाओं और बन्धनों से दबी-जकड़ी-त्रस्त कोई और ही थी। उस हलवाहे की बेटी को वीरेन्द्र के 'नेगी' होने ने, पहाड़ के बाहर एक नितान्त अजनबी दुनिया में आ पड़ने के आतंक ने, माथुर साहब की कोठी के रौब ने, आर्य समाज मन्दिर में मंत्रोच्चारों के साथ कराए गए ब्याह ने, मिसेज माथुर के 'माँ जी' बन जाने, उनकी सीखों और स्नेह ने, विनायक नेगी और मीरा नेगी की माँ बनने ने, और भी कितनी ही तरह के बदलावों ने हिरुली रहने ही कहाँ दिया था! पहाड़ी घुरड़ की सी उसकी बिंदास चाल शिकारी के कब्जे में आ गए निरीह प्राणी की भयातुर चाल में बदल गई थी। पहाड़ी झरने की तरह खिलखिलाती-बजती उसकी आवाज़ बलि के लिए ले जाई जाती बकरी की तरह मिमियाने लगी थी। चंचल-शोख आँखें ढेरों भय एवं संकोचों से भरकर क़ातर हो गई थीं। उसकी जो देह कपड़ों में नहीं समाती थी, वीरेन्द्र के दिये कपड़े पहनने के बाद से उन्हीं के भीतर सिमटती-सूखती चली गई थी। मिसेज माथुर ने तो उस शोख, अल्हड़ छोकरी को पहले देखा नहीं था

लेकिन क्या वीरेन्द्र ने उसका यह बदलाव नोट किया था? वह तो चन्द रोज़ में ही अपने स्वाभाविक रूप में आ गया था लेकिन हिरुली उन अनेक दबावों-संकोचों-भयों से ऊपर कभी उठ ही नहीं पाई और उसी साँचे में ढली रह गई। वीरेन्द्र उस अल्हड़ हिरुली को चाहता था या इस ग़ुलाम हीरा को? और, क्या ख़ुद हिरुली ने अपने हीरा बन जाने के इस आमूल परिवर्तन को स्वीकार किया था? क्या क़रीब दो दशक बाद, माथुर दम्पति के संरक्षण और उनकी कोठी से निकलकर 'उड्यार' में आने के बाद उसके व्यक्तित्व का यह बन्धन ढीला पड़ने लगा था? क्या आज उसके मुँह से अनायास खिलखिलाते हुए निकला 'नेगी जी' हलवाहे की बेटी हिरुली की वापसी का कोई संकेत था? क्या इसी कारण वीरेन्द्र के भीतर के 'नेगी जी' जी हिल गए थे? इसीलिए उन्हें इतना क्रोध आ गया था?

उसके भीतर का कुहासा कुछ छँटने लगा। ग़लती 'विनायक के बाबू' की नहीं, उसी की है। उसे उन्हें 'नेगी जी' नहीं कहना था और कहते हुए मुस्कराना तो बिलकुल नहीं था। वे उसके लिए 'विनायक के बाबू' ही रहेंगे। ग़लती उससे यह भी हुई कि मकान का नाम 'उड्यार' नहीं रखना चाहिए था। 'नेगी कुटी' ही ठीक रहता। बेटी नादान है। उसकी ज़िद के बावजूद नेम प्लेट पर अपना नाम नहीं लिखवाने देना चाहिए था या 'हीरा नेगी' लिखवाना चाहिए था। सिर्फ़ 'हीरा' लिखा जाना वी. एस. नेगी के लिए बड़ी चुनौती थी, सतत कौंधती एक अप्रिय स्मृति कि वह कौन थी। यह उसका मंतव्य नहीं था। हो भी नहीं सकता था लेकिन मान लिया गया था। यह उसका अपराध था और अक्षम्य था। यह अपराध तभी हो गया था जब वीरेन्द्र ने उसका हाथ पकड़कर कहा था—'चलो' और वह चली आई थी। हाथ झटक देती तो हर अपराध से बची रह जाती। अब उसे अपने को हर सज़ा के लिए तैयार करना ही था। उसकी हिचकियाँ धीरे-धीरे थमने लगीं। भीतर का कम्पन कम होने लगा।

सिंचाई विभाग की शारदा नहर डिवीजन, खंड-दो के अपर डिवीजन क्लर्क वी. एस. नेगी ने अपनी कुर्सी पर बैठते ही सबसे पहले चपरासी को कैंटीन से

बन-मक्खन, समोसा और चाय लाने का आदेश दिया, फिर उपस्थिति पंजिका पर हस्ताक्षर किये। उनके ग़ुस्से पर भूख हावी हो चुकी थी और यह संकेत था कि घर में जो कुछ हो गया था या जैसा-जो वे कर आए थे, उसका उन्हें कोई पश्चात्ताप न था। समोसे के चटखारे लेने के बाद बन-मक्खन के साथ चाय उदरस्थ करते हुए उन्होंने एक पल भी घर में भूखी बैठी हीरा के बारे में नहीं सोचा। वह सिसक-सिसक कर रोती रही थी और उनके भूखे पेट चले जाने के बाद उसके लिए अपने पेट में एक कौर भी डालना असम्भव था, यह सोचना उनके दायरे से बाहर हो गया था या जानते हुए भी यह उनकी चिन्ता का विषय नहीं रह गया था। यह भी सत्य था कि उनके दिमाग़ में हीरा ही छाई हुई थी। उनके मस्तिष्क का एक भाग निरन्तर अपने को धिक्कार रहा था और जिस आमा (दादी) की ख़बर उन्होंने बीस साल से नहीं ली थी, उसी का कथन बार-बार याद आ रहा था कि उम्र और अक़्ल में कभी भेंट नहीं होती। यह प्रमाणित करना कई कारणों से कठिन होगा कि वी. एस. नेगी को वास्तव में अक़्ल आ गई थी, लेकिन जिसे वे अक़्ल आना मानकर अपने को धिक्कार रहे थे वह यह प्रश्न था कि आख़िर वे हलवाहे की उस लड़की के चक्कर में क्यों कर इस क़दर पागल हो गए थे कि उसे भगा लाए थे। वे ऐसा पहली बार नहीं सोच रहे थे। ईमानदारी से वे स्वीकार करें या नहीं, शायद अब स्वीकार भी कर लें, सच यही था कि हिरुली का हाथ थामकर गाँव से भाग आने और देर शाम लखनऊ की ट्रेन में बैठ जाने के बाद बाहर घिरता अँधेरा उनके भीतर का अँधेरा भी बनने लगा था कि अब कहाँ जाएँगे और क्या करेंगे। तभी उन्हें अक़्ल के क़दमों की हल्की आहट मिल गई थी। उस समय भी वे सोचने लगे थे कि यह क्या कर बैठे। अकेले तो वे कहीं भी चले जाते लेकिन इस हिरुली को लेकर कहाँ जाएँगे! अल्हड़ हिरुली की जिस देह के अदम्य आकर्षण में वे लम्बे समय से बिंधे थे, वह देह तब भी उनसे चिपकी हुई थी लेकिन उस स्पर्श से कोई सनसनी या उत्तेजना अनुभव नहीं हो रही थी। बल्कि, वह भय और आशंका की जननी साबित हो रही थी। ट्रेन की सामने की सीट पर लाल लबादा और साफ़ा पहने जो आदमी उन्हें कम, हिरुली की छातियों को

अधिक घूर रहा था, वह डर की लहर को और ऊँचा कर दे रहा था। और, जब उस आदमी ने मुस्कराते हुए कहा कि 'घर से भागकर आ रहे हो?' तो वे भीतर-भीतर काँप गए थे। उस समय उन्हें अपने पर क्रोध आया था, बड़ा पछतावा हुआ था और अगर उसी वक़्त वापसी का रास्ता खुला होता तो शायद वे लौट भी गए होते या हिरुली से पीछा छुड़ा बैठते लेकिन ट्रेन अपनी पूरी गति से भागी जा रही थी। सुबह लखनऊ स्टेशन में उतरने के बाद जब खीम सिंह उन्हें माथुर साहब की कोठी में ले गया तो उस सुरक्षित शरणगाह के मिल जाने से स्थितियाँ पूरी तरह बदल चुकी थीं। रात में जो अक़्ल थोड़ी झलक दिखा गई थी, वह जाने कहाँ छुप गई थी।

समय चलता जा रहा था। ज़िन्दगी एक सुरक्षित और बेहतर पटरी पर बढ़ती जा रही थी। भविष्य एक आश्वस्ति दे रहा था लेकिन अक़्ल भी मानसूनी बादलों के पीछे से झाँकते सूरज की भाँति कभी अपनी झलक दिखा ही जाती थी। हीरा का सान्निध्य हर वक़्त मोहक एवं मादक नहीं हो सकता था। तब उस अन्तराल में वीरेन्द्र विचलित होता था। घर-परिवार और पहाड़ याद आता था। अपने पागलपन पर घोर हैरानी उसके व्यवहार में उलझन और चिढ़ भर देती थी, जो माथुर दम्पति की छत्रछाया में प्रकट नहीं की जा सकती थी। समय बीतने के साथ यह बेचैनी बढ़ती गई थी और उसके व्यक्तित्व का हिस्सा बनने लगी थी। कुछ समय बाद वह अकेला गाँव गया था। एक तड़प थी और एक उम्मीद भी कि परिवार उसका किया अपराध क्षमा कर देगा, लेकिन पिता का उग्र रूप देखकर आँगन से ही उलटे पाँव भाग आना पड़ा था। तब अक़्ल खुलकर सामने आ खड़ी हुई थी। गाँव से उलटे पाँव भागते समय उसके मस्तिष्क ने जो फुटकर सूचनाएँ दर्ज की थीं कि उसके अपराध की कैसी सज़ा बिरादरों ने उसके परिवार को दी थी और उसकी बहन और इजा के साथ क्या अघट घट गया था। जब उन सूचनाओं के मारक अर्थ खुले थे, तब उसे ठीक से अक़्ल आ गई थी। यह अक़्ल ही थी जिसने सारा दोष हीरा के मत्थे मढ़ दिया था। उसे लगने लगा था कि वह निर्दोष था। जवानी के जोश में उसके साथ तनिक छेड़छाड़ ही तो की थी और कौन लड़का नहीं करता था,

लेकिन हिरुली ने तो अपने यौवन से ललचाकर और भोलेपन का नाटक रचकर उसे अपने जाल में फँसा लिया था। हिरुली का ही फेंका जाल था कि वह मंत्र-बेधित-सा उसका हाथ पकड़कर इतनी दूर भागा चला आया था। जब ठीक से अक़्ल नहीं आई थी तब वह माथुर परिवार का संरक्षण और सरकारी नौकरी सहज ही मिल जाने को हीरा के भाग्य का प्रतिफल मानने की नादानी कर बैठा था लेकिन देर से ही मगर अक़्ल आई। अब वह इसे अपना ही भाग्य समझने लगा था। यह भी मानने लगा था कि अपनी दीवानगी को दोष देना ग़लत है। यह तो हिरुली की चालाकी थी जिसने अपने मालिक, राजपूत के लड़के को मुहब्बत के जाल में फँसा लिया था। यह समझ पक्की हो जाने के बावजूद इतनी देर हो चुकी थी और वह उस जाल में इतना गहरे उलझ गया था कि उससे मुक्ति सम्भव नहीं लगती थी। इस रिश्ते से, चाहे वह जैसे भी हुआ हो, जो हासिल हो गया था, वह आकर्षक ही नहीं दुर्लभ श्रेणी में आता था। सम्मानजनक सरकारी नौकरी, नियमित वेतन, रहने को बढ़िया और निःशुल्क घर, साहब-मेमसाहब का स्नेह-संरक्षण और बच्चों का शानदार लालन-पालन ईश्वरीय वरदान से कम नहीं था। इन्हें छोड़ने की कल्पना करना भी अब अत्यन्त कठिन एवं पीड़ादायक था। हारकर उसने इसे अपनी नियति मान लिया था और उसे निभाता चला आया था लेकिन उसके भीतर कचोट, अवसाद और अपराध-बोध गाढ़े होते गए थे। उसकी कुढ़न अकेले में हीरा के प्रति दुर्व्यवहार में प्रकट हो जाती थी। साहब-मेमसाहब के साथ जब कभी वह ऋषिकेश के भारद्वाज आश्रम जाता था तो स्वामी जी के चरणों में झुकते हुए मानसिक द्वंद्व से मुक्ति की कामना करता था। स्वामी जी आशीर्वाद देते थे—'कल्याण हो। मन निर्मल हो। चित्त शान्त हो।' लेकिन चित्त उसका कभी शान्त नहीं हो पाता था।

चित्त के शान्त न हो पाने के और भी कारण थे जो धीरे-धीरे बढ़ रहे थे। शादी के शुरुआती दिनों में जब उसने साइकिल चलाना सीख लिया था तो कभी-कभी हीरा को उसके कैरियर पर बैठाकर कोठी की ख़रीदारी करने बाज़ार ले जाता था। कुछेक बार वह मेमसाहब के कहने पर उसे सिनेमा दिखाने भी ले गया था।

दोनों जब तक मिल-जुलकर कोठी के काम किया करते थे, तब तक कोई विशेष समस्या न हुई थी। टाइप सीख चुकने के बाद जब साहब ने उसे अपने दफ़्तर में नौकरी दिलवा दी तो कुर्सी-मेज़ पर बैठकर टाइपराइटर पर उँगलियाँ चलाते हुए वह अपने को विशिष्ट समझने लगा था। अपने पहनावे, व्यवहार और बोलचाल के प्रति उसमें अत्यधिक सतर्कता आ गई थी। दफ़्तर में उसके दोस्त भी बनने लगे थे। यह जानने के बाद कि वह बड़े साहब की कोठी में रहता है और उनका कृपापात्र है, दफ़्तर के छोटे-बड़े कर्मचारी उसका सम्मान करने लगे थे। सरकारी नौकरी ने उसके व्यक्तित्व को तेज़ी से बदल दिया था। क़रीब तीन साल में जब तक वह स्टेनो-टाइपिस्ट के पद पर स्थायी हुआ, वह अच्छा-ख़ासा शहरी बाबू बन चुका था। हीरा अब भी सीधी-सादी घरेलू नौकरानी थी। मेमसाहब के बार-बार सिखाने-बताने से उसके बोलचाल और व्यवहार में बहुत अन्तर आ गया था। तो भी उसका फूहड़पन प्रकट हो ही जाता था जिसे देखकर वीरेन्द्र मन में कुढ़ता था। खाना पकाने और परोसने का सलीक़ा उसने ज़रूर कुछ सीख लिया था लेकिन रही वह 'गँवार' की 'गँवार', जैसा कि वीरेन्द्र मेमसाहब के कान बचाकर दाँत पीसते हुए अक्सर कह भी देता था। बाद में कोठी के काम उसके हल्के होते गए थे, क्योंकि चीफ़ इंजीनियर बनने के बाद माथुर साहब को सरकारी तौर पर घरेलू नौकर भी मिल गए थे। बाज़ार से कुछ ज़रूरी ख़रीदारी, लिखा-पढ़ी सम्बन्धी साहब के कुछ निजी काम और माली एवं दूसरे नौकरों के काम पर निगरानी रखना ही उसके ज़िम्मे रह गया था या उसने इसे स्वत: अपना दायित्व मान लिया था। सुबह बच्चों को स्कूल पहुँचाना और दिन में दफ़्तर से उठकर उन्हें कोठी पहुँचा जाना भी उसके ज़िम्मे आया। शाम को मौक़ा देखकर वह अकेला बाहर भी घूम आता था। किसी दोस्त को घर लाने या हीरा से मिलवाने से वह हमेशा बचता रहा। 'साहब की कोठी' इसमें उसकी बड़ी मददगार थी जहाँ आने में वैसे भी दफ़्तर के साथी संकोच करते थे।

वीरेन्द्र के मन से हीरा पूरी तरह उतर चुकी थी। यहाँ यह सवाल पूछा जा सकता है कि वह उसके मन में चढ़ी ही कब थी। घर से भागने के कुछ समय

बाद ही वह यह स्वीकार कर चुका था कि जो भी आकर्षण था, उसकी देह का था। अब यह प्रत्याकर्षण की सीमा तक पहुँच गया था। प्रबल यौनेच्छा क़रीब तो ले जाती थी लेकिन वह हिंस्र पशु की तरह नोच-खसोट कर बैठता। कभी उत्तेजना के साथ ही एकाएक उभर आई घृणा से ठंडा पड़कर पीठ करके सो जाता। हीरा के लिए उसका यह व्यवहार समझना क़तई कठिन था। दिन भर की थकान या दफ़्तर की कोई समस्या मानकर वह चुप लगा जाती। कुछ पूछने का साहस उसका पहले भी नहीं होता था। समय के साथ यह विचित्र व्यवहार बढ़ता गया था। एक रिश्ता बचा था जिसे निभाते जाना वीरेन्द्र के लिए कई कारणों से आवश्यक हो गया था। दूसरी तरफ़, हीरा के लिए घर से भागते समय वीरेन्द्र में कोई विशेष आकर्षण नहीं था। फिर क्रमशः कई आकर्षण उत्पन्न होते चले गए थे। इसे त्रासद ही कहा जा सकता था कि जब वीरेन्द्र हीरा को अपने मन से लगभग बाहर कर चुका था, तब हीरा उस पर पूरी तरह लट्टू हो चुकी थी। उस पर गर्व करती थी और देवता की तरह मानने लगी थी। सुबह जब वह दफ़्तर के लिए तैयार होता था, और बाद-बाद में वह बहुत ध्यान से तैयार होने लगा था, तो हीरा उसे देखकर मन-ही-मन मुदित होती। उसे अपनी क़िस्मत पर गर्व होता और अनायास उसके मन में यह ख़याल आ जाता कि काश उसके बाबू, ददा और बिरादर उसकी यह धज देख पाते। अच्छी तरह तैयार होकर जब वह अपने को शीशे में देखता तो वीरेन्द्र के मन में भी ऐसी इच्छा उठती थी कि उसके बाज्यू, भाई और आमा उसे इस रूप में देखकर कितने ख़ुश होते, लेकिन सामने-सामने उसे देखते हुए जो मुग्ध हुई जाती थी, उस हीरा की ओर उसका कोई ध्यान नहीं होता था। बल्कि, उसका होना उसकी शान में बट्टा लगा देता था। उसे मुग्ध भाव से अपनी ओर देखता पाकर उसका ख़ूबसूरत ख़याल गड्ड-मड्ड हो जाता था। वह फिर से अपने को आईने में देखता, क़मीज़ के कॉलर ठीक करता और चेहरे पर मुस्कान लाने की चेष्टा करता जो हीरा पर दृष्टि पड़ते ही विद्रूप हो गया होता था। अपनी साज-सज्जा के प्रति उसकी यह अतिरिक्त रुचि मधुमिता गांगुली के कारण शुरू हुई थी जिसने हाल ही में दफ़्तर में काम करना शुरू किया था।

दफ़्तर में सात साल पुराने उसके मित्र रंजन गांगुली की एक सुबह दफ़्तर आते समय अनियंत्रित बस से कुचलकर मौत हो गई थी। रंजन से उसकी काफ़ी घनिष्ठता थी। वह कभी-कभार शाम को उसके घर भी जाता था। रंजन ही था जिसने वीरेन्द्र को यदा-कदा बीयर या रम का सेवन करना सिखाया था। रंजन की पत्नी मधुमिता बहुत सलीक़े के साथ रहती और गृहस्थी सँभालती थी। वीरेन्द्र स्वाभाविक ही उसके साथ हीरा की तुलना करता। जबसे मधुमिता ने रंजन की जगह नौकरी शुरू की, दोनों काफ़ी समय साथ-साथ बिताने लगे थे। मधुमिता की कुर्सी वीरेन्द्र के बग़ल में ही थी। इस प्रकार हीरा से निरन्तर दूर होते जाने के कई और कारण वीरेन्द्र को उपलब्ध हो गए थे। मधुमिता के बोलने-चालने, उठने-बैठने, साड़ी पहनने, सहकर्मियों से व्यवहार, आदि को देखकर वह हीरा से और भी चिढ़ने-कुढ़ने लगा था, जिसे उसके अनुसार लोगों के बीच उठने-बैठने-बोलने का एक रत्ती तमीज़ नहीं था। इस तुलना ने जहाँ उसे और भी हीन भावना से भरा, वहीं मधुमिता के क़रीब भी वह होता गया। लंच टाइम में वे टिफ़िन मिल-जुलकर खाने के साथ पारिवारिक और निजी बातें भी साझा करने लगे थे। फिर तो वीरेन्द्र ने मधुमिता के सामने हीरा की निन्दा करना भी शुरू कर दिया। यह ज़ाहिर करने में भी संकोच नहीं किया कि हीरा उसकी पत्नी अवश्य है लेकिन मानसिक रूप से वह उसकी संगिनी या दोस्त कभी नहीं बन पाई। मधुमिता को यह समझने में भूल नहीं हुई कि वीरेन्द्र उसमें अपना दोस्त या उससे भी आगे कुछ खोज रहा है। उसमें स्वयं जीवन में उत्पन्न हो गए शून्य को भरने की ललक जाग उठी थी। कैशौर्य में क़दम रखती दो बेटियों की माँ मधुमिता को रंजन के जाने के बाद अपना जीवन स्वाभाविक ही नीरस लगता था। दफ़्तर की व्यस्तता और संगत ने उसे दैनिक ख़ालीपन से तो बचा लिया था लेकिन मानसिक रूप से जो बड़ा शून्य पैदा हो गया था, वहाँ वीरेन्द्र, जिसे वह रंजन ही की तरह वी. एस. कहने लगी थी, सहज ही प्रवेश पा गया और अत्यन्त सुखद अनुभूति के साथ। वे क़रीब आते चले गए थे, जिसकी अतिरंजित चर्चाएँ और कानाफूसियाँ सहकर्मियों में स्वाभाविक ही हुई थीं। व्यथित मधुमिता ने शुरू-शुरू में ख़ूब

रो चुकने के बाद अपने को भीतर से मज़बूत कर लिया और उसकी चिन्ता करना छोड़ दिया था। पुरुष होने के नाते और हीरा की कोई परवाह न करने के कारण वीरेन्द्र को इससे कोई फ़र्क़ नहीं पड़ता था। दफ़्तर के बाद यदा-कदा वे किसी रेस्त्राँ में या मधुमिता के घर में देर तक बैठे बात करते रहते थे। मधुमिता की लड़कियाँ भी 'वी. एस. अंकल' को अच्छा मानने लगी थीं, जो अक्सर उनकी ज़रूरतें, जैसे अचानक प्रैक्टिकल कॉपी ख़त्म हो जाने या टेस्ट ट्यूब होल्डर की समस्या आ जाने पर, ख़ुशी-ख़ुशी पूरी कर दिया करते थे।

इतनी अन्तरंगता के बाद ऐसा कैसे हो सकता था कि वी. एस., मधुमिता को अपनी मूर्खता की त्रासद कथा न सुनाता और वह भी कुछ इस तरह कि सहानुभूति का दरिया उसकी ही ओर उमड़ पड़े। इसीलिए उस दिन लंच टाइम में अपना टिफ़िन खोलकर वी. एस. की ओर सरकाते हुए मधुमिता ने पूरी सहानुभूति से कहा था—"वी. एस., तुम ठीक से खा लो, मुझे ख़ास भूख नहीं।"

वी. एस. ने बिना कुछ कहे लेकिन दुनिया के सारे पुरुषों का दुख चेहरे पर ओढ़े हुए चुपचाप दो-तिहाई टिफ़िन उदरस्थ कर लिया था। चूँकि मधुमिता के समक्ष उसकी उदासी बहुत देर टिक नहीं पाती थी, इसलिए उँगलियाँ चाटते हुए मुस्कराकर बोला था—"मधुमिता, तुम्हारे हाथ का बैगन भाजा खाकर सारा संताप भूला जा सकता है।"

मधुमिता ने सुपरिचित मुस्कान बिखेरी, जिसे कनखियों से देखते हुए उनके सहकर्मियों ने एक बार फिर उनके गोपनीय रिश्ते का प्रमाण माना हालाँकि यह उनकी कपोल-कल्पना ही थी। उनके बीच कुछ गोपनीय हो सकता था और हीरा से पूरी तरह विमुख हुए वी. एस. ने इसकी कोशिश भी की थी लेकिन मधुमिता ने उसके पहले ही प्रयास में दो टूक कह दिया था—"हम अच्छे दोस्त हैं, वी. एस.। मैं अपनी और बेटियों की नज़रों में गिरना नहीं चाहती।" उसकी स्पष्टता पहले तो वीरेन्द्र को बहुत बुरी लगी लेकिन फिर उसका और भी सम्मान करने लगा। तब से वे सचमुच बहुत अच्छे दोस्त बने रहे, जैसा आम तौर पर स्त्री-पुरुष के बीच बहुत कम देखा जाता है। वीरेन्द्र अपनी दैहिक माँग के लिए यदा-कदा हीरा के पास जाने को विवश हो जाता था जो

हीरा के लिए उसके प्रेम और समर्पण का प्रमाण था। उस निर्दोष आत्मा की सन्तुष्टि के लिए इतना पर्याप्त था।

तो, वीरेन्द्र और हीरा का मरणासन्न रिश्ता कुछ इस तरह से साँस लेता रहा था जिसमें प्राण फूँकते रहने के लिए अब माथुर परिवार का सान्निध्य नहीं था। तो भी उन्हीं की बनाई हुई एक राह थी, स्वामी जी का आशीर्वाद था और सबसे बड़ी शक्ति दो प्यारे और होनहार बच्चे थे जो मम्मी-पापा और दादा-दादी से बहुत प्यार करते थे। इस 'बहुत प्यार' में सबसे बड़ा हिस्सा मम्मी यानी हीरा का था, जो उन्हें दुनिया की सबसे सीधी, निर्दोष और अपनी चुप्पी में सर्वाधिक मुखर माँ लगती थी। कभी नौबत नहीं आई थी इसकी लेकिन निर्विवाद था कि वे हर हाल में मम्मी के पक्ष में ही तैनात पाए जाते।

वह 1985 का साल था जब मीरा आगे की पढ़ाई के लिए 'ऋषिवैली' को रवाना हुई। उसके साथ ही 'उड्यार' में एक दीर्घ सन्नाटा फैल गया। स्कूल और ट्यूशन के अलावा जब भी घर में होती, मीरा किसी नन्ही चिड़िया की तरह चहचहाती रहती थी। वह नन्ही प्यारी चिड़िया अब घोंसले को सूना छोड़कर उड़ गई थी। यह सूनापन सबसे अधिक हीरा को चुभने लगा था क्योंकि वी. एस. नेगी जी समय से पहले ही ऑफ़िस के लिए निकल जाते और उनके लौटने का कोई निश्चित समय नहीं था। हीरा ने इतने वर्षों में कोई सामाजिक सम्बन्ध नहीं बनाए थे, बल्कि बनते रिश्ते भी वह बिगाड़ देती थी। आकाशवाणी के लिए कुमाऊँनी गीत गाना उसने कबके छोड़ दिया था। फिर बुलावा आना भी बन्द हो गया। कॉलोनी में भी पड़ोसियों से उसके रिश्ते केवल नमस्कार-पुरस्कार के ही थे। उसे सदा 'विनायक के बाबू' का भय रहता था कि पड़ोसियों से मेल-जोल बढ़ाने पर पता नहीं कब नाराज़ हो जाएँ। कुछेक पड़ोसी महिलाओं ने उसके निकट आने की कोशिश की थी लेकिन उसके ठंडे व्यवहार से फिर उन्होंने ही क़दम पीछे खींच लिए थे। उसे पता था कि कॉलोनी के कुछेक पहाड़ी परिवारों तक उसकी मूल ख्याति पहुँच चुकी थी और तरह-तरह की बातें की जाती थीं। गाँव हो या शहर, एक-दूसरे के

जीवन में गहरे तक झाँकने के लिए हमारा समाज बहुत श्रम करता है। पर्वतीय संगठन के कुछ लोग घंटी बजाकर कभी रामलीला, या सांस्कृतिक कार्यक्रमों के लिए चन्दा माँगने आते तो वे कार्यक्रम की रूपरेखा बताने और चन्दे की रकम पर ध्यान देने से अधिक उसके चेहरे पर उसकी पहचान खोजते थे और जानबूझकर ऐसे सवाल करते थे कि वह समझ जाए कि वे उसके बारे में पहले से जानते हैं। अगर कोई पूछता कि 'नेगी जी घर पर हैं?' तो उसका जवाब होता कि 'अभी तो साहब नहीं हैं।' भूलकर भी उसके मुँह से 'नेगी जी' नहीं निकलता था। कभी-कभार छुट्टी के दिन कुछ लोग 'साहब' से मिलने आ जाते, हालाँकि ऐसा बहुत कम होता था, तो वह चाय और नाश्ता बनाकर पहुँचा देती। मेहमानों के साथ बैठने-बतियाने का अवसर न उसे दिया जाता, न उसकी कोई रुचि रह गई थी। 'भाभीजी नमस्ते' के जवाब में वह हल्के से सिर हिला देती और वापस लौट आती। इस तरह वह सर्वथा असामाजिक प्राणी बन गई थी। कॉलोनी की महिलाओं में सनकी और घमंडी के रूप में जानी जाती थी। उसका सारा दिन छोटे से लॉन में फूल-पौधों की देखभाल, घर की साफ़-सफ़ाई, टी वी देखने और रसोई में बीतता था। रसोई में वह निपुण हो गई थी। उसे ख़ुशी थी कि 'साहब' भले ठीक से बोलते-चालते नहीं लेकिन सामान्यतया खाना घर में ही खाते थे और दिन के लिए टिफ़िन भी ले जाते थे। इसीलिए वह अपनी सारी क्षमता और समर्पण से रसोई में लगी रहती थी।

दो साल बाद विनायक इंजीनियरिंग की डिग्री लेकर सीधा अमेरिका उड़ गया। उसे कॉलेज से ही नौकरी के साथ-साथ आगे पढ़ने का शानदार प्रस्ताव मिल गया था। ऐसा उसने मम्मी को विशेष रूप से प्यार के साथ समझाया। वी. एस. नेगी जी गर्व से फूले न समाए। हीरा के जीवन का सन्नाटा और गहरा हो गया था। विनायक का निकट ही इलाहाबाद में होना और साल में दो-तीन बार चन्द रोज़ के लिए घर आना उसके लिए प्राण वायु की तरह होता था। मीरा ऋषिवैली जाकर वहीं मस्त हो गई थी या पढ़ाई में बहुत व्यस्त हो गई थी। साल में एक बार आती तो भी किताबों में डूबी रहती या साथियों के साथ यात्रा करने निकल जाती। पीठ में पिट्ठू टाँगकर दूर-दूर तक पदयात्रा करना,

ख़ासकर गाँवों, जंगलों की तरफ़ भटकना उसका नया शौक़ बन गया था। बच्चे अपनी पसन्दीदा राह पर जा रहे थे लेकिन हीरा को लगता था कि वे भी उसकी ज़िन्दगी से दूर हो रहे थे। उसका एकाकीपन और गहरा हो गया जो सीने में एक बोझ की तरह हर समय धरा रहता था और कई बार उसाँसों के रूप में फूटता था। तीन साल और गुज़रे थे कि एक दिन मीरा ने माँ के बिस्तर पर उसे अंक में भरकर बताया कि दूर एक देश है फ्रांस, जहाँ उसे पीएचडी, यानी आगे की पढ़ाई के लिए स्कॉलरशिप, मतलब पूरा ख़र्चा मिल रहा है। वहाँ वह बहुत पुराने दस्तावेज़ों, काग़ज़, चित्रों, वग़ैरह की देखरेख और साज-सँभाल की पढ़ाई करेगी। यह उसका सपना था। उस शाम हीरा की आँखें वर्षों बाद अपने पूरे आकार में खुलीं, हालाँकि उनमें कभी बसने वाले सौन्दर्य की जगह आतंक भरा हुआ था, और उनसे बड़ी बूँदें टपकने लगीं। मीरा अगले एक घंटे तक उसे अपने से चिपकाए समझाती, सांत्वना देती रही लेकिन हीरा की आँखों ने बरसना बन्द नहीं किया, बल्कि वह सिसकने भी लगी।

"अगर तुम्हें बहुत बुरा लग रहा है मम्मी, तो मैं नहीं जाऊँगी।" हारकर मीरा ने आख़िरी दाँव चला था।

हीरा ने तत्काल आँखें पोंछकर मुस्कराने की कोशिश करते हुए रुँधे गले से कहा था—"मेरी बच्ची, तुम जाओ और अपने सपने पूरे करो। मैं बहुत ख़ुश हूँ, बहुत ख़ुश!"

हीरा ने सचमुच मीरा को बहुत ख़ुशी के साथ विदा किया। विदा के समय बिलकुल नहीं रोई। रोई तो उसके बाद भी नहीं लेकिन जो गुमसुम हुई तो 'साहब' को भी आश्चर्य हुआ था।

बरस बीतते रहे। हीरा गुमसुम से और भी गुमसुम होती चली गई थी। विनायक अमेरिका से और मीरा फ्रांस से कभी घर आए या नहीं आए, उसकी स्मृति में ऐसा कुछ दर्ज नहीं हुआ। वास्तव में, हीरा के लिए वे कहीं गए नहीं थे। मन-ही-मन वह उनसे बात करती, जैसे कभी-कभार फ़ोन आने पर करती थी। खाना बनाती तो कभी उनके हिस्से का भी पकाकर मेज़ पर लगा बैठती। साहब का खाना समय पर तैयार होता और टिफ़िन भी बदस्तूर पकड़ाया जाता।

धीरे-धीरे यह भी होने लगा कि तवे पर पराँठा और कड़ाही में सब्ज़ी जलते रहते और वह रसोई में खड़ी कहीं शून्य में देखा करती। कभी साहब का टिफ़िन आधी रात को बन जाता। किसी सुबह दो-दो बार नाश्ता और खाना पकाने लग जाती। कभी सुबह के नाश्ते तक वह बिस्तर से उठी न होती। साहब के चीख़ने-चिल्लाने का भी कोई असर न होता। कभी बाथरूम में ही घंटा भर बन्द रह जाती और कभी बिलकुल सामान्य व्यवहार करती जैसे कुछ हुआ ही न हो। फिर हुआ यह कि उसकी कोई चिन्ता न करने वाले 'साहब' को मामला ज़्यादा ही गड़बड़ लगने लगा। तब पहली बार मधुमिता गांगुली का 'उड्यार' में प्रवेश हुआ। हीरा ने बिना आदेश उनके लिए चाय बनाई जिसमें चीनी के बजाय नमक डाल बैठी। अगले दिन वी. एस. नेगी और मधुमिता गांगुली के आकस्मिक अवकाश के प्रार्थना-पत्र एक साथ कार्यालय पहुँचे। मेडिकल कॉलेज के मनोचिकित्सा विभाग में डॉक्टर ने जाँच-पड़ताल के बाद हीरा को भर्ती कर लिया। वार्ड में पहुँचकर वह कुछ ख़ुश दिखाई दी। बुज़ुर्ग मेट्रन के गले लगकर 'माँ जी-माँ जी' कहते हुए रोने लगी। एक नर्स को 'मीरा, मेरी प्यारी बेटी' कहकर प्यार किया। वार्ड बॉय को 'विनायक' कहकर डाँटने लगी कि तू मम्मी को भूल गया है! अस्पताल में हीरा की पूरी व्यवस्था करके घर लौटने से पहले नेगी जी और मधुमिता उससे मिलने गए तो वह चीख़ने लगी और डरकर बिस्तर में दुबक गई।

'उड्यार' में नेगी जी अकेले रह गए। उनके मन में तो कोई सूनापन नहीं था लेकिन अपने घर का सन्नाटा वे पहली बार सुन रहे थे।

आँसू तो रूमाल से पोंछ लिये, हिया कैसे पोंछूँ!

दम फूल गया शेरू, इस चढ़ाई में। सड़क तक आना-जाना भी मुश्किल होने लगा! बूढ़ी हड्डियाँ हुईं, क्या करें। चार मील जाना, चार आना और बीस-पच्चीस किलो सामान पहले खेल जैसा लगता था। ये गए, वो आए! अब दस किलो लेकर आना भी लंका की चढ़ाई हो गया। नहीं जाओ तो खाओ क्या! आ, थोड़ी देर बैठ जाते हैं। तू तो चल दे रहा सीधे। थोड़ा सामान उठाने के क़ाबिल भी नहीं हुआ। तेरी जगह बकरी होती तो थोड़ा उसकी पीठ पर बाँध देता...अच्छा, अच्छा, नाराज़ मत हो। बकरी नहीं चाहिए मुझे। उसे तो बाघ कबके टीप ले गया होता। असली दोस्त हुआ तू मेरा। सुख-दुख सुन देनेवाला। यहाँ बैठते हैं, इस बाँज के नीचे पाथर पर...चीड़ के जंगल में ये अकेला बाँज कैसे हुआ होगा?...न-न, बाँज के जंगल में चीड़ का हमला हुआ ठहरा। अब यह बूढ़ा बाँज अकेला लड़ रहा। बिलकुल अपनी तरह लगता है यह मुझे। लड़ेगा जब तक लड़ सकेगा। ले, ये बिस्कुट खा। तुझे पसन्द हैं, न! तभी तो ख़रीदे मैंने दुकान से, हाँ!

दुकानदार लछम सिंह क्या कह रहा था, सुना तूने? तू साले कहाँ सुनने वाला हुआ! सड़क पर पहुँचते ही लग गया था उस काली कमली के पीछे। उससे बड़ी दोस्ती है रे तेरी! वह भी तेरा इन्तज़ार करती है। देखते ही कैसे पूँछ हिलाती दौड़ी आती है! करा दूँगा यार उससे तेरा ब्याह। मेरे लिए तो कहते ही हैं, जिसकी ज्वे (पत्नी) नहीं, उसकी क्वे (कोई) नहीं। तुझे क्यों रखना हुआ कुँवारा!

तेरा ही परिवार बढ़े। तू ही आबाद करे गाँव को। क्यों?...तो, उसके चक्कर में तू कहाँ सुनने वाला हुआ लछम सिंह की बात! इतने बरस से, हर बार यही कहने वाला हुआ लछम सिंह, कि आनन्द दाज्यू, क्यों पड़े हो उजाड़ गाँव में अकेले? कोई मुख बोलने को भी नहीं हुआ। मैं कहता हूँ, ये है तो मेरा शेरू।

लछम सिंह हँसता है। कहता है—'तुम्हारे जैसा इनसान नहीं देखा, आनन्द दाज्यू! उजड़े-बंजर गाँव की पहरेदारी में बैठे हो। जैसे कोई लौट के आने वाला हो! इतने साल पलटन में रहे। कहीं शहर में बना लेते मकान। नीचे हल्द्वानी की तरफ़ ही बस जाते, जैसे और पलटन वाले बस गए। लोग गाँव छोड़-छोड़ कर जा रहे और तुमने यहाँ खूँटा गाड़ रखा है। शादी तुमने की नहीं। एक भाई था तो भरी जवानी में ऐसा चम्पत हुआ कि क्या कहें! जब तक गाँव में दो-चार लोग थे, तब तक तो चलो ठीक था। अब निपट अकेले में क्या करने को रुके ठहरे! पागलों की तरह दूसरों के मकानों की देखरेख करते हो। कहीं दीया जलाते हो, कहीं धुआँ लगाते हो। ख़ाली मकानों को तो खँडहर होना ही हुआ। कैसे मन लगता है तुम्हारा...यहीं चले आओ, सड़क किनारे बना लो एक कोठरी। मानुष का मुख तो देखोगे।'

लेकिन शेरू, इस बार लछम सिंह ने ऐसा कुछ नहीं कहा। सुन रहा तू? इस बार उसने बिलकुल नई बात कही। कहने लगा—'गुरु, तुम्हारे गाँव के बारे में एक ख़बर सुनी है। सुनी क्या है, अख़बार में भी आई थी। सो, सही ही होगी। ये जो तुम्हारा गाँव है ना, सतौर, अब ख़ाली हो गया ठहरा। एक तुम्हारी क्या गिनती हुई! तो दाज्यू, तुम्हारे गाँव की ज़मीन सरकार किसी बड़ी कम्पनी को दे रही है, बल। कोई प्राइवेट कम्पनी है, वहाँ बड़ा स्कूल खोलेगी। इंटरनेशनल स्कूल लिखा था अख़बार में। ख़ूबसूरत जगह ठहरी। सामने हिमालय की चोटियाँ। हरा-भरा इलाका। शानदार इमारतें बनेंगी। स्कूल होगा, हॉस्टल होगा, स्टेडियम बनेगा...और भी जाने क्या-क्या...हाँ, अस्पताल बनेगा, यह भी लिखा था। देश-विदेश से बड़े-बड़े लोगों के बच्चे यहाँ आकर रहेंगे, पढ़ेंगे। बड़ा भारी प्रोजेक्ट है।'...लछम सिंह तो यह भी कह रहा था कि सड़क शायद तभी बन रही तुम्हारी तरफ़। वर्ना उस उजाड़ गाँव में किसके लिए सड़क चाहिए!

तो शेरू, क्या कहता है? हमारे गाँव में स्कूल खुलेगा तो अच्छा ही हुआ न! बच्चे आकर पढ़ेंगे। हॉस्टल होगा तो यहीं रहेंगे। बच्चों का किलकिलाट, धमाचौकड़ी...ख़ूब चहल-पहल होगी। गाँव ज़िन्दा हो जाएगा। मुझे तो ख़ुशी जैसी हो रही। तुझे नहीं लग रहा अच्छा? टेढ़ा मुँह क्यों बना रहा?...और खाता बिस्कुट? ले फिर...खा।

चल, अब दोपहर होने को आई। चाय का भी अमल लग रहा...दो दिन से रोटी ही खा रहे। आज भात पकाता हूँ। छाछ होती तो बनाते झोली (कढ़ी)। कितना समय हुआ झोली-भात खाए!...झोली का नाम सुनकर इतनी लम्बी जीभ मत निकाल। इन वीरान गोठों से आ रहा क्या दूध-दही?... मन कहता है दूध-भात खाऊँगा, करम कहता है साथ ही लगा रहूँगा!... हा-हा-हा...ऐसा क़िस्सा हो गया हमारा। भूल जा वह स्वाद। कितना समय हुआ, तुझे शिकार भी नहीं खिला सका।...स्साले, शिकार का नाम सुन के कैसी जीभ लपका रहा! पिछले बरस की याद है, जब हम बाज़ार पहुँचे तो लछम सिंह ने बकरा काट रखा था? तब लाए थे एक पाव। तीन दिन तक हड्डी चाटने में था तू! उसके बाद कहाँ! बकरा तो लछम सिंह काटता ही होगा लेकिन हमें क्या पता किस दिन। ख़ैर, जब तेरी क़िस्मत में होगा।... आज तो भट रखे हैं। पिछली बार जब पेंशन लेने गया था, तब लाया था। उसी की चुड़काणी बनाते हैं। गंदरैणी (एक हर्ब) रखी होगी तो छौंक लगा दूँगा। किसने सोचा था शेरू, कि मडुआ और भट भी मोल लेकर खाने पड़ेंगे...ख़ैर, बाड़े (क्यारी) में हो रहे ऊगल के पत्ते। उसका टपकी (साग) बना दूँगा। ठीक रहेगा? बोए तो यार पिनालू भी थे, साले सुअर खोद-खोद कर खा गए। बानर-सुअरों ने ऐसा उत्पात मचा रखा है, क्या करें। वर्ना इन फ़ौजी हाथों में अभी इतनी सकत तो हुई ही कि घर के आगे साग-पात बोया जा सके। कहाँ से आए होंगे ये सुअर ससुरे। पहले तो पहाड़ में हमने इनका नाम भी सुना न ठहरा...आदमी लापता हुआ तो जंगली जानवरों का ही राज होगा, और क्या!

क्यों उठा रे आधी रात को? हवा की आवाज़ है, हवा। मुझे तो वैसे ही नींद नहीं आ रही, तुझे क्या हुआ?...ओहो, फिर बाघैन!... ये बाघ साला हमारे पीछे ही पड़ गया यार। रोज़ रात को लगा रहा चक्कर...चुपचाप सो जा। दरवाज़े पट्ट बन्द कर रखे मैंने। डर लग रहा तो मेरे पास आ जा। भौंकना मत, हाँ!

मेरी नींद क्या सोचकर उड़ी है, बताऊँ तुझे? लछम सिंह की उस बात का तो मेरे पास पक्का जवाब हुआ कि यार लछम सिंह, हम ठहरे सिपाही। अपना मोर्चा नहीं छोड़ते। प्राण रहने तक लड़ते हैं। इस जवाब के आगे लछम सिंह चुप हो जाने वाला हुआ। लेकिन यार, आज लछम सिंह ने जो ख़बर सुनाई, उसका क्या जवाब हुआ मेरे पास? दिन में तो मैंने तुझसे कह दिया कि गाँव में प्राइवेट कम्पनी स्कूल खोल रही तो अच्छा ही हुआ। गाँव गुलज़ार हो जाएगा...लेकिन शाम से दूसरी ही खुद-बुद मच गई है मन में...सरकार हमारी ज़मीन कम्पनी को दे देगी तो फिर हमारा गाँव कहाँ रह जाएगा? ज़मीन गई तो हम भी गए, गाँव भी गया। कम्पनी खा जाएगी गाँव को...सारी ज़मीन निगल जाएगी वह। यह सोचकर अब मुझे बड़ी भारी चिन्ता हो रही। इसमें ख़ुश होने जैसा तो कुछ नहीं। उलटे आफ़त आने वाली बात है। तभी से नींद ग़ायब है। समझ रहा तू मेरी चिन्ता? मैं इस एक बाघ के लिए परेशान था। अब और भी भयानक बाघ आ रहे। ये कम्पनी हम सबके लिए बाघ ही तो हुई। और, ये हमारी सरकार कैसी है यार? क्यों दे रही होगी किसी कम्पनी को हमारी जमीन? सरकार भी गाँवभक्षी बाघ नहीं हुई क्या? उसे हमने गाँव बचाने के लिए चुना या गाँव बेच खाने के लिए?

बाघ ही बाघ हो गए यार, चारों तरफ़। पहले गाँव-गाँव से सबको खींच ले जा रहे थे। सुरसा के मुँह की तरह सब उसमें समाते गए। तब हमने कहा, हमें अलग राज्य दो। हम अपने पहाड़ का विकास ख़ुद करेंगे। ख़ूब लड़ाई लड़ी हमने। बड़ी भारी क़ीमत चुकाई, शेरू। राज्य मिला तो वह और बड़े बाघों के हाथ पड़ गया। पहले लोग रोज़ी-रोटी के लिए गाँव से जा रहे थे मगर ज़मीनें तो बची थीं। गाँव हमारा ही है, जैसा भी है और ज़मीन भी हमारी है।

अब ये नये किसम के बाघ पूरा-पूरा गाँव खाने ही चले आ रहे! हमारी जड़ ही उखाड़ने आ रहे! ऐसा अनर्थ!

ये जो विकास कहते हैं न शेरू, मेरी समझ में कभी नहीं आया। ऐसा भी कोई विकास हुआ जो हमको गाँव से, पुरुखों की ज़मीन से उजाड़ दे? कहते हैं, हम तुम्हारा विकास कर रहे हैं और पूरा गाँव बेच देते हैं। कहते हैं हम तुम्हारा विकास कर रहे हैं और नदी को बाँधकर गाँव के गाँव डुबो देते हैं। कहते हैं, तुम्हारा विकास करने आए हैं और पहाड़ खोद-खोदकर खड़िया, लोहा, मैग्नेसाइट, जाने क्या-क्या निकाल ले जाते हैं। हमारे खेत, हमारे सोते, हमारे पनघट मलबे में दफ़न हो जाते हैं। मैंने ग़लत नहीं कहा उस दिन। ऐसे कारनामे लच्छु कोठारी की सन्तानों के अलावा और कौन करेगा?...देख, विकास के नाम पर ये आया हमारे हिस्से। ये निर्जन, खँडहर हो गया गाँव, जिसकी पहरेदारी एक बूढ़ा और एक उसका वफ़ादार दोस्त कर रहे हैं! कब तक कर पाएँगे हम इस उजड़ते गाँव की पहरेदारी, हैं? वो, ऊपर आ रही है सड़क, जहाँ धमाके सुनकर तू भौंकता रहता है। हम समझ रहे थे कि हमारे गाँव के लिए बन रही सड़क। सड़क बन जाएगी तो गाँव वाले शहर से लौटेंगे। कभी-कभार तो आएँगे ही, लेकिन अब राज खुला। असल में इस सड़क के रास्ते आएगी कम्पनी, अपना विकास करने के लिए। तब तक ज़िन्दा रह गए तो हम मार-मार कर भगा दिये जाएँगे। पुरखों की जगह से बेदख़ल कर दिये जाएँगे। इस बाघ से तो किसी तरह बच रहे थे, उस विकराल बाघ से कैसे बचेंगे? है कोई उपाय तेरे पास?

कभी-कभी मुझे सोच पड़ जाते हैं शेरू, कि सरकार तो हमारी ही है, ऐसा कहते हैं। चुनी भी हमने ही ठहरी। तो, ये सरकार हमसे क्यों नहीं पूछती होगी कि तुम्हें कैसा विकास चाहिए। विकास हमारा करना है तो यारो, हमसे पूछो कि क्या चाहिए...ये कम्पनी हमें क्या चाहिए? बता, चाहिए क्या? असल में कम्पनी को हमारा गाँव चाहिए। लच्छु कोठारी के लड़कों से उसने कहा होगा, हमें ज़मीन चाहिए। हम यहाँ इंटरनेशनल स्कूल खोलेंगे। यहाँ फैक्टरी लगाएँगे। वहाँ टूरिस्टों के लिए होटल बनाएँगे। वहाँ बाँध बनाकर बिजली बनाएँगे।

उन विद्वानों ने उसे गाँव दे दिये, नदी दे दी, जंगल दे दिये, पहाड़ दे दिये कि जाओ और ठीक से करो विकास। ये कम्पनी का विकास हुआ कि हमारा विकास? ख़ाली हाथ मुख में नहीं जाता शेरू! दोनों तरफ़ ठहरी मिलीभगत।

असल बात ये है शेरू, ये लच्छु कोठारी की सन्तानें, ये नये नेता, ये बड़ी ऊँची-ऊँची पढ़ाई करके इंजीनियर-मैनेजर बने लोग, गाँव-गिराम के भोले-भाले लोगों को बेवक़ूफ़ समझते हैं। वो सोचते हैं कि अकल के सींग तो हमारे पास हैं, ये गँवार, पहाड़ों और जंगलों में रहने वाले असभ्य लोग क्या जानें विकास क्या होता है। क्या जानें बाँध और कारख़ाने क्या होते हैं। इनको अकल तो है नहीं। भुस हुए बिलकुल, असभ्य। इनसे क्या पूछना!...शेरू, अब इनको कैसे समझाएँ ये जो गाँव-गिराम के वासी हैं, ये जो मिट्टी से मुहब्बत करके अनाज उपजाने वाले किसान हैं, ये जो जंगलों के दोस्त मनखी हैं, आदिवासी कहते हो जिन्हें तुम, वे जंगली और गँवार लोग नहीं हैं। उनका इस सृष्टि से, इस धरती से ख़ून-पसीने का और मुहब्बत का रिश्ता है...सदियों से साथ-साथ रहकर पाया ज्ञान और अनुभव है। कभी समझो तो कि किसान के लिए खेत क्या हैं, आदिवासियों के लिए जंगल और नदी क्या हैं। इन पहाड़ों और नदी घाटियों में रहने वालों से पूछो तो कि पहाड़, पेड़ और नदी के बिना उनकी कोई ज़िन्दगी है भी! पहाड़ की मुहब्बत क्या है और ग़ुस्सा क्या है, पूछो तो!...समझने की कोशिश तो करो, जिसे तुम विकास कहते हो, वह हमारे लिए तबाही क्यों बन जाता है।...और, पहले यह तय कर लो साहबो, विकास किसका करना चाहते हो। अगर वास्तव में गाँव वालों का, जंगल में रहने वालों का, पहाड़ों का विकास करना चाहते हो तो वहाँ रहने वालों की ज़िन्दगी को समझो। उनकी सुनो। हमें जंगल, जमीन, नदी और पहाड़ के बिना कोई विकास नहीं चाहिए। मगर नहीं, उनको यह रिश्ता समझ में ही नहीं आता। या क्या पता, समझना ही नहीं चाहते। वो अपनी तरह के विकास को, क्या कहते हैं शेरू कि, जीडीपी से नापते हैं। विदेशी मुद्रा भंडार से तौलते हैं। ये विदेशी मुद्रा भंडार बढ़ने से हमारे गाँव को क्या मिल रहा यार? इस जीडीपी में ग़रीब, किसान, भूमिहीन, पहाड़ों-जंगलों में रहने वाले लोग आते हैं या नहीं?...

लच्छु कोठारी की सन्तानें उस दिन पहाड़ से कूदकर मर गई होतीं तो आज यह दुनिया कितनी सुन्दर होती!

नींद तो उड़ ही गई शेरू, दिमाग़ भी ख़राब हो जाता है सोचते-सोचते। केदार की याद आ रही है। केदार कौन था, बताऊँ? वो हुआ शेर सिंह कका का छोटा लड़का। शेर सिंह कका हमारे सगे ही हुए। वह जो छठे नम्बर का मकान गिरा साल भर पहले, अखरोट के पेड़ के पास था जो, वही वाले। एक के बाद एक पाँच लड़कियाँ हुईं उनकी। छठा बड़ी पूजा-पाठ के बाद लड़का हुआ। मायाराम पुरोहित ज्यू ने गणना लगाकर कह दिया—ये तो गंडमूल नक्षत्र में पैदा हुआ है। बाप के लिए भारी पड़ेगा। ख़ैर, बाप को भारी तो वो नहीं पड़ा बल्कि अपने पीछे एक भाई और ले आया। भाई पैदा अच्छे ग्रह-नक्षत्र में हुआ था लेकिन माँ को खा गया। फिर, शेर सिंह कका की साली यहाँ आकर रही। उसने इन बच्चों को पाला।...तो शेरू,...तू सुन भी रहा या मैं ख़ाली बक-बक कर रहा?...तो मैं क्या कह रहा था? हाँ, बड़ा वाला लड़का मुरली, था तो होशियार लेकिन अजीब खब्ती दिमाग़ का निकला। दसेक साल का होगा, अपने बाज्यू के साथ मामा के यहाँ गया दिल्ली। उनके लड़के की शादी थी। तो, नई दुल्हन के सामने ख़ूब गाल बजा आया कि हमारा गाँव ऐसा है, वैसा है। ख़ूब तारीफ़। दुल्हन ने पहाड़ का गाँव कभी देखा न था। तो, उसने कह दिया अपने दूल्हा से कि चलो, इनके गाँव चलते हैं। आ तो गई, लेकिन टट्टी-पेशाब कहाँ जाए! यहाँ कहाँ हुआ बाथरूम! ये खुड्डी वाले शौचालय भी तब कौन बनाता था! तो यार, बड़ा तमाशा हुआ। चुपके से भैंस के गोठ में निपट आई होगी। जब काकी भैंस दुहने गई तो पैर में सान बैठी। कहाँ भैंस का गोबर और कहाँ...। छि-छि!...काकी ने समझा गाँव का कोई दुष्ट कर गया होगा। उसने ख़ूब गाली-गलौज कर दी। कभी ऐसी बात हुई नहीं ठहरी गाँव में। उधर, दूल्हा-दुल्हन चुपचाप सटकने लगे। पिठ्याँ (विदाई तिलक) लगाने के लिए भी नहीं रुके। तब समझे लोग। बड़ी हँसी हुई यार। मुरली साले को लग गई बात। या क्या पता, दुल्हन ही मार गई हो बोली। तो उसने ज़िद बाँध दी कि इस भुस्स (असभ्य) पहाड़ में रहूँगा ही नहीं। शेर सिंह कका सोमेश्वर

पहुँचा के आए उसकी मौसी के यहाँ। वहीं पढ़ा-लिखा और फिर कहीं मैदानों की तरफ़ नौकरी पा गया कहते थे। गाँव पलटकर ही नहीं आया।

छोटा वाला केदार हुआ बहुत मोहिला। सबसे मिलने-जुलने, बोलने-बतियाने वाला। होशियार वो भी ख़ूब निकला। प्रोफ़ेसर बना कहीं भोपाल की तरफ़। आता रहता था गाँव जब तक उसके बाबू रहे। एक दिन ऐसे ही बैठा था मेरे पास। गाँव से धीरे-धीरे लोग जा ही रहे थे। तो, मैंने कहा—"यार केदार, तुम इतना पढ़े-लिखे, विद्वान हो, प्रोफ़ेसर हो। ये बताओ कि गाँव ऐसे ही ख़ाली होता रहेगा या कभी लोग लौटेंगे भी?"

वो मुझे देखने लगा। फिर हँसने लगा। बोला था—"दाज्यू, अगर मुझे भीख माँगकर पेट भरना तो कहाँ जाऊँगा?"

मैंने कहा—"यार केदार, कैसी बात कर रहा! भीख क्यों माँगने लगा तू?"

बोला—"नहीं दाज्यू, बताओ। चलो मैं नहीं, किसी और को माँगकर खाना पड़े तो?"

मैंने जवाब दिया—"यहाँ किससे माँगेगा! शहर की तरफ़ ही भागेगा।"

"और कका, बर्तन-भाँडे माँजने का काम?" उसने पूछा।

मैंने कहा—"तब भी शहर ही जाएगा। जाते ही हैं।"

"तो दाज्यू, कोई यहाँ क्यों लौटेगा भूखा मरने को?" उसने मेरी बोलती बन्द कर दी ठहरी। फिर थोड़ी देर बाद कहने लगा—"कका, होना तो ऐसा चाहिए था कि हमारे गाँवों तक अच्छी सड़कें होतीं। अच्छी बसें चलतीं। छोटे-छोटे दफ़्तर और लीसा-लकड़ी-जड़ी-बूटी-फल-फूल की फैक्टरी होती। मतलब गुज़ारे लायक़ नौकरियाँ होतीं। स्कूल-अस्पताल होते। बिजली, फ़ोन और इंटरनेट के बढ़िया कनेक्शन होते। तब हम यहीं रहते। कम्प्यूटर पर काम करते। जब ज़रूरत होती तो बस से या अपनी गाड़ी से अल्मोड़ा या पिथौरागढ़ जाते। वहाँ से हेलीकॉप्टर या छोटे हवाई जहाज़ उड़ते। उनसे हम दिल्ली, लखनऊ, मुम्बई, जहाँ काम होता, चले जाते। रात तक वापस लौट आते या अगले दिन। पहाड़ का शुद्ध हवा, पानी, बढ़िया अन्न, फल खाते। बीमारियों से बचे रहते। भीड़ के मारे शहर रहने लायक़ नहीं रह गए।

तब शहरों में भी ऐसी अनाप-शनाप भीड़ नहीं होती। ऐसा तो हुआ नहीं, दाज्यू और होने के आसार भी नहीं। तो आप बताओ, बाहर जाकर जिसको जैसे-तैसे दो रोटी मिल रही है, वह क्यों यहाँ लौटे और क्या करने को लौटे?"

"अहा, ऐसा होता तो कितना अच्छा होता, केदार!" मैं सपना जैसा देखने लगा था।

"लेकिन कैसे होता दाज्यू!" उसने सपना तोड़ दिया—"जिनको यह सब करना था उन्होंने दूसरा ही रास्ता पकड़ा। उस रास्ते से हमारे हिस्से यही आना था।... सिर्फ़ गाँव ख़ाली होने की बात नहीं है दाज्यू। हमारी बोली-भाषा, गीत-संगीत, खान-पान-पहनावा, फल-फूल-फ़सलें, सब नष्ट हो रहे। अब देखो, हमारे गाँव के सब लोग चले गए बाहर। कोई लखनऊ, कोई दिल्ली, कोई मुंबई, बंगलौर, पंजाब, विदेश तक। वे अपनी बोली भूल गए। पंजाबी सीख ली होगी। मराठी बोलते होंगे। अंग्रेज़ी फूँकते ही होंगे। बड़े-बूढ़ों को शायद कुछ याद हो लेकिन उनके बच्चे क्या समझेंगे पहाड़ी? क्या बोलेंगे? माँ-बाप ही नहीं बोलेंगे तो बच्चे कहाँ से सीखेंगे! ऐसा ही खान-पान, तीज-त्योहार, गीत-संगीत के साथ हुआ। गाँव आबाद रहता तो ये सब चीज़ें बची रहतीं। जो यहाँ रहना चाहते हैं या लौटना चाहते हैं, वे भी मजबूर हैं। कैसे आएं?"

"पुराने लोग तो नहीं जाना चाहते थे, केदार। समस्याएँ थीं लेकिन अपना होने का सुख-सन्तोष था। पुरखों की धरती में प्राण बसते थे उनके। नई पीढ़ी को ही पंख जैसे लग गए। आमा कहती थी, उजड़ते वक़्त चींटियों को पंख लगते हैं।"

"ठीक कहते हो दाज्यू," वह बोला था—"सन्तोष और शान्ति की क़द्र नई पीढ़ी में नहीं रही। अब ख़ूब सारा कमाने और उड़ाने की लहर चली है। उसी के लिए आपा-धापी, दौड़ा-दौड़ी। सुख कहीं और ढूँढ़ा जाने लगा। प्रगति की परिभाषा बदल गई। इसी की क़ीमत चुकानी पड़ रही है।"

ऐसा ही हुआ, शेरू! कितने बरस हो गए, न्योली के सुर नहीं सुने।... घास काटते-काटते कैसी मीठी न्योली गाती थी मधुली आमा! जंगल से तैरते

हुए आते थे सुर...'आँसू पोंछा रूमालै ले, हिया पोंछूँ क्या ले!' ...आँसू तो रूमाल से पोंछ लिये लेकिन ये हिया मल्लब दिल किससे पोंछूँ!...आहा! कैसे गीत होते थे...झोड़ा-चाँचरी, बैर-भगनौल, तीज-त्योहारों के गीत। इनसानों के साथ सब ग़ायब हो रहा। इस उजड़े गाँव की पहरेदारी करके मैं सोचता था कि इसे बचा रहा हूँ। यहाँ से गए हमारे लोग, उनकी सन्ततियाँ कभी वापस आएँगे। मगर शेरू, जो बाघ के पेट में गए वो कहाँ से लौटेंगे?

कौन जानेगा, कभी हम यहाँ सुख-शान्ति से मिल-जुलकर रहते थे! यह जो इंटरनेशनल स्कूल बनने वाला है, उसके पीछे-पीछे कैसा समाज आएगा, कैसा जीवन यहाँ होगा, क्या पता। वह अच्छा होगा या बुरा होगा, हम क्या कह सकते हैं। लेकिन शेरू, हमारा सब कुछ ग़ायब हो जाएगा, सारी पहचान। यही चलता आया है शायद। नये आने वाले लोग पुराने लोगों को जंगली और असभ्य समझकर उनका सब कुछ नष्ट कर देते हैं। सोच तो जरा, हमसे पहले भी तो कोई लोग यहाँ रहते होंगे। बहुत पहले। कौन थे वो लोग? कैसे उजड़े वो? इसी मिट्टी में उनकी कथाएँ दबी होंगी। यहीं उनके गीत-संगीत खोए होंगे।...केदार कहता था, ये जो शिल्पकार हैं, छूत मानते हैं हम जिनकी... हलवाहे, ढोली, ओड़, लोहार, तेली, दर्जी, डोली उठाने वाले, हुड़का और ढोल बजाने वाले...मेहनत-मजूरी करने वाले, गीत-संगीत के रखवाले, यही लोग हमसे पहले यहाँ रहते थे। हम कहीं बाहर से आए। हमने उन सीधे-सरल लोगों पर राज किया। उन्हें ग़ुलाम बना लिया। अब हमारी बारी है शायद।... ठीक ही कहता होगा केदार। वो जीतराम, शेरुवा लाटा, मंगत दर्जी, चनरराम... हमारे सामने एक आवाज़ नहीं उठा सकते थे। वर्ना, क्या चनरराम एक बार भी नहीं कह सकता था कि उसकी क्या ग़लती है जो...।

कुन्दन की गवाही

गढ़ाकोला, उन्नाव का कुन्दन अपने गाँव में लगी सूर्यकान्त त्रिपाठी 'निराला' की मूर्ति को बचपन से देखता आ रहा था। उसने सुना था कि वे बहुत बड़े कवि थे। इसी गाँव के थे और इसीलिए गढ़ाकोला के गौरव थे। उनकी कविता 'वर दे, वीणावादिनी वर दे' उसने स्कूल की किताब में पढ़ी थी। इस कविता को कंठस्थ कर लेने और कई बार पढ़ते रहने के बाद भी उसे कोई वर प्राप्त नहीं हुआ था। आठवीं के बाद उसकी पढ़ाई छूट गई थी क्योंकि उसके बप्पा की मज़दूरी से घर तो किसी तरह चल जाता था लेकिन बहन की शादी में लिये गए क़र्ज़ को उतारने के लिए कुन्दन को मैदान में उतरना पड़ा था। दादा के पास थोड़ी सी खेती रही होगी जिसे, सुनते हैं कि उन्होंने किसी पारिवारिक संकट में गिरवी रखा था और फिर छुड़ा नहीं पाए। वे अपने ही खेतों में मज़दूर बन गए थे। बाद में उनके दोनों बेटे भी, कुन्दन का बप्पा और उसका चाचा, दूसरों के खेतों में मज़दूरी करते आए थे। कुन्दन को यह समझ आ गई थी कि गाँव में मज़दूरी करते हुए बप्पा के सिर चढ़ा क़र्ज़ उतरने वाला नहीं, बल्कि ब्याज चढ़ते-चढ़ते मूल से अधिक हो जाने वाला था। इसलिए कुन्दन ने भी गाँव के अपने जैसे दूसरे लड़कों की तरह शहर का रुख़ किया। कानपुर शहर उसके गाँव के नज़दीक ही था, सुना जाता था कि जहाँ कभी इस इलाक़े के लोग मिलों में मज़दूरी करने जाया करते थे लेकिन उसके पैदा होने से पहले उन मिलों की ऊँची-ऊँची चिमनियों से धुआँ निकलना बन्द हो चुका था।

इसलिए उसने रिवाज के मुताबिक़ लखनऊ का रुख़ किया जहाँ चिमनियाँ तो धुआँ नहीं उगलती थीं लेकिन उसे राजधानी कहा जाता था। वहाँ जनता की उम्मीदों का ढेर निरन्तर बढ़ता रहता था, जिससे दिन-रात निकलने रहने वाला धुआँ दिखाई नहीं देता था। आठवीं पास कुन्दन ने कुछ दिन तो राजधानी के एक चौराहे पर सुबह-सुबह ईंट-गारा ढोने वाले मज़दूरों की संगत में बैठकर दिहाड़ी पाने का इंतज़ार किया, जो कभी मिली और कभी दोपहर तक बैठे-बैठे नाउम्मीदी हासिल हुई। फिर उसने होटलों-ढाबों का रुख़ किया जहाँ जूठन बटोरने और बर्तन धोने की नौकरी, अगर उसे नौकरी कहा जाए तो, अपेक्षाकृत आसानी से मिल गई थी। एक साल तक कई होटलों-ढाबों का अनुभव लेने के बाद उसे एक रेस्त्रां में जूठी प्लेटें उठाने, मेज़ों को पोंछने और ग्राहकों के सामने गिलास-पानी रखने का तनिक बेहतर और लगभग नियमित-सा काम मिल गया था। वहीं उसकी मुलाक़ात एक शाम एक ऐसे जोड़े से हुई जो दो-दो कप चाय पी चुकने के बाद भी देर तक बैठे किसी चिन्ता में डूबे लगते थे। जब उसने रेस्त्रां मालिक के इशारे पर उनसे पूछा था कि क्या उन्हें कुछ और चाहिए तो मैडम ने उसी से पूछ लिया था कि वह कहाँ का रहने वाला है, क्या नाम है और क्या वह घर का काम करना चाहेगा। बिलकुल अचानक हुई इस संक्षिप्त मुलाक़ात के अगले दिन कुन्दन जिस घर में पहुँचा उसके गेट पर लगी नेमप्लेट पर 'हीरा' और 'वी. एस. नेगी' लिखा हुआ था किन्तु उसके नीचे लिखा हुआ एक और नाम 'उड्यार' पढ़ने में उसे दिक़्क़त हुई, मतलब तो ख़ैर क्या समझता। ख़ैर, मैडम ने उसे बता दिया था कि साहब अकेले रहते हैं, उनकी पत्नी बीमार हैं जिन्हें बार-बार और लम्बे समय तक अस्पताल में रहना पड़ता है। अगर वह मेहनत और ईमानदारी के साथ साहब और घर की देखभाल करेगा तो उसका भी भला ही होगा।

बन्द फ़्लैट के खुले सर्वेंट रूम में बहुत देर से नींद खुलने के बाद भी बिस्तर पर पड़े-पड़े कुन्दन वर्षों पुरानी बातें याद करते हुए सोच रहा था कि उसने घर की, साहब की, अस्पताल और घर आती-जाती बीमार मेमसाब की और कभी-कभार आने वाले विदेशी बच्चों की पूरी ईमानदारी व समर्पण

से सेवा की जिसके फलस्वरूप उसके बाप के सिर चढ़ा क़र्ज़ तो उतरा ही, खपैरल के मकान की पक्की छत पड़ी, उसका ब्याह हुआ और दोनों बच्चे ठीक-ठाक पढ़-लिखकर आज शादी-शुदा हो गए हैं। उसे इस घर ने, अब तो ख़ैर उस घर की जगह यह फ़्लैट हो गया है, कम नहीं दिया। कभी किसी शिकायत का तो सवाल ही नहीं, बल्कि मुहब्बत हो गई इस परिवार से और इसीलिए अब बड़ा दुख होता है। जिस परिवार के पास सब कुछ है उसका मुखिया अपाहिज होकर अस्पताल में पड़ा है। बेटा-बेटी विदेश में हैं। क़रीबी कहने को मैडम गांगुली हैं और जिन बीमार मेमसाब के कारण उसकी इस घर में आमद हुई थी वे बहुत कष्ट झेलकर बरसों हुए मर गईं। अच्छा ही हुआ कि मर गईं।

कुन्दन ने बिस्तर पर पड़े-पड़े गहरी साँस ली। उसे आज मेमसाब की बहुत याद आ रही है। अक्सर ही आती है। वह कभी नहीं भूल पाता कि जब उसने उन्हें पहली बार देखा था, अस्पताल में थीं तब वो, तो उन्होंने उसे पकड़कर ज़ोर से गले लगा लिया था और रो-रोकर कहने लगी थीं कि 'बेटा विनायक, तू कहाँ चला गया था! अब तू आ गया है मेरे बेटे, तो मैं ठीक हो जाऊँगी। मैं तेरे लिए आलू भरकर पराँठे बनाऊँगी' और उसे चूमने लगी थीं। पता नहीं क्यों कुन्दन के आँसू निकल आए थे। उसकी माई ने उसे गाँव से आते समय इसी तरह चूमा था। उसकी आँखें नम हो गई थीं और गले में कुछ अटक-सा गया था। मेमसाब के स्पर्श में, उनके गले लगाने में उसे माई की ख़ुशबू आई थी। जब तक वे जीवित रहीं, कभी अस्पताल में और कभी कुछ ठीक होने पर घर में, तो उसे अक्सर विनायक बुलाती रही थीं। लोग कहते थे, और साहब भी, कि वे पागल हो गई थीं लेकिन कुन्दन को वे पागल नहीं लगती थीं। वे मुहब्बत का दरिया थीं लेकिन सूखी हुई। ऐसी सूखी नदी जिसके उद्गम पर बर्फ़ीले पहाड़ थे और ऊपर आसमान में पानी भरे बादल थे लेकिन न बरफ़ पिघलती थी, न बारिश होती थी, जिसकी उन्हें आतुर प्रतीक्षा रहती थी। कुन्दन ने उन्हें सदा मुहब्बत के बिना सूखा हुआ पाया। सूखी ही रहीं वे और सूखी ही चली गईं। और, क्या आज साहब भी नहीं सूख गए हैं?

बरसों-बरस से इस परिवार में रह रहे कुन्दन को ऐसा ही लगता है। जो दूसरे के लिए नहीं पिघलता, क्या अपने लिए भी नहीं सूख जाता! इसीलिए उसने तय किया है कि वह यहाँ से छूटते ही माई-बप्पा और बीवी के पास चला जाएगा और उन्हीं के साथ रहेगा। साहब जब तक अस्पताल में हैं, और जो हाल हैं उसमें अस्पताल वे वापस तो वे क्या आ पाएँगे, तब तक यहाँ रहेगा। यह उसकी ज़िम्मेदारी है। विनायक भैया और मीरा दीदी ने कहा नहीं होता तब भी वह यही करता, किन्तु उसके बाद गाँव चला जाएगा। अपने घर की नदी को वह नहीं सूखने देगा।

घड़ी नौ बजा रही है। इतनी देर तक कुन्दन कभी नहीं सोया था लेकिन आज उठने का मन नहीं हो रहा। पूरा फ़्लैट बन्द है सिवाय उसके इस छोटे-से कमरे के, जिसका एक दरवाज़ा किचन में भी खुलता है। साहब की तरह उसे सुबह उठते ही चाय की तलब लगती है या नहीं, इस पर उसने कभी और ग़ौर नहीं किया था, हालाँकि उन्हीं के साथ वह एक कप पी लिया करता था। आज अपने लिए चाय बनाने का भी उसका मन नहीं हो रहा। रात बहुत देर तक इस घर के बारे में सोचता रहा था। नींद तब आई जब उठने का समय हो गया था। आँखों में अब भी नींद है लेकिन मेमसाब की यादों ने दिल-दिमाग़ पर क़ब्ज़ा कर रखा है, विह्वल कर दिया है उसे। इस घर में उसके काम शुरू करने के क़रीब महीने भर बाद वे अस्पताल से घर आई थीं। साहब और मैडम गांगुली जब तक उन्हें अस्पताल से घर लेकर आए, कुन्दन ने उनका कमरा साफ़ करके बिस्तर पर धुली चादर बिछा दी थी। गाड़ी की आवाज़ सुनकर वह दौड़ते हुए गेट खोलने के लिए गया, लेकिन गाड़ी बाहर ही रुक गई थी और मेमसाब बिना सहारे के भीतर आ रही थीं। धीरे-धीरे एक-एक चीज़ को, बगीचे को और गमलों को और दीवारों को इस तरह देखते हुए जैसे वे उनसे वर्षों पहले खो गए थे और आज अचानक दिख गए हों। उनकी नज़रों में हर चीज़ की पहचान उभर रही थी और चेहरे की कसावट खुलती मालूम दे रही थी। उन्होंने गेट पर लगी नेमप्लेट को छुआ, उस पर खुदे अक्षरों पर उँगुलियाँ फिराईं। फिर पौधों को एक हाथ से सहलाते हुए आगे बढ़ीं और सीधे अपने

कमरे में जाकर दीवार पर टँगी तसवीरों को देखने लगी थीं। वहाँ विनायक भैया की फ़ोटो लगी थी और मीरा दीदी की भी। दोनों तसवीरों को उन्होंने अपने हाथों से सहलाया और कुन्दन को अच्छी तरह याद है कि उनकी आँखें गीली हो गई थीं। तसवीरों से नज़र हटते ही उन्होंने कुन्दन को देखा तो उनके चेहरे पर अपरिचय और सन्देह की छाया तैरने लगी थी। कुन्दन को वे अस्पताल में कई बार देख चुकी थीं। पहली बार तो 'विनायक-विनायक' कहकर गले भी लगा चुकी थीं लेकिन घर में कुन्दन को देखते ही उनकी तरल आँखें सूखकर भय से फैल गईं। काँपते स्वर में उन्होंने पूछा था, "कौन हो, तुम कौन हो?"

"ये कुन्दन है। घर की देखभाल करता है। तुम मिल तो चुकी हो अस्पताल में।" साहब ने कहा था। वे उसे सन्देह से देखती रही थीं। अचानक ही उनकी आँखों का भय परिचय की चमक में बदल गया था—"अरे, विनायक? तुम कब आए?"

"विनायक नहीं, कुन्दन। कुन्दन है यह," साहब के स्वर में ग़ुस्सा और चिढ़ स्पष्ट थे जो कुन्दन से भी छुपे न रहे थे। मैडम गांगुली ने समझदारी दिखाई और कन्धे पर हाथ रखकर उन्हें शान्त किया था। कुन्दन जान चुका था कि वे बहुत समझदार और धैर्यवान हैं।

"घर आते ही इसे पता नहीं क्या हो जाता है" कहते हुए साहब कमरे से बाहर चले गए थे। तब फिर मैडम गांगुली ने ही मामला सँभाला था और मेमसाब के पास जाकर प्यार से कहा था—"हीरा, आप अस्पताल से ठीक होकर अपने घर आ गई हैं। चाय पिएँगी, कुन्दन बना देगा?" मेमसाब की गर्दन 'हाँ' में हिलते ही वह दौड़ा था किचन की तरफ़। चाय का पानी खौलने तक मेमसाब स्वयं धीरे-धीरे चलते हुए रसोई में आ गई थीं और चारों तरफ़ देखती रहीं जैसे हर सामान को पहचानने की कोशिश कर रही हों। चाय की पत्ती का डिब्बा निकालते, खौलते पानी में पत्ती डालते और फ्रिज़ से दूध निकालते हुए उसे लग रहा था कि उनकी नज़रें उसके हाथों के साथ-साथ घूम रही थीं। फिर उन्होंने आगे बढ़कर चाय के कप ख़ुद निकाले। अब वे कुछ सामान्य लगने लगी थीं, हालाँकि उनका पूरा शरीर बहुत थका-थका लगता था।

कुन्दन ने पहले कभी उन्हें काम करते नहीं देखा था, तब भी लगता था कि उनका शरीर सामान्य ढंग से हरकत नहीं कर रहा था। यह दवाओं का असर होगा, उसकी सामान्य बुद्धि भी समझ गई थी।

कपों में चाय उड़ेलकर उसने एक कप उनकी ओर बढ़ाया जिसे उन्होंने तनिक हैरत से देखा और फिर स्टील का गिलास निकालकर चाय उसमें उड़ेल ली। अस्पताल में उसने उन्हें कप में चाय पीते देखा था लेकिन शायद घर में गिलास ही इस्तेमाल करती रही होंगी, उसने सोचा था। जब तक वह साहब और मैडम गांगुली को चाय देकर लौटा, वे अपने कमरे में चली गई थीं और पलँग पर बैठकर चाय सुड़क रही थीं। उनके सामान्य होते ही घर का वातावरण सहज लगने लगा था। मैडम गांगुली थोड़ी देर बाद चली गई थीं और साहब अपने कमरे में व्यस्त हो गए थे। दोपहर के खाने का वक़्त बीत रहा था, सो कुन्दन उनसे पूछने चला गया था—"साब, खाने में क्या बनाऊँ?"

"उनसे पूछो, आ तो गई हैं।" साहब का स्वर अब भी सामान्य नहीं था। कुन्दन मेमसाब के पास गया था—"आपको भूख लगी होगी। क्या बना दूँ?" उसने पूरी मुलायमियत से पूछा था। वे हँसी थीं धीरे से और कुन्दन का मन खिल गया था।

"तुम खाना बनाकर लाते थे मेरे लिए?" उन्होंने उसी मुस्कान के साथ पूछा था।

कुन्दन ने 'हाँ' में गर्दन हिलाई—"अच्छा लगता था?"

"हाँ...नहीं," वे गम्भीर हो गई थीं—"नमक बहुत कम डालते हो और रोटी काग़ज़ जैसी पतली।" फिर एकाएक वे हँस पड़ी थीं और कुन्दन को बहुत भली लगने लगी थीं।

"डॉक्टर ने कहा होगा नमक कम डालने को," कुन्दन ने सफ़ाई पेश की थी।

"चलो, बनाते हैं।" दोनों किचन में आ गए और मिलकर खाना बनाने लगे थे। उस दौरान दोनों में बहुत कम बात हुई थी लेकिन एक बात कुन्दन के दिल-दिमाग़ में बैठी रह गई और आज तक, जब भी वह साहब के साथ मैडम गांगुली को देखता है, गूँज जाती है।

"वो मेमसाब भी यहीं ख़ाती थीं?" उन्होंने बिलकुल अचानक ही पूछा था। कुन्दन अपनी सरलता में वह सत्य बोल गया था जो बाद में लगता रहा था कि नहीं कहना चाहिए था।

"नहीं, साहब ही अक्सर वहाँ से खाकर आ जाते थे।"

मेमसाब की रह-रहकर वह खाँसी चौलाई का साग छौंकने से ठीक पहले साबुत लाल मिर्च तलने से नहीं उपजी होगी, क्योंकि कुन्दन को अपने गले में तनिक भी खराश अनुभव नहीं हुई थी। उसके बाद की उनकी चुप्पी से ही वह समझ पाया था उनकी खाँसी का कारण। साहब के अक्सर 'मिसेज गांगुली के यहाँ खा आया' कहने पर उसे ऐसी खाँसी तो नहीं आती थी किन्तु उसके होंठ अवश्य तिर्यक हो जाते थे। मेमसाब तो उनकी पत्नी ठहरीं! फिर खाना खाने और सोने जाने तक वे कुछ नहीं बोली थीं।

मेमसाब की कभी लम्बे और कभी छोटे अन्तरालों की चुप्पियों और उनके थके-थके, ढीले-ढाले हाव-भाव के अलावा कुन्दन को सब कुछ सामान्य लगने लगा था। वह आश्वस्त था कि यह दवाओं का प्रभाव होगा और वे ठीक हो रही थीं। उन्हें सुबह-दोपहर-रात दवाइयाँ खिलाना उसी की ज़िम्मेदारी थी। साहब ने अलग-अलग लिफ़ाफ़ों में 'सुबह-शाम-रात' लिखकर और उसे समझाकर दवाइयाँ सहेज दी थीं जिन्हें वह समयानुसार निकालकर मेमसाब के हाथ में रखकर पानी का गिलास पकड़ा देता था। साहब वैसे भी सुबह से देर शाम तक दफ़्तर में रहते थे और मेमसाब से लगभग नहीं बोलते थे। मैडम गांगुली की बात भी फिर नहीं उठी थी और कुन्दन उस प्रसंग को भूलने लगा था। तीन महीने बीते थे या चार-पाँच, कुन्दन को ठीक-ठीक याद नहीं आ रहा। मेमसाब जो दिन में भी गहरी नींद सो जाया करती थीं और सुबह देर से उठा करती थीं, अपने बिस्तर पर पड़ी बिना पलक झपकाए छत को घूरती दिखाई देने लगी थीं। किचन में आना भी उनका कम होता गया था। एक रात खट-पट से उसकी नींद खुली तो वह अपनी कोठरी से निकलकर लॉबी में आया। मेमसाब लॉबी में टहल रही थीं और दीवारों पर लगी तसवीरों को देख रही थीं। उनकी आँखें फैली-फैली, बड़ी-बड़ी और कुछ असामान्य-सी दिख रही थीं।

"नींद नहीं आ रही मेमसाब?" उसने पूछा था।

उसका सवाल उन्होंने सुना या नहीं लेकिन जवाब देने के बजाय दाहिने हाथ की एक उँगली दीवार की ओर उठाई थी—"यहाँ एक फ़ोटो लगी थी।" कुन्दन ने तब ग़ौर किया कि वहाँ साहब-मेमसाब की शादी के दिनों की एक फ़ोटो लगी रहती थी। उसकी जगह अब एक पेंटिंग दिख रही थी जिसमें सफ़ेद रंग का कबूतर नीले आकाश तले पंख फैलाए उड़ रहा था। उस फ़ोटो की जगह यह पेंटिंग कब आई, वह स्वयं चकित हुआ था।

"हाँ, यहाँ तो आप लोगों की फ़ोटो थी।" कुन्दन ने साश्चर्य कहा और याद करने की कोशिश करने लगा था कि फ़ोटो कब बदली गई और पुरानी फ़ोटो कहाँ गई। उसे कुछ याद नहीं आया था। मेमसाब फिर कुछ नहीं बोलीं और लॉबी में टहलती रही थीं।

"सो जाइए, बहुत रात हो गई।" वह हैरान था कि गहरी नींद सोने और सुबह देर से उठने वाली मेमसाब आजकल अक्सर जागी दिखाई देती हैं। क्या दवाइयों का असर कम होने लगा? साहब अपने कमरे में गहरी नींद सो रहे होंगे। मेमसाब के अस्पताल से आने के बाद से वह अलग कमरे में सो रहे थे। या, क्या पता पहले भी अलग-अलग कमरों में ही सोते रहे हों। वह उनींदी आँखों से मेमसाब को देखता रहा था। थोड़ी देर बाद वे अपने कमरे में चली गईं तो वह जाकर सो गया था। सुबह जब उठा तो मेमसाब को अपने बिस्तर पर जागता पाया। सोईं या रात भर जागती रहीं, वह पूछ नहीं सका था। उसके बाद उसने ग़ौर करना शुरू किया कि वे दिन में और रात में भी बिस्तर पर आँखें खोले पड़ी हुई दिखती थीं। बड़ी-बड़ी आँखों से कहीं शून्य में ताकती रहती थीं। पलकें भी शायद ही कभी झपकाती हों। अपने कमरे में लेटी या बैठी हुईं कभी धीरे-धीरे कुछ बड़बड़ाती भी रहती थीं। सुनाई नहीं देता था कि क्या कहती थीं लेकिन होंठ हिलते रहते थे, जैसे कि कुछ बोल रही हों या बोलना चाहती हों। एकाध बार उसने धीरे से पूछा भी था कि "कुछ कहा आपने?" लेकिन कोई जवाब उन्होंने नहीं दिया था। खाने की मेज़ पर आना भी उन्होंने बन्द कर दिया था। कमरे में ले जाता था तो कभी पूरा खा लेती थीं

और कभी आधा छोड़ देती थीं। साहब ने भी कुछ असामान्य होता हुआ देखा होगा तभी एक रात पूछा था—"दवाइयाँ तो बराबर खिला रहे हो न कुन्दन?"

"जी साब, तीनों टाइम।" साहब आश्वस्त हो गए थे। कुछ दिन बाद एक सुबह अचानक मेमसाब का चीख़ना सुनाई दिया—"वो मुझे मारने आ रहा है...नहीं-नहीं, सुई नहीं लगाओ...विनायक, विनायक, बचाओ...।" वह रसोई से दौड़ता हुआ गया था और साहब अपने कमरे से लपके आए थे। वे बिस्तर पर छटपटा रही थीं, पैर पटक रही थीं और हाथों से जैसे किसी को पीछे धकेल रही थीं।

"क्या हुआ मेमसाब...डर गईं क्या?"

"फिर शुरू हो गया...इस औरत ने मेरी ज़िन्दगी नरक बना दी है। कुन्दन, दवाई का डिब्बा लाओ।" साहब चिढ़कर बोले थे और डिब्बे से एक दवा निकालकर दी—"खिलाओ इसे।" वह दौड़कर पानी लाया लेकिन मेमसाब को दवा खिलाना मुश्किल हो गया था। वे मुँह ही नहीं खोल रही थीं और लगातार चिल्ला रही थीं—"नहीं, मत मारो...विनायक बचाओ...वह आ रहा है।" साहब ने ज़बर्दस्ती उनके बन्द मुँह में दवा ठूँसकर पानी का गिलास होंठों से लगा दिया था। ऐसे कैसे दवा खा लेतीं वे! कुन्दन को अच्छा नहीं लगा था लेकिन वह कुछ कह नहीं पाया। मेमसाब ने दवा थूक दी, पानी का गिलास झटक दिया और लाल-लाल आँखों से साहब की ओर देखा था। पूरा गिलास फ़र्श पर लुढ़का और पानी बिस्तर पर फैल गया। कुछ उनके और साहब के कपड़ों पर भी गिरा था। साहब ने ग़ुस्से में मेमसाब को ज़ोर से झापड़ जड़ दिया था। कुन्दन सहम गया, जैसे थप्पड़ उसी के गाल पर पड़ा था। उसे साहब पर क्रोध आया था। भला किसी मरीज़ के साथ ऐसा व्यवहार किया जाता है! मेमसाब सहमकर चुप हो गई थीं। उनकी आँखें भय से और अधिक फैल गई थीं। साहब ग़ुस्से में कमरे से निकल गए थे। उसने मेमसाब का हाथ पकड़कर उन्हें बिस्तर से उठाया। वे किसी बच्चे की तरह चुपचाप उठ गई थीं। उन्हें कुर्सी पर बैठाकर वह चादर बदलने लगा था। नई चादर बिछाकर उसके सिरे दबाने के लिए उसने गद्दे का एक कोना उठाया

तो वहाँ दवाइयाँ पड़ी देखकर दंग रह गया। ये वही गोलियाँ थीं जिन्हें वह सुबह-दोपहर-शाम पन्नी से निकालकर उनकी हथेली पर रख दिया करता था। उसने कभी ग़ौर नहीं किया था लेकिन अब तय था कि वे दवा नहीं खा रही थीं और इसीलिए यह हाल हुआ था।

"आप दवा नहीं खा रही थीं?" उसने आश्चर्य और क्षोभ में कहा था, "तभी तबीयत बिगड़ गई।"

उनमें कोई प्रतिक्रिया नहीं हुई थी। कुन्दन ख़ुद से ही बोला था—"साहब को बताना पड़ेगा।" कह तो उसने दिया लेकिन फिर सोच में भी पड़ गया था कि बताए या नहीं। बताता है तो वे और भी ग़ुस्सा करेंगे और शायद मारपीट भी। मेमसाब के गाल पर पड़ा थप्पड़ अब भी उसके गाल पर धपधपा रहा था। लेकिन बताए कैसे नहीं, इलाज का मामला हुआ।

"साब!" वह आवाज़ देते हुए उनके कमरे में गया—"ये दवाएँ गद्दे के नीचे मिलीं।" उसकी हथेली पर रखी गोलियाँ देखकर साहब ने माथा पीट लिया। उन गोलियों को मुट्ठी में भरकर वे बग़ल के कमरे की ओर लपके। वह भी पीछे-पीछे गया था।

"इस तरह बदला ले रही हो तुम मुझसे? मर जाती तो छुट्टी मिलती।" दाँत पीसने के साथ ही उन्होंने गोलियाँ मेमसाब के मुँह पर दे मारीं और दनदनाते हुए अपने कमरे में चले गए। फिर तुरन्त ही वापस आकर कुन्दन पर बरस पड़े थे—"तुम्हारी लापरवाही है सब। मैंने तुम पर भरोसा किया था। कहा था कि दवा बराबर खिलाना। ऐसे खिलाई दवा? हाथ में पकड़ाकर चल देते होगे। नालायक कहीं के! सब किया-धरा बराबर हो गया...और, इसे तो पागलख़ाने में ही रहना है। वहीं ठीक रहेगी ये। बाँधकर रखेंगे, करंट लगाएँगे, तभी ठीक रहेगी।" वे फनफनाते हुए चले गए थे। मेमसाब पर उनके ग़ुस्से का कोई असर नहीं पड़ा था। वैसी ही गुमसुम बैठी रहीं लेकिन कुन्दन अपराध-बोध से भर गया था। उसने समय पर दवा देने में कोई कोताही नहीं की थी और सन्देह करने का कोई कारण नहीं था कि वे दवाएँ निगलने के बजाय बिस्तर के नीचे डाल देंगी। गद्दे के नीचे मिली गोलियों की संख्या बता रही थी कि

वे कई दिन से नहीं खा रही थीं। क्या करे! अब तो जो नुक़सान होना था, हो गया। तब उसे साहब पर दया आने लगी थी। बेचारे, अन्दर-अन्दर कितना परेशान रहते होंगे। तभी मैडम गांगुली के यहाँ जाते हैं। आदमी को कहीं तो थोड़ा चैन चाहिए। उस दिन के बाद उसने मेमसाब को अपने साम़ने दवाएँ खाने को मनाया, ज़ोर दिया, प्यार से समझाया भी। सुबह-शाम गद्दे के नीचे देख भी लेता था। वे दवाएँ खाने लगी थीं लेकिन उनकी मानसिक स्थिति फिर बिगड़ती ही गई थी। कभी भी चीख़ पड़ना, डरना, रोना और विस्फारित आँखों से हर समय घूरते रहना बढ़ता गया। डॉक्टर ने कुछ नई दवाएँ बताईं लेकिन उनकी स्थिति नहीं सुधरी। खाना खिलाना भी मुश्किल हो गया तो फिर अस्पताल में भर्ती कर देना पड़ा था। मेडिकल कॉलेज से वे काफ़ी ठीक होकर आतीं, दवाएँ भी खातीं लेकिन उनके दिमाग़ में ही पता नहीं क्या था या क्या सोचती रहती थीं कि साल-छह महीने में फिर दौरा पड़ जाता।

कुन्दन के सामने जब मेमसाब को चौथी बार दौरा पड़ा तो साहब ने उन्हें किसी प्राइवेट अस्पताल में भर्ती करा दिया। उस बार पूरे डेढ़ महीने बाद जब घर लाई गईं तो वे 'मेमसाब' नहीं रह गई थीं, बल्कि ऐसा मशीनी पुर्जा हो गई थीं जो किसी के भी निर्देशों पर चलता-रुकता था। 'बैठिए', वह कहता तो बैठ जातीं और जब तक 'उठिए' न कहता, वहीं बैठी रहती थीं। 'सो जाइए' सुनकर बिस्तर पर लेट जातीं और थाली सामने रखने के बाद भी कहना पड़ता था—'खाइए'। बाथरूम जाने की उन्हें याद दिलानी पड़ती। ब्रश पर पेस्ट लगाकर पकड़ाना पड़ता। नहलाने के लिए रोज़ सुबह एक महरी की सेवा लेनी पड़ी थी। हर निर्देश का चुपचाप पालन करतीं, दवाएँ हथेली में तब तक लिये रहतीं जब तक 'खाइए' न कहा जाता और कभी एक शब्द नहीं बोलती थीं। हँसना-रोना कुछ नहीं और न ही चेहरे पर कभी कोई भाव। गुमसुम चेहरा लिये एक ही जगह दिन भर बैठी रह जातीं या लेटने को कहा जाता तो लेटी रहतीं। साहब को अब सकून था। कुन्दन को तो ऐसा ही लगता क्योंकि अब वे उनके लिए कोई समस्या खड़ी नहीं कर रही थीं। वे निश्चिन्त होकर दफ़्तर जाते, समय से या देर से घर लौटते और रात में आराम से सोते।

बीच-बीच में कुन्दन से यह पूछते रहना नहीं भूलते थे कि दवाइयाँ तो नियमित खा रही हैं न! मेमसाब को देखकर कुन्दन को बहुत बुरा लगता था। कई बार वह देर तक उनके पास बैठा-बैठा उन्हें देखता रहता तो उसकी आँखें नम हो आती थीं। वे उसे देख रही होती थीं या पता नहीं, हालाँकि नज़रें एकटक उसी पर लगी रहती थीं। उनके चेहरे से यह पता करना असम्भव-सा था कि वे उसे पहचानती हैं या नहीं। कमरे में लगी विनायक भैया और मीरा दीदी को तसवीरों को भी अब वे नहीं देखा करती थीं या कभी देखती भी थीं तो उसी पथरीली निगाह से। तसवीरों को वे पहचानती होंगी, कहना मुश्किल था। ऐसा भावविहीन चेहरा कुन्दन ने कभी देखा नहीं था। शेष शरीर में निर्देशों के अनुसार हरकत होती थी लेकिन चेहरा बिलकुल पत्थर जैसा हो गया था, पलकें स्थिर रहतीं। देखकर कभी-कभी डर भी लग जाता था।

'उड्यार' में वैसे भी लोगों का आना-जाना लगभग नहीं था। बाद में यह 'लगभग' लगाने की भी ज़रूरत नहीं रह गई थी। मैडम गांगुली मेमसाब को अस्पताल ले जाने या घर पहुँचाने ही आया करती थीं। बाद में उसकी भी ज़रूरत नहीं रह गई थी। पड़ोसी भी अब इस घर की तरफ़ दूर से देखते हुए निकल जाते थे। 'मैडम पागल हैं', यह बात कुन्दन के आने से पहले ही चारों ओर फैली हुई थी। घर से उठने वाली कभी-कभार की चीख़ें इसकी पुष्टि करती थीं। जब मेमसाब चीख़ने लायक़ भी नहीं रह गई थीं तो बाज़ार आते-जाते कोई-कोई, ख़ासकर महिलाएँ, कुन्दन से पूछ लेती थीं कि "कैसी हैं तुम्हारी मेमसाब, अस्पताल में हैं या घर में?" उनके पूछने में चिन्ता नहीं, छिद्रान्वेषी प्रवृत्ति या जिज्ञासा अधिक होती थी। उसके कानों में तरह-तरह की बातें पड़ती थीं या कभी उसे सुनाकर भी कही जाती होंगी। 'नेगी जी ने अपनी वाइफ़ को दवा खिला-खिलाकर पागल बना रखा है,' 'किसी दूसरी महिला से फँसे हैं,' 'इन्हीं के ऑफ़िस में तो काम करती है, कोई बंगाली है,' 'अरे, गाँव से भगाकर लाए थे अपने हलवाहे की लड़की को, हम तो बहुत पहले से जानते हैं इनके बारे में,' 'शादी भी शायद नहीं की, ऐसे ही रखे हैं,' 'बेचारी...।'

पहले-पहले उसे बहुत अजीब लगता था। बुरा लगता और ग़ुस्सा भी आता था लेकिन वह क्या कर सकता था! यह अवश्य सोचता था कि शहर के लोग पढ़े-लिखे होकर भी गाँव-जवार के लोगों जैसे ही हैं, दूसरों के बारे में उलटी-सीधी बातें करने वाले जाहिल। ऐसी बातों से मुक्ति इस फ़्लैट में आकर ही मिली थी। कुन्दन को उस घर की तुलना में यह फ़्लैट कभी पसन्द नहीं आया लेकिन यहाँ एक बात बहुत अच्छी थी कि पड़ोसी एक-दूसरे से ख़ास मतलब नहीं रखते थे।

मेमसाब को इशारों पर नाचने वाली पुतली बने हुए क़रीब पाँच-छह महीने हुए होंगे कि एक दिन विनायक भैया आ गए थे। अचानक तो वे कुन्दन के लिए आए थे। साहब को पता रहा होगा। विनायक भैया के आने के साथ ही घर कुछ गुलज़ार हुआ था। कुछ आवाज़ें उठीं और बहुत ज़ोर से उठी थीं। घर में उनका प्रवेश गुनगुनाते हुए हुआ था लेकिन शाम को अपने पापा पर चिल्ला रहे थे—"व्हाट हैव यू डन टु मम्मा? दिस इज नो ट्रीटमेंट। दिस इज कॉल्ड मेमिंग।" (आपने मम्मी के साथ क्या कर दिया? यह इलाज नहीं, पंगु बना देना है।)

इन वाक्यों का मतलब समझना कुन्दन के बूते में नहीं था लेकिन एक तो ये वाक्य उस दिन इतनी बार कहे गए थे कि उसे याद हो गए और इतने आक्रोश एवं क्षोभ के साथ कहे गए थे कि आशय समझने में कोई मुश्किल नहीं हुई थी। विनायक भैया को मेमसाब की तबीयत के बारे में पता था। जब भी फ़ोन करते, कम ही करते थे लेकिन मम्मी से बीमारी के बाद भी हाय-हैलो अवश्य कर लेते थे। इधर जब भी 'मम्मी से बात कराओ' कहते तो उन्हें टाल दिया जाता था कि दवा खाकर सो रही हैं या बाथरूम में हैं। ऐसा साहब का निर्देश था। 'बच्चे बेवजह परेशान होंगे' उन्होंने कहा था। भैया फ़ोन पर उससे हर बार कहते थे कि "कुन्दन, मम्मी का अच्छी तरह ध्यान रखना। समय पर दवा और खाना देना। फल खिलाना। पापा को तो फ़ुर्सत नहीं होती। समझ लो तुम्हीं उनके बेटे हो। ओ. के.?" पहली बार उनके 'ओ. के.' कहने पर कुन्दन को हँसी आ गई थी। हँसते-हँसते उसने भी कहा था—"ओ. के. भैया।"

उनकी मुलाक़ात नहीं हुई थी लेकिन उन्हें पता था कि कुन्दन नाम का 'अच्छा लड़का', साहब और मैडम गांगुली ने उसके लिए शुरू में यही विशेषण दिया था, मम्मी और घर की देखभाल करने के लिए रखा गया है। उस दिन जब वे पीठ पर बड़ा-सा पिट्ठू लगाए 'मम्मी-मम्मी' पुकारते हुए घर में प्रविष्ट हुए थे तो सबसे पहले उनका सामना कुन्दन से ही हुआ था। कुन्दन उन्हें फ़ोटो से अच्छी तरह पहचानता था लेकिन विनायक भैया ने उसे बिना देखे भी पहचान लिया था या कि समझ लिया होगा कि यही कुन्दन है।

"हैलो कुन्दन, व्हेयर इज मम्मी?" (मम्मी कहाँ हैं?) उसकी पीठ पर धौल जमाते हुए उन्होंने पूछा था। दोपहर बाद का समय था, मेमसाब सदा की तरह अपने कमरे में अपलक बैठी थीं और साहब दफ़्तर गए हुए थे। भैया काफ़ी समय बाद वतन आ रहे थे, यह बात साहब को पता होगी, इसीलिए उस दिन डेढ़-दो घंटे पहले ही घर आ गए थे। उनके आने तक विनायक भैया का माथा अच्छी तरह गरम हो चुका था, क्योंकि जिसे बहुत ललककर 'मम्मी-मम्मी' चीख़ते हुए उन्होंने बाँहों में लपेटा और चूमा था, उसे आलिंगन में भरते हुए उन्हें अनुभव हो गया था कि वह 'मम्मी' तो हैं ही नहीं। उसे उन्हें 'विनायक...मेरा बेटा' कहकर चूमा नहीं, चिपकाया नहीं, गालों पर हाथ नहीं फिराए और न ही बाँहों में भरा। उस पत्थर चेहरे में कोई भाव ही आया-गया नहीं, वात्सल्य की छाया तक नहीं उमड़ी और न कुछ तरलता आई, बल्कि वहाँ बियाबान जैसा सूखा और सन्नाटा पसरा रहा।

"व्हाट हैपंड, मम्मी?" (क्या हुआ, मम्मी!) विनायक भैया को ज़बर्दस्त सदमा लगा था। उन्होंने मेमसाब को कई बार झिंझोड़ा था—"मम्मी...मम्मी... मम्मी!" और फिर हतप्रभ चेहरे से प्रश्नाकुल आँखें कुन्दन के मुख पर गड़ा दी थीं। वे भेदती और हज़ार सवाल करती आँखें कुन्दन को हिला गई थीं। क्या कहे! क्या बता दे! वह अवाक् रह गया था।

"क्या हुआ कुन्दन, मम्मी को?"

कुन्दन का सिर झुक गया था, जैसे वही मेमसाब की इस हालत के लिए जवाबदेह था। विनायक भैया ने उसे चुप पाकर झिंझोड़ डाला था।

उनकी अत्यन्त व्यथित, प्रश्नाकुल, हतप्रभ आँखें कुन्दन को चुभ रही थीं। बहुत धीमा और काँपता हुआ स्वर उसके भीतर से निकला था—"इस बार अस्पताल से आने के बाद ऐसी ही हैं।"

"अस्पताल था कि बूचड़ख़ाना?" वे उस पर चीख़े थे।। "कौन सा अस्पताल है, क्या दवाइयाँ दीं? बिजली का शॉक दिया था क्या? क्या किया मम्मी के साथ?" कुन्दन चुप, क्या कहता। अस्पताल में क्या-क्या हुआ, उसे क्या पता! उसने चुपचाप दवाइयों के लिफ़ाफ़े उनके सामने रख दिये थे। अस्पताल के पर्चे साहब के पास रहते थे। विनायक भैया ने दवाइयाँ उलटीं-पलटीं और एक तरफ़ उछालकर कमरे में चक्कर काटने लगे। उनके मुँह से बीच-बीच में 'शिट-शिट' जैसा कुछ निकलता था। वे बहुत व्यथित थे। उनकी हालत देखकर कुन्दन को यह भी सुध न रही थी कि वे बहुत दूर से आए हैं, उन्हें पानी दे और चाय बना दे।

"पापा कब आएँगे?" शायद उनका ग़ुस्सा पापा की ओर मुड़ रहा था। कुन्दन को इसका उत्तर भी मालूम न था। "सम वाटर प्लीज़!" (पानी देना) उन्होंने कहा तो कुन्दन को याद आया। वह दौड़कर पानी लाया और पूछा था—"चाय बना दूँ भैया? चीनी लेंगे?"

"नो, नो टी। सम मोर वाटर (चाय नहीं, और पानी)...ठंडा है?" वह फ्रिज़ से पानी की बोतल ही ले आया था। ठंडा पानी पीते हुए वे भी कुछ शान्त हो गए थे। तरल आँखों से मम्मी को देखते हुए उन्होंने व्यथा के साथ पूछा—"ऐसे ही रहती हैं हर वक़्त? नो टॉकिंग...बिलकुल बात नहीं करतीं? और खाना?" वे बहुत सारी बातें पूछते रहे थे। कुन्दन को जो पता था, बता देता। बाक़ी सवालों पर चुप रह जाता। बीच-बीच में 'पापा कब आएँगे?' की उनकी रट भी लगी रही थी।

आख़िर चार बजे के क़रीब साहब घर में दाख़िल हुए थे। मुख्य द्वार से भीतर आते हुए उनका मुखमंडल खिला हुआ था। चाल से ही उत्साह झलक रहा था। बहुत दिनों बाद बेटा अमेरिका से आया था, यह ख़ुशी उनके पूरे व्यक्तित्व से टपक रही थी और इसे बिखेरते हुए ही वे विनायक भैया को

अँकवार में लेने के लिए लपके थे लेकिन बेटे के चेहरे पर इस मिलन का कोई उत्साह नहीं था। इतनी देर मम्मी को देख-देखकर बेटे के भीतर एक तूफ़ान उमड़ने लगा था जिसकी आहट उनके चेहरे पर कुन्दन तो साफ़ देख पा रहा था लेकिन पिता को उसका कोई अन्देशा न था।

"व्हाट हैव यू डन टु मम्मी?" (आपने मम्मी को क्या कर दिया?) पिता को अपनी ओर हँसते हुए बढ़ते देखकर विनायक भैया चीख़ पड़े थे।

अप्रत्याशित तूफ़ान से साहब के पैर उखड़ गए थे। वे धड़ाम से गिरे तो नहीं लेकिन भीतर कितनी धड़ाम-धड़ाम हो गई थी, यह चेहरे पर पढ़ा जा सकता था।

"यू टोल्ड मी शी वाज इन गुड मेडिकल केयर। यू से दिस गुड मेडिकल केयर? दिस इज नो ट्रीटमेंट, दिस इज कॉल्ड मेमिंग। यू मेम्ड मम्मी!" (आपने कहा था अच्छा इलाज हो रहा। ये अच्छा इलाज है? इसे इलाज नहीं, लुंज बना देना कहते हैं। आपने मम्मी को लुंज बना दिया है।)

"विनायक!" साहब किसी तरह घिघिया पाए थे।

"व्हाट विनायक? शी कांट अटर अ वर्ड...शी कांट इवन रिएक्ट...शी डजंट रिकॅग्नाइज मी, हर ओन एंड ओनली सन!" (क्या विनायक-विनायक लगा रखी है! वह एक शब्द नहीं बोल पा रही...अपने इकलौते बेटे को भी पहचान नहीं पा रही!)

"कूल डाउन (शान्त हो), विनायक!"

"यू एंड योर डॉक्टर्स हैव मेड हर अ लिविंग डेड!" (आपने और आपके डॉक्टरों ने उन्हें ज़िन्दा लाश बना दिया है।) विनायक भैया रोने लगे थे। साहब के चेहरे का रंग उड़ गया था। मन में वे क्या सोच रहे थे, पता नहीं लेकिन फ़िलहाल बेटे के सामने अपराधी से खड़े दिख रहे थे। विनायक भैया चुप हुए तो वे धीरे से बोले थे—"जो डॉक्टरों ने कहा और ठीक समझा, वही किया बेटे। कुन्दन से पूछो, क्या हाल हो गया था, हल्की दवाइयों का असर नहीं हो रहा था। बार-बार भर्ती कराना पड़ा था। अब कम-से-कम शान्त रहती है...।"

"शान्त रहती है? या उसका दिमाग़ सुन्न कर दिया गया है? यह किसी मरीज़ से पिंड छुड़ाने का आसान तरीक़ा है पापा, और आपने यही किया है। आई विल स्पीक टु द डॉक्टर्स।" (मैं बात करूँगा डॉक्टरों से) विनायक भैया ने अपने आक्रोश पर काबू पा लिया था लेकिन उनका क्षोभ कायम था।

"ज़रूर बात करना। आ गए हो तो कहीं और से भी सलाह लेना।" बेटे को शान्त होते देखकर साहब ने राहत की साँस ली थी और विषय बदला था—"नहाए-धोए या तबसे ऐसे ही बैठे हो? कुन्दन, भैया के लिए कुछ बनाया नहीं?"

पिता के पूछने का असर था या क्या, भैया कमरे में चले गए और आधा घंटे बाद नहा-धो, ताज़ा होकर लॉबी में आए—"दो टोस्ट खिलाओ, कुन्दन।"

"मुझे भी देना और चाय बनाओ।" कहते हुए साहब भी आकर बैठ गए थे और भैया से उनकी नौकरी, वग़ैरह के बारे में बात करने लगे थे। भैया संक्षिप्त उत्तर देकर या 'हाँ-हूँ' कहकर रह जाते थे। उनके मन की खिन्नता गई नहीं थी लेकिन कोशिश कर रहे थे सामान्य होने की।

"मीरा से बात होती है?" साहब ने पूछा।

"लास्ट मंथ (पिछले मास) हुई थी। वह भी इंडिया आने को कह रही थी।"

"हाँ, आएगी अगले महीने शायद। स्विट्जरलैंड का उसका असाइनमेंट पूरा होने वाला है।"

"थोड़ा टहलकर आता हूँ," कहकर भैया बाहर निकल गए थे। वापस आए क़रीब एक घंटे बाद। तब तक वह साहब के कहने पर भैया के लिए मटन ले आया था और उनकी पसन्द का कोरमा बना रहा था।

"कुन्दन," भैया ने अपने कमरे से पुकारा था। "यह पापा को दे आओ," कहते हुए उन्होंने अपने बैग से एक डिब्बा निकालकर उसे थमाया।

"और फिर यहाँ दो गिलास ले आना।" उन्होंने वैसे ही दूसरे डिब्बे से बोतल निकालकर मेज़ पर रख ली थी। वह दो गिलास लेकर पहुँचा तो उन्होंने दोनों गिलासों में थोड़ी-थोड़ी उड़ेलकर एक उसे थमा दिया था।

"मैं दारू नहीं पीता।" गाँव में कभी-कभार पी थी उसने लेकिन उनके सामने कैसे पी लेता!

"अबे, दारू कहकर इसका अपमान मत करो। स्कॉच है, ब्लैक लेबल! जाओ, खाना बनाते-बनाते धीरे-धीरे पीना। और, ये तुम्हारे लिए।" उस पैकेट में एक जींस और जैकेट थी।

कुन्दन को आशंका हुई थी कि दारू पीकर भैया और गरम हो जाएँगे और बवाल होगा क्योंकि पीते साहब भी थे, लेकिन खाने की मेज़ पर बैठते ही भैया बोले थे—"पापा, सॉरी!"

"ओ. के. यार, तुमने उसका हाल पहले नहीं देखा था, इसलिए शॉक लगा होगा।"

"शॉक्ड तो मैं अब भी हूँ, पापा। किसी मानसिक रोगी के साथ यह अत्याचार है। देखता हूँ क्या कर सकता हूँ।"

उस रात इस बारे में दोनों में फिर कोई बात नहीं हुई थी। दूसरी सुबह साहब के दफ़्तर जाने से भी पहले भैया निकल गए थे, मेमसाब की दवाइयों के पर्चे और जाँच रिपोर्टों की फ़ाइल लेकर। कुन्दन दिन में खाना पकाकर प्रतीक्षा करता रहा था लेकिन वे लौटे थे क़रीब चार बजे। वह इंतज़ार में भूखा ही बैठा था। भैया ने नाममात्र को खाया था, थोड़ा-सा दाल-भात और अपने कमरे में जाकर लेट गए थे। उठे तभी जब साहब आकर चाय पी रहे थे।

"डॉक्टरों का कहना है कि इन दवाओं से मरीज़ ठीक नहीं हो सकता। जब तक बचेगा इसी तरह सुन्न पड़ा रहेगा। ये दवाएँ बहुत हार्ड हैं। दिमाग़ को पूरी तरह सुला देती हैं।" उन्होंने बिना किसी भूमिका के कहा था। साहब चुपचाप चाय पीते रहे थे।

"मेडिकल कॉलेज के सायकायट्री डिपार्टमेंट गया था और प्राइवेट में भी कुछ एक्सपर्ट्स से मिला। सभी की ओपीनियन है कि पेशेंट का नये सिरे से इवेल्युएशन होना चाहिए। फ़िलहाल कुछ दवाइयाँ कम की जा सकती हैं या डोज लाइट कर सकते हैं, अनलेस कि पेशेंट बहुत वॉयलेंट (उग्र) न हो।"

"क्या मम्मी बहुत वॉयलेंट हो गई थीं?" कुछ मिनट की चुप्पी के बाद उन्होंने फिर पूछा था।

"कुन्दन से पूछ लो," साहब ने बहुत रुखाई के साथ उत्तर दिया था।

"पूछा था। वे चीख़ती थीं कभी-कभी। डर लगता था उन्हें। हैल्युसिनेशन टाइप, बट नॉट वॉयलेंट, लेकिन आपने मेडिकल कॉलेज के बजाय प्राइवेट डॉक्टर की दवा खिलाना ठीक समझा। क्यों?"

"देखो विनायक," साहब ने अपने रोष को दबाते हुए कहा था—"यहाँ हर वक़्त कोई बैठा नहीं है उन्हें हैंडल करने के लिए। मुझे ऑफ़िस जाना होता है और कुन्दन के कहे से दवा तक नहीं खाती थीं। बिस्तर के नीचे से कितनी गोलियाँ निकलीं, यह नहीं बताया इसने?"

"यह इतनी गम्भीर बात नहीं थी। सायकिक पेशेंट्स (मनोरोगियों) में यह बहुत कॉमन है। समझदारी से निपटा जा सकता था इस सिचुएशन से।"

"मुझे जो ठीक लगा वही किया। अब तुम आ गए हो तो कहीं भी दिखा लो। समझदारी से हैंडल कर लो।"

"लेकिन मैं हमेशा यहाँ नहीं रह सकता।"

"तो अपने साथ यू. एस. ले जाओ। वहाँ और अच्छा इलाज और देखभाल हो सकेगी।"

"यू नो दिस इज नॉट प्रैक्टिकल।" (आप जानते हैं, यह व्यावहारिक नहीं।)

"तो भाषण मत दो। मुझे नौकरी करनी है और मेरी भी लाइफ़ है। इसका दिमाग़ ही ऐसा है कि ठीक नहीं होना है। वर्ना पागल ही क्यों होती? क्या कमी थी, क्या समस्या थी?"

"शी इज नॉड मैड पापा! पागल कह रहे हो आप? शिट...डीप डिप्रेशन है या ज़्यादा से ज़्यादा सिजोफ्रेनिया। एक पर्चे में तो हिस्टीरिया भी लिखा है हालाँकि कुछ कन्फर्म नहीं है। आपने देखा मेडिकल कॉलेज का पर्चा?" भैया तैश में आने लगे थे।

"तो पागल किसे कहते हैं?" साहब ने भी तेज़ आवाज़ में कहा था।

भैया उठ गए थे—"यू आर डूइंग इनजस्टिस टु हर। (आप अन्याय कर रहे हैं)" साहब की प्रतिक्रिया सुनने के लिए रुके बिना वे बाहर निकल गए थे। घूम-घामकर काफ़ी देर से लौटे। उस रात मेमसाब को उन्होंने अपने हाथ से खाना खिलाया। खिलाते हुए बात भी करते रहे थे—"मैं कौन हूँ?...विनायक

को जानती हो?...मीरा की याद है?" वग़ैरह। मेमसाब चुपचाप खाना खाती रहीं लेकिन एक शब्द नहीं बोलीं। आँखें वैसे ही सूनी और सूखी बनी रही थीं।

"एटलीस्ट इतनी कोशिश तो कर सकते हैं पापा कि मम्मी का कुछ होश-हवाश लौटे, लोगों को पहचानें, कुछ बात कर सकें...।" रात में डायनिंग टेबल पर बैठते हुए भैया ने बड़ी विनम्रता से अनुरोध किया था। माँ को खाना खिलाते हुए वे बहुत भावुक हो गए थे। तब से स्वर में नमी बनी हुई थी।

"विनायक, मेरी समस्या समझने की कोशिश करो। पाँच-छह महीने से इसने कोई उपद्रव नहीं किया है। दवा ले रही, खाना खा रही, कहना मान रही। ठीक तो चल रहा है। क्यों मेरी समस्या बढ़ाना चाहते हो। दो दिन के लिए यू. एस. से आकर मेरा इनजस्टिस करना दिखाई देता है। मेरे बारे में सोचा कभी? मुझे थोड़ा सुकून नहीं चाहिए?"

भैया फिर साहब से कुछ नहीं बोले थे। अगले दो दिन घर में ही रहे और मेमसाब के पास बैठकर पुराने दिनों की बातें करते, उनकी यादें जगाने की कोशिश करते लेकिन जैसे किसी पत्थर से बतियाते थे। फिर वे इलाहाबाद चले गए, अपने कॉलेज के कुछ पुराने दोस्तों और टीचरों से मिलने। वहाँ से दिल्ली और बेंगलुरु होते हुए लौटे। फिर दादा-दादी से मिलने ऋषिकेश चले गए। वहाँ से लौटने के दूसरे दिन वापस अमेरिका चले गए थे। साहब से कोई ख़ास बात फिर नहीं की थी। जाते समय मेमसाब को कसकर गले लगाया था और उसे भी, यह कहते हुए कि "कुन्दन, मम्मी का बहुत ध्यान रखना। मैं फ़ोन करूँगा।"

मेमसाब की ठीक-ठीक स्थिति का पता तो मीरा दीदी को भी नहीं था लेकिन उन्हें विनायक भैया की तरह सदमा नहीं लगा। या, लगा होगा तो उन्होंने प्रकट नहीं किया था। विनायक भैया के जाने के कोई डेढ़ महीने बाद वे आई थीं। उस समय भी साहब ऑफ़िस गए हुए थे। मीरा दीदी आते ही 'मम्मी कहाँ हैं?' पूछते हुए उनके कमरे में गई थीं। मेमसाब को उन्होंने गले लगाया—"कैसी हो मम्मी?" लेकिन कोई भावावेग या प्रत्युत्तर न पाकर अलग खड़ी होकर देखती रह गई थीं।

"मम्मी!" एक-दो बार उन्होंने फिर पुकारा। चेहरे पर आ गए उनके कुछ बाल पीछे करते हुए गाल भी सहलाए। फिर कुन्दन की ओर देखकर पूछा—"दवा खा रखी है?"

"दवा तो खाती हैं लेकिन अब ऐसी ही हो गई हैं।"

"अच्छा! कब से? पहले तो फ़ोन पर भी बात करती थीं?"

"इस बार अस्पताल से ऐसी ही लौटीं।"

गहरी साँस भरकर वे लॉबी में आ गईं और डायनिग टेबल पर बैठते हुए बोली थीं—"चाय पिलाएगा?...कुन्दन नाम है न तेरा?...कड़क चाय, पत्ती ख़ूब खौलाकर।" चाय उन्हें अच्छी लगी थी तो एक कप और बनवाई और स्वाद लेकर पीती रहीं लेकिन गहरे सोच में डूबी दिखाई देती थीं। साहब उस दिन भी जल्दी आ गए थे। दीदी उनसे गले लगकर मिलीं। उनकी सेहत के बारे में चिन्ता जताई—"कुछ दुबले लग रहे हो। मम्मी का टेंशन रहता होगा। ध्यान रखा करो।" फिर मेमसाब के इलाज के बारे में बात की थी—"क्या कहते हैं डॉक्टर, कब तक सुधार होगा? कहीं और नहीं दिखाना चाहिए, दिल्ली या मुम्बई?"

"अब तो काफ़ी बेहतर हैं। दिखाएँगे कुछ समय बाद।"

"हूँ!"

"विनायक तो मुझे ही सारा दोष दे गया...लड़ रहा था कि मैंने ही यह हाल किया है...तब से फ़ोन भी नहीं किया।"

"मुझसे भी कह रहा था। मैंने कहा, पापा को ही देखना है, उन्हें ही सँभालना है। हम इतनी दूर से क्या कर सकते हैं।"

"तुम सोचो मीरा, इसके कारण मेरी ज़िन्दगी कितनी तबाह है! सब कुछ है लेकिन चैन नहीं। कोई सुख नहीं। चार दिन के लिए कहीं घूमने नहीं जा सकता।"

"काश, आप और मम्मी स्विट्ज़रलैंड देख पाते!" दीदी उस देश की सुन्दरता का बखान करने लगी थीं जहाँ से वे आ रही थीं। अब शायद उन्हें कहीं और जाना था। साहब कहते थे कि उसका काम ही जगह-जगह जाकर नष्ट हुई क़ीमती चीज़ों को सही करना है।

दीदी बहुत थकी आई थीं तो उस शाम जल्दी सो गईं। दूसरे दिन वे बहुत देर तक मेमसाब के पास बैठी उनसे बात करती रहीं। अपने बैग से निकालकर कोई तेल उनके सिर में डाला, मालिश की, बाल बनाए, कपड़े बदले और देर तक उनकी दवाइयों और जाँच रिपोर्टों को देखती रही थीं। फिर लॉबी में टेलीफ़ोन के पास बैठकर उन्होंने कई फ़ोन किये। जाने कहाँ-कहाँ और किस-किस को, लेकिन सबको मेमसाब का हाल बता रही थीं। दवाइयों और जाँच रिपोर्ट पढ़कर सुना रही थीं और सलाह ले रही थीं। पहले दिन वे बहुत चिन्तित नहीं दिखाई दी थीं लेकिन दूसरे दिन, जब साहब ऑफ़िस में थे, वे बहुत परेशान दिख रही थीं और, जैसा कुन्दन को लगा था, अपने स्तर से कुछ बेहतर इलाज की सम्भावना तलाश रही थीं। जो भी उनकी राय बनी हो, शाम को उन्होंने साहब से बहुत विनम्रता से पूछा था—"कल एक बार मम्मी को मेडिकल कॉलेज दिखा लाएँ?"

"तुमसे विनायक ने कहा होगा कि प्राइवेट डॉक्टर का इलाज सही नहीं है," साहब की भृकुटी टेढ़ी होने लगी थी।

"नहीं पापा। काफ़ी दिन हो गए हैं, रिव्यू नहीं हुआ।"

"ठीक है, मेडिकल कॉलेज ही ले चलो। वर्ना तुम भी कहोगी पापा मनमानी कर रहे हैं," साहब ने सहजता से जवाब दिया था, हालाँकि दीदी की प्रतिक्रिया से लगा था कि वे असहज हुई थीं। दूसरे दिन साहब ने आधे दिन की छुट्टी ली और दोनों मेमसाब को मेडिकल कॉलेज ले गए। लौटकर साहब का मूड उखड़ा हुआ था, जैसा कि उनके नाराज़ होने पर दिखा करता था। दीदी भी कुछ बोल नहीं रही थीं। लगता था कि दोनों में कुछ बात-बहस हो चुकी थी। थोड़ी देर बाद साहब दफ़्तर चले गए थे। दीदी मेमसाब के पास बैठकर पुराने एलबम देखने-दिखाने लगी थीं। उसी शाम वे ऋषिकेश के लिए निकल गई थीं। मिलने तो हर बार जाती थीं, शायद इस बार दादा-दादी से कुछ सार्थक हस्तक्षेप की आशा रही हो। धीरे-धीरे पूरी तरह संन्यास आश्रम में रम चुके माथुर दम्पति ने हीरा के लिए प्रार्थना करने के अलावा इन सांसारिक पचड़ों में पड़ने से इनकार कर दिया था। लौटने पर दीदी की बातचीत से कुन्दन को ऐसा ही लगा था।

"कुन्दन, अगर मम्मी पहले की तरह कभी हल्ला-गुल्ला करें, चिल्लाएँ, तो तुम सँभाल लोगे?" ऋषिकेश से लौटने के बाद एक शाम चाय पीते हुए दीदी ने अचानक पूछा था। उसकी समझ में कुछ नहीं आया था। क्या जवाब देता।

"मतलब, जैसे पहले करती थीं। कभी डरकर चिल्लाती थीं। वैसा हुआ तो सँभाल लोगे?"

"कभी-कभी ज़्यादा होने पर अकेले मुश्किल हो जाता था।"

"लेकिन ऐसे तो बिलकुल मुर्दा जैसी हो गई हैं। इन दवाओं का ख़राब असर हो रहा है, डॉक्टर कह रहे थे।"

"साहब ज़्यादा परेशान हो जाते हैं।" कुन्दन ने डरते-डरते ही यह बात कही थी।

"तुम्हारे साथ एक आदमी और रख लें? या, तुम अपनी वाइफ़ और बच्चों को यहीं ले आओ।"

"माई-बप्पा नहीं लाने देंगे।"

"हूँ," कहकर दीदी चुपचाप चाय पीने लगी थीं। उन्हें बहुत परेशान देखकर थोड़ी देर बाद कुन्दन ने कहा था—"दीदी, असल बात यह कि साहब को जो ठीक लगता है, वही होगा। साथ में तो वही रहते हैं। पहले बहुत परेशान हो जाते थे। अब आराम से दफ़्तर जाते हैं, सोते हैं।" बात भी सही थी। चार दिन के लिए घर आकर बच्चे कुछ नहीं कर सकते थे, भले ही वह मेमसाब की सेहत के लिए अच्छा हो सकता था।

कुल मिलाकर हुआ यह कि कुन्दन मेमसाब को वही दवाएँ खिलाता रहा जो पहले दी जा रही थीं। दीदी के प्रयासों का कोई परिणाम नहीं निकला। वे विनायक भैया से अधिक दुखी दिखाई दीं लेकिन उन्होंने अपने पापा से विवाद नहीं किया। दस दिन बाद साहब से अच्छे से विदा लेकर, मेमसाब को प्यार करके वे जापान के लिए निकल गईं जहाँ कोई नया काम उनकी प्रतीक्षा कर रहा था।

वे पुराने, बिगड़े, सड़े-गले-जले हुए दस्तावेज़ों की मरम्मत करने की विशेषज्ञ थीं। रिश्तों को बहाल करने की ट्रेनिंग उनकी थी नहीं और यहाँ मुहब्बत की स्याही ही मिट चुकी थी। साहब का रवैया देखकर कुन्दन ऐसा ही सोचता था।

साल बीतते गए। साहब के बालों की सफ़ेदी बढ़ती गई। प्रमोशन पाकर वे बड़े बाबू बन गए थे। दफ़्तर स्कूटर से ही जाते थे हालाँकि एक कार ख़रीद ली गई थी, जिसे कभी-कभी शाम को निकाला करते थे और कुन्दन का ख़याल था कि मैडम गांगुली के यहाँ ही जाया करते होंगे। दोनों की अच्छी दोस्ती बनी हुई थी, बल्कि और गाढ़ी हो गई थी। मेमसाब का हाल वैसा ही बना रहा। चुपचाप बैठी या लेटी रहतीं, खाती-सोतीं और अपलक आँखों से कहीं देखा करतीं। उनकी सेहत देखने में अच्छी लगती थी लेकिन दवाइयों ने उनके शरीर को खोखला कर दिया था। बदन में सूजन रहती थी और दिमाग़ तो कब से सोया हुआ था। आश्चर्य यह देखकर होता था कि उनके बाल वैसे ही काले और घने बने रहे थे। महरी चुटिया बनाते समय तारीफ़ करना नहीं भूलती थी। विनायक भैया कभी-कभार फ़ोन करके हाल पूछ लेते थे। साहब से 'हाय-हैलो' के अलावा उनकी बात कम ही होती थी। घर, मतलब इंडिया एक-दो बार ही आए। दीदी फ़ोन भी करती थीं और साल-दो साल में एक चक्कर लगा लेती थीं। जब भी उनका एक काम पूरा होता, दूसरी जगह काम पर जाने से पहले हफ़्ते-दस दिन वे घर में बिता जाती थीं। उनकी नौकरी भी मज़ेदार लगती है कुन्दन को। कोई एक पक्की नौकरी नहीं लेकिन एक के बाद दूसरे 'असाइनमेंट', यही कहती हैं वे, मिलते जाते थे। वही, ख़राब-बर्बाद चीज़ों को ठीक करने के काम। मेमसाब की तबीयत के बारे में दोनों का फिर अपने पापा से कोई विवाद नहीं हुआ था। इलाज के बारे में पूछताछ या हस्तक्षेप करना उन्होंने बन्द कर दिया था लेकिन दोनों ही मम्मी को बहुत याद करते थे और उनके लिए दुख व्यक्त करते थे।

एक बार अमेरिका में किसी गोरी मेम के साथ विनायक भैया की शादी हो जाने की ख़बर आई। ख़बर क्या आई, मीरा दीदी ने फ़ोन पर बताया था साहब को। साहब से अधिक अचम्भा कुन्दन को हुआ था। असल में, कुन्दन की पत्नी श्यामा को भैया और दीदी की शादी का बड़ा इंतज़ार रहता था। वह सोचती थी कि दोनों की शादियाँ लखनऊ में धूमधाम से होंगी और बार-बार उससे वादा करवाती थी कि तब वह ज़रूर शादी में शामिल होने आएगी। वह दूसरे-तीसरे महीने दो-तीन दिन के लिए गाँव जा पाता था। महीने के दूसरे शनिवार और इतवार की छुट्टी या दूसरी छुट्टियों में। श्यामा को कभी उन्नाव शहर के बाज़ार से बाहर जाने का अवसर नहीं मिलता था। उसे लखनऊ घूमने और साहब की कोठी देखने की बड़ी ललक थी जो तभी पूरी होने वाली थी। विनायक भैया ने अपने पापा की उम्मीदें, मम्मी तो ख़ैर इस सबसे ऊपर हो चुकी थीं, कितनी तोड़ी, इसका तो पता नहीं लेकिन श्यामा तब बहुत ही निराश हुई थी। साहब को शायद इस बात का अन्देशा पहले से था या वे विनायक भैया से किसी तरह की आशा करना छोड़ बैठे थे। उन्होंने कोई हाय-तौबा नहीं की और गाड़ी निकालकर मैडम गांगुली के यहाँ चले गए थे। जब वे 'खाना खाकर आऊँगा' कहकर जाते थे तो कुन्दन समझ जाता था कि वहीं गए होंगे या उनके साथ कहीं और।

शादी के बारे में साहब ने विनायक भैया से कोई बात नहीं की। मीरा दीदी के कहने पर भी उन्हें और हिलेरी, दीदी ने यही नाम बताया था, को बधाई देने के लिए फ़ोन नहीं किया लेकिन दीदी से यह अवश्य पूछा था कि "तुम्हारा क्या इरादा है? वहीं शादी करके बताओगी या उसमें पापा का भी कोई रोल होना है?"

दीदी की हँसी फ़ोन के चोगे से बाहर निकलकर कमरे में गूँज गई थी। फिर उनका गम्भीर स्वर आया था—"पापा, फ़िलहाल शादी करने का मेरा कोई इरादा नहीं है। मुझे दुनिया घूमना है और रेस्टोरेशन वर्क में एक्सपर्ट बनना है। कभी कुछ हुआ भी, हालाँकि कोई चांस नहीं है, तो बता दूँगी। आप इस बारे में क़तई चिन्ता न करें।" साहब फ़ोन पकड़े चुप रह गए थे, शायद उदास।

थोड़ी देर बाद दीदी की आवाज़ फिर सुनाई पड़ी थी—"मैं समझती हूँ पापा, इंडिया में पैरेंट्स को बच्चों की शादी का बहुत उत्साह होता है, उम्मीदें होती हैं लेकिन दादा-दादी और आप लोगों ने हमें जो आज़ादी दी, जैसी अच्छी शिक्षा और सोचने-समझने का जो संस्कार दिया, वह हमें एक अलग रास्ते पर ले जा रहा है। हम बहुत ख़ुश हैं पापा और इसी रास्ते पर आगे बढ़ना चाहते हैं। सॉरी कि इससे आपको दुख होगा लेकिन हमारे लिए यही सबसे अच्छा है।"

"ओ. के. बेटा, ऑल द बेस्ट। ख़ुश रहो!" साहब कुछ भावुक हो गए थे। शायद भीतर का दुख आवाज़ में छलक आया था। बच्चों की ओर से भी उनके हिस्से में कोई ख़ुशी नहीं आने वाली थी। इस दर्द को वे अपनी पत्नी से भी नहीं बाँट सकते थे, जो दूसरे कमरे में आँखें फाड़े जाने क्या देखती रहती थी और जिसे स्वयं कोई दुख व्यापता था या नहीं, यह भी जानने का कोई रास्ता न था। यह सब सोचते हुए कुन्दन को साहब के लिए बहुत अफ़सोस होता था। कितने अकेले थे वे! पत्नी का होना न होना बराबर था, बल्कि वे एक बड़े दुख का कारण ही थीं। बेटा-बेटी माँ की इस हालत के लिए पिता को दोषी मानकर उनसे दूर होते गए थे। दफ़्तर में उनके साथी होंगे तो होंगे लेकिन कोई भी घर नहीं आता था या साहब ने ही मेमसाब के कारण ऐसी दूरियाँ बना रखी होंगी। कॉलोनी के लोगों के लिए यह घर एक रहस्यलोक की तरह था। सब दूर-दूर ही रहते थे। अच्छा ही हुआ कि वह घर बेच दिया और यह फ़्लैट ले लिया। यहाँ कोई नहीं पूछता था कि साहब क्या करते हैं या मैडम गांगुली कौन हैं?

साहब और मैडम गांगुली के बारे में सोचते हुए कुन्दन को आश्चर्य होता था कि मर्द और औरत के बीच ऐसी दोस्ती भी हो सकती है। मर्दों में भी उसने ऐसी दोस्ती कम ही देखी थी। शुरू में उसे दोनों के रिश्ते पर शक होता था। मैडम गांगुली विधवा थीं और साहब को औरत का सुख नसीब न था। इसलिए दोनों का शरीर की आवश्यकताओं के लिए क़रीब आना स्वाभाविक था। उसे डर भी लगा रहता था कि इस पर दोनों परिवारों में कभी बवाल न हो जाए। देह का रिश्ता नहीं होगा, यह तो वह अब भी नहीं मान पाता था

लेकिन यह अवश्य समझ गया था कि उनका सम्बन्ध उससे आगे कुछ अनोखा ही था। तभी तो न मैडम की बेटियों को इस रिश्ते पर कोई आपत्ति हुई थी और न ही विनायक भैया व मीरा दीदी ने कभी ऐसा-वैसा कुछ कहा। साहब का उस परिवार में एक अलग तरह का सम्मान था। विनायक भैया के अमेरिका में शादी कर लेने के बाद जब मीरा दीदी ने शादी से बिलकुल इनकार कर दिया था तो साहब ने अपने बच्चों की शादी की सारी तमन्नाएँ मैडम गांगुली की बेटियों की शादी में पूरी कीं। वे उन शादियों की तैयारियों से लेकर सारे कार्यक्रमों में घर के सयाने की तरह शामिल हुए। उन्होंने स्वयं कई उत्तरदायित्व ख़ुशी-ख़ुशी निभाए। दोनों बार वर पक्ष ने भी उनका पूरा सम्मान किया था। दोनों की शादियों के लिए, जो तीन साल के अन्तराल में हुई थीं, साहब ने न केवल अपने लिए बढ़िया सूट सिलवाए, बल्कि कुन्दन के लिए भी अच्छे कपड़े बनवाए और ख़ूब बन-ठन कर उत्साह से मैडम गांगुली के बराबर खड़े रहे थे। कुन्दन ने भी उन शादियों में ख़ूब काम किया और पर्याप्त मान-सम्मान एवं उपहार उसे मिले। उन अवसरों पर उसने साहब को ख़ूब ख़ुश और आनन्दित पाया। उसे बहुत अच्छा लगा था।

सन् 2003 में साहब के रिटायर होने पर मैडम गांगुली ने अपने घर में छोटी-सी पार्टी आयोजित की थी जिसमें उनकी छोटी बेटी अपने पति और गोद के बेटे के साथ शामिल होने आई थी। बड़ी बेटी विदेश में थी और उसने वहीं से वीडियो कॉल करके 'कॉन्ग्रेट्स एंड गुड लक, अंकल' कहा था, जबकि उनकी अपनी बेटी को एक सप्ताह बाद स्मरण हुआ था कि पापा रिटायर हो गए। कुन्दन भी उस पार्टी में गया था। विनायक भैया ख़ास मतलब नहीं रखते थे लेकिन मेमसाब की मौत पर वे ख़बर मिलते ही सारे काम छोड़कर दौड़े आए थे।

साहब के रिटायर होने के दो महीने बाद एक सुबह मेमसाब नाश्ता करते-करते कुर्सी से गिर पड़ी और फिर नहीं उठी थीं। वर्षों से टिकी हुई मृत देह ढह गई थी। वह अत्यन्त शोक का क्षण था लेकिन कुन्दन को लगा था कि कब से ठहरा हुआ दुख का तालाब एकाएक बह निकला है।

साहब ही नहीं, वह भी जैसे उसकी जकड़न से मुक्त हो गया था। मैडम गांगुली ने भी यही अनुभव किया होगा। तभी तो साहब के कन्धे पर हाथ रखते हुए कहा था—"वी. एस., हीरा मुक्त हो गई और तुम भी।" कुन्दन के अलावा एक वही थीं वहाँ जो सुबक रही थीं। साहब निर्निमेष उस निष्प्राण देह को देखे जा रहे थे। कुन्दन को गले में कुछ फँसा-फँसा लगने के बावजूद बहुत हलका-सा अनुभव होने लगा था। विनायक भैया को ख़बर दी गई तो उन्होंने ज़ोर देकर कहा था कि मेरे आने तक बॉडी रखवा दीजिए। फिर मैडम गांगुली ने समझाया था और मीरा दीदी ने भी फ़ोन पर बात की होगी कि उस निर्दोष आत्मा को और कष्ट न दिया जाए। भैया चार दिन बाद आ पाए थे और शान्ति पाठ के बाद साहब के साथ अस्थि विसर्जन करने हरिद्वार गए थे। मीरा दीदी तो दो महीने बाद अपना एसाइनमेंट पूरा होने पर ही आई थीं। मम्मी की मृत्यु ने विनायक भैया को बदल दिया था या कि पापा से कटु वचन बोलना उन्हें अब उचित नहीं लगा था। जिनके कारण नाराज़गी थी वे तो इस दुनिया से ही कूच कर गई थीं। वे सामान्य-सा व्यवहार करने लगे थे। वापस जाते समय यह सलाह दे गए थे कि "पापा, आप यह घर निकालकर एक फ़्लैट ले लीजिए और ख़ूब घूमिए-फिरिए।" कुन्दन को गले लगाकर वही बात कह गए थे जो वे पहले मम्मी के लिए कहते थे—"पापा का ध्यान रखना।" भैया के जाने बाद मैडम गांगुली ने यह जानकारी साझा की थी कि विनायक का हिलेरी से डिवोर्स हो गया है और उनका एकमात्र लड़का रोमिल विनायक के पास है। साहब मौन ही रहे थे।

मकान बेचकर फ़्लैट लेने की सलाह का बाद में मीरा दीदी ने भी पुरज़ोर समर्थन किया था। साहब शुरू में इस पक्ष में नहीं लगते थे। अपने मकान का मोह जकड़े रहता होगा। गाँव में श्यामा ने बड़ा-सा मुँह खोलकर घोर आश्चर्य व्यक्त किया था—"हाय दैया, इत्ती बड़ी कोठी बेच देहें!" हालाँकि उसने कोठी देखी नहीं थी। ख़ैर, तीन-साढ़े तीन साल बाद मकान बेच दिया गया और इस फ़्लैट में आ गए, जिसके सर्वेंट रूम में पड़ा-पड़ा कुन्दन मन-ही-मन पिछले क़रीब तीस सालों की कहानी दोहरा रहा है। फ़्लैट में आ जाने के बाद

साहब का जीवन भी दूसरी पटरी पर चलने लगा। वे एक ऑनलाइन ग्रुप से जुड़ गए जो साल में एक बार और कभी-कभी दो बार भी देश-विदेश घूमने के सामूहिक कार्यक्रम बनाता था। इसमें अलग-अलग शहरों के लोग थे। बाद में कुन्दन को पता चला था कि मैडम गांगुली की बड़ी बेटी ने साहब को इस ग्रुप का पता दिया था। उन्हें यह रास आ गया और वे ख़ूब घूमने लगे। एक बार मैडम गांगुली भी गईं थीं और इतनी प्रसन्न होकर लौटीं कि रिटायरमेंट के बाद वे भी इस ग्रुप से जुड़कर देश-विदेश घूमने लगीं। साहब घूमने जाते तो कुन्दन को फ़्लैट बन्द करके गाँव जाने के लिए ख़ूब समय मिल जाता था। उसके माई-बप्पा बूढ़े हो रहे थे और घर की मालकिन बनती हुई श्यामा के व्यक्तित्व में नया निखार और आत्मविश्वास दिखाई देने लगा था।

साहब का स्वास्थ्य अच्छा था, सिवाय रक्तचाप बढ़ने के जिसके लिए वे नियमित दवा खाते थे और कभी-कभार डॉक्टर मजूमदार के यहाँ चेकअप कराने जाते थे। सब कुछ ठीक ही चलता हुआ लग रहा था कि यह हादसा हो गया। विधाता ने यह कैसा अन्याय किया! साहब आज अस्पताल में पड़े हैं और कैसी दयनीय हालत में! टुकुर-टुकुर ताकते रहते हैं। कुन्दन को देखकर उनकी आँखें गीली हो जाती हैं लेकिन मुँह से एक शब्द साफ़ नहीं निकल पाता। बोलने की कोशिश करते हैं तो 'गों-गों-गों' के सिवा मुँह से कुछ नहीं निकलता। लार टपकने लगती है। पता नहीं क्या कहना चाहते होंगे बेचारे! क्यों दी होगी ऐसी सज़ा भगवान ने उन्हें! इससे अच्छा था कि गिरते ही प्राण निकल जाते। अब क्या देखना रह गया था!

उसे क़रीब तीस साल पहले का वह दिन याद आता है जब शहर के एक ढाबे में साहब के साथ बैठीं मैडम गांगुली ने, उस दिन तो वह उन्हें पति-पत्नी समझा था, उससे अचानक पूछ लिया था—'घर में काम करोगे?' कितनी अच्छी क़िस्मत थी उसकी कि ऐसे बढ़िया लोग मिले। साहब ही नहीं, उनके दोनों बच्चे और मैडम गांगुली भी बिलकुल अपना जैसा समझते हैं। इस आत्मीय रिश्ते के बिना वह इनके साथ तीस बरस कैसे रह जाता! उन्होंने उसके घर का पूरा ध्यान रखा, उसकी शादी में मदद की।

फिर बच्चों की पढ़ाई का ख़र्चा उठाया, उनकी शादी में मदद की। जब भी कोई ज़रूरत हुई, बिना हुज्जत पूरी की। आज बेटी ससुराल में है और बेटा नौकरी कर रहा है। उसका परिवार गाँव में आराम से है तो इन्हीं की वजह से। गाँव वाले कहते हैं कि मालिक मिलें तो कुन्दन के साहब जैसे। इसीलिए साहब की हालत देखकर उसका कलेजा मुँह को आने लगता है।

कुन्दन अब और लेटा नहीं रह सका। आलस त्यागते हुए उसने तय किया कि जल्दी से तैयार होकर अस्पताल जाएगा। जितनी देर उसे साहब के पास बैठने देंगे, बैठा रहेगा और वहीं आसपास कुछ खा लेगा।

कुछ क़िस्मत ने न खाने दिया, कुछ बिरादरों ने!

चल शेरू, आज क्यों सुस्ती आ रही तुझे? सुबह से देहरी पर ही पड़ा है। और दिन तो पूँछ हिला-हिला कर, पंजा मार-मार कर आफ़त कर देता था। गाँव का चक्कर लगाना ठहरा। किसी घर की कथा कहनी हुई—किसका है, कहाँ गए, क्यों गए, गए तो क्यों नहीं लौटे? जड़ी-कंजड़ी सब बतानी हुई तुझे। जैसे तुझे ही लिखनी होगी इस गाँव की महाभारत। हाँ यार, महाभारत के बाद का हस्तिनापुर जैसा ही ठहरा हमारा गाँव। शापग्रस्त। गांधारी ने कृष्ण को शाप दिया था पूरे कुल के उजड़ जाने का। वैसे ही यह गाँव शापग्रस्त लगता है मुझे। चल, आज भी किसी बन्द दरवाज़े और सूने गोठ की कहानी कहूँगा या किसी खँडहर की। तेरा मन लगा रहेगा और मेरा बखत कट जाएगा। खँडहरों की भी कहानी होती है डियर। बल्कि, सच बात ये हुई कि खँडहरों के पास ज़्यादा कहानियाँ होती हैं। टूटी दीवारों, ढही छतों, लुढ़के पाथरों, सड़ी बल्लियों और भीतों की कहानियाँ! गोठ की गाय और गोद का भाऊ (शिशु) जीते रहें, ऐसा आशीर्वाद देने वाले हुए ताकि ज़िन्दगी चलती रहे। कहानी न बन जाए। द्वार पर ताला लटक गया और गोठ सूना हो गया तो फिर कहानी ही रह जाने वाली हुई।

उठ क्यों नहीं रहा? एक जगह न टिकने वाले तेरे पैरों को आज क्या हो गया? हिलती पूँछ क्यों शान्त पड़ी है? और दिन तो आगे-आगे कूदता था। आज ऐसे पड़ा है देहरी पर जैसे मुर्दा!...तिरछी आँख से क्या देख रहा मुझे!

नहीं चलना है तो रहने दे। मैं भी हुक्का भर के बैठ जाता हूँ...अब क्या, क्यों मार रहा पंजा? चलना है तो उठ, नहीं तो पड़ा रह। मैं तुझे कन्धे पर बैठाकर गाँव में घुमाने वाला तो नहीं।...क्या कह रहा? इस देहरी पर पंजा मारने का क्या मतलब हुआ? ठीक से समझा। तभी तो कहता हूँ, ईश्वर ने तुझे आदमी की ज़ुबान देनी चाहिए थी।...क्या?...इस देहरी की कहानी कहने को कह रहा? हमारे घर की? दिमाग़ तो ठीक है तेरा! इस घर की क्या कहानी! यहाँ मैं रहता हूँ अभी। तू हुआ ही मेरे साथ। गोठ सूना ज़रूर हो गया लेकिन सुबह-शाम चूल्हे से धुआँ उठता है। बच्चे का न सही, एक बूढ़े आदमी का बोलना-हँसना-कराहना सुनाई देता है। और, तू बच्चा ही तो हुआ यार अभी। बूढ़े के साथ रहते-रहते, उसकी कच-कच, बड़-बड़ सुनते-सुनते बूढ़ा थोड़ी हो गया है!...चल, आज तुझे सन्तुआ की कहानी सुनाऊँगा। बिचारा कितना भला लड़का था! इजा-बाज्यू ने बड़ी उम्मीद से शहर भेजा कि कुछ काम-धाम करेगा तो ज़िन्दगी सुधर जाएगी। क्या ज़िन्दगी सुधरी! दो साल बाद पागल होकर लौटा। सब कहने वाले हुए कि शहर में किसी ने कुछ खिला दिया। किसी ने जादू कर दिया। हवा लग गई उसे...हवा ही लगी होगी शेरू, शहर की हवा! ...अब चलता क्यों नहीं?

ना? यहीं अड़ गया आज! इसी घर की कहानी कहूँ? ऐसी ज़िद!...वैसे यार, कहानी तो इस घर की भी हुई ही। एक दिन इस घर की भी कहानी कहनी हुई। कब तक टालूँगा। मैं कथा कहने वाला हो गया तो अपनी कथा कैसे छोड़ दूँ!...बड़ा मान-सम्मान था इस घर का। 'ट्वाट पाड़ तब बाड़ कूंनी' (छेद पड़ा तो बड़ा कहलाया!) कैसा भयानक छेद पड़ा साला क़िस्मत में! सुनाता हूँ शेरू, आज इसी घर की कहानी कह देता हूँ। जरा हुक्का भर लाऊँ। फिर बैठते हैं। अब तो ख़ुश हो जा।

यही आँगन था रे! ये जो खोली (सीढ़ी) के सामने बड़े-बड़े पाथर बिछे हैं न, उस शाम को यहीं बैठे थे सब लोग। इजा और दीदी। सुन्दर थी रे मेरी दीदी। आज भी उसकी अन्वार (छवि) आँखों के सामने आ जाती है। नन्दा नाम था। खेत से थके-माँदे लौटकर पाँव पसारकर बैठे थे। धान की बुआई के दिन थे।

बाज्यू बैलों को खोल, हल एक किनारे रखकर सुस्ताने लगे थे। आमा ने चाय बना रखी थी। लोटे में बाज्यू के लिए ठंडा पानी लिये खड़ी थी। मैं अभी खेतों में ही था। टोकरी में बचे बीज, चाय की केतली, गिलास और छिट-पुट सामान बटोर कर ला रहा था। पड़ोस की सरुली बुआ ठीक चाय के बखत पहुँच जाने वाली हुई। वह भी बैठी थी। दीना ताई भी चाय के अमल से आ गई थी। दरवाज़े पर जो आ जाए, आमा सबको चाय पिलाती थी। यहाँ से कोई नाउम्मीद नहीं जाता था।

"आज हिरुली कहाँ मर गई? कल कहा नहीं था क्या आने को?" दीना ताई ज़ोर-ज़ोर से बोलती थी। मुझे खेतों से आते हुए उसकी आवाज़ सुनाई दी थी।

"कहा क्यों नहीं था। आजकल रोज़ ही आने को कह रखा है। आवाज़ें भी लगाईं सुबह। जहाँ मरी होगी।" इजा ने ग़ुस्से से कहा था। गाँव के हलवाहे की लड़की थी हिरुली। ज़्यादा काम-धंधे के दिनों में हाथ बँटाने के वास्ते इजा बुला लेती थी। मजूरी और खाना-पानी मिल जाता था उसे। काम भी ख़ूब अच्छा करती थी, मेहनत से। उस दिन खेतों में खाद पहुँचानी थी। जुताई से पहले फैलानी थी। हल के पीछे-पीछे ढेले फोड़ने थे। किनारे-किनारे गूल काटनी थी। तूने कहाँ देखा शेरू, खेतों का कामकाज। तू तो पैदा ही तब हुआ जब गाँव ख़ाली हो गया, खेती-पाती बंजर पड़ गई। देख तो सामने। ये जंगल नहीं, खेत थे। धान और मड़ुआ और गहत और मसूर और गेहूँ, थोड़ा मानिरा और बाजरा, सब बोते थे अपने-अपने मौसम से। वहाँ नीचे, जहाँ पानी का गधेरा है, वहाँ रुपाई भी लगाते थे। अब तो सब जगह बड़े-बड़े झाड़-झंखाड़ हो रखे हैं। इन्हीं के पीछे छुपे रहते हैं ससुरे सुअर और बाघ...घर के सामने इसीलिए झाड़-झंखाड़ काटकर उस दिन आग लगा दी थी। डर लग रही? अच्छा, आ मेरे पास बैठ जा। नाश हो इस बाघ का! तो, क्या कह रहा था मैं? ...हाँ, उस सुबह हिरुली नहीं आई थी। ख़ैर, नहीं आई तो उसके बिना काम थोड़ी न रुकना था। बाज्यू, इजा, मैं और दीदी, चार जने जुट गए काम में तो शाम तक निपट ही गया। ददा उस दिन कॉलेज के काम से जाना है कहकर सुबह ही चला गया था। अरे, ददा मतलब वीरेन दा, मेरा बड़ा भाई।

उसी साल इंटर का इम्तहान दिया था उसने। मैं नौवीं दर्जे में था तब। तो, जब मैं आँगन में पहुँचा तो क्या देखा कि जानकी काकी हाँफती-काँपती हमारे आँगन में पहुँची है। मुँह पर हवाइयाँ उड़ रही थीं।

"ओ जानकी, भालू पड़ा है क्या तेरे पीछे! ऐसे क्यों दौड़ी आ रही हवा-बतास जैसी! बैठ, चाय पीएगी।" आमा उसे देखकर हँसने लगी।

"ओ सासू! ओ वीरेन की इजा!...ग़ज़ब हो गया। तुम्हारा वीरेन हिरुली के साथ भाग गया बल!" वह एक साँस में कह गई। कह क्या गई, बम जैसा फोड़ गई। कानों ने सुना मगर कौन मानता ऐसी अनहोनी बात। ऐसा कभी हुआ आज तक! ठाकुरों का पढ़ा-लिखा लड़का और हलवाहे की लड़की, बज्रमूर्ख! जिसकी छाया पड़ने से भी छूत लग जाती है, उसके साथ!...क्या बक रही ये!

"कीड़े पड़ेंगे तेरी खाप में! क्या अनर्थ बोलती है!" आमा इतनी ज़ोर से चीख़ी कि बाक़ी सब उसी का मुँह देखते रह गए थे।

"सासू! ग़लत कहूँ तो ज़रूर कीड़े पड़ेंगे मेरी खाप में! सुनाड़ी से मोटर में बैठे बल। दुकानदारों ने देखा। नौकोट का त्रिलोक उसी गाड़ी से उतरा। उसी ने अभी ख़बर भिजवाई। तभी दौड़ी आई बताने! वीरेन को समझा-बुझाकर लौटा लाओ ससुर ज्यू, वर्ना अनर्थ हो जाएगा!" उसने बाज्यू की तरफ़ हाथ जोड़े थे।

बाज्यू के हाथ से लोटा गिरा और लुढ़कता चला गया था। पीतल के ख़ाली लोटे के पाथरों पर लुढ़कने की वह आवाज़ आज भी कानों में गूँजती है, शेरू! फिर वहाँ किसकी चाय, किसका पानी! सबको साँप सूँघ गया था। ददा कभी-कभी अकेले में हिरुली को गुदगुदी करता था। मैंने देखा था। खेत में और जंगल में। वह खिल-खिल हँस देती थी। मैं ददा पर पानी के छींटे डाल देता था, शुद्धि करने के लिए। तब इतनी ही अकल थी कि उनको छूने से छूत लगती है। दोनों के बीच कुछ और है, इसकी समझ नहीं थी। शायद आमा को कुछ सुन-गुन रही होगी। कुछ दिन पहले उसने इजा से कहा भी था—"कैसी गदरा रही है डुमणी! वीरेन के आसपास चक्कर लगाती है। चनरुवा इसका ब्याह क्यों नहीं करता होगा।"

"तुम्हें भी सासू, बुढ़ापे में कैसी कुबुद्धि हो रही!" इजा ने तब आमा को डपट-जैसा दिया था लेकिन उस शाम किसी के कहने या समझने के लिए कुछ नहीं बचा रह गया था। इधर आमा ने एक हाथ से अपना माथा ठोका, उधर इजा बैठे-बैठे पाथरों पर लुढ़क गई थी जैसे किसी ने उसे एकदम से निचोड़ लिया हो। वह लाचारी से बाज्यू की तरफ़ देखती रह गई थी। और शेरू, बाज्यू कुछ पल तो पत्थर के बुत जैसे खड़े रहे। फिर चड़म्म बिजली जैसी चमकी उनमें और गोठ से लाठी उठाकर धप-धप करते उस रास्ते पर दौड़ पड़े थे जो गाँव से बाहर को जाता था। उधर एक छोर पर हलवाहों के घर थे। उनके इस तरह जाने से हम सब डर गए। आमा उनके पीछे-पीछे लपकी थी—"पनवां, धीरज और अकल से काम लेना, बेटा!"

मेरी कुछ समझ में नहीं आ रहा था शेरू! खेत से लाया सामान मेरे हाथ में ही था। जहाँ खड़ा था वहीं जम जैसा गया था। होने को मैं चौदह बरस का हो रहा था लेकिन इश्क-मुहब्बत जैसी बात तब समझ में नहीं आती थी। लड़के-लड़की का ऐसा कोई मामला सुना भी नहीं था। आज का जैसा जमाना थोड़ी था। अब तो क्या कहते हैं कि 'जन्मै बै कामन' (जन्मजात चालाक) वाला हाल हुआ, शेरू। पर इतना समझ में आ गया था कि ददा ने हिरुली के साथ कोई बड़ी भारी गड़बड़ कर दी है और बाज्यू जबर ग़ुस्से में उसी के पीछे दौड़े हैं। शाम हो रही थी। खेतों से लौट रहे लोग हमारे आँगन में जमा होने लगे थे। पलक झपकते ख़बर फैल गई थी। कोई कुछ बोल नहीं रहा था लेकिन ख़बर लाने वाली जानकी काकी से लोग कुहनी मार-मार कर कुछ पूछ रहे थे। वह ख़बर सुना देने के बाद से अपराध-बोध में आँचल मुँह में दबाए चुपचाप बैठी थी। इजा रह-रह कर उसाँसें भरती और छाती पीटती थी। तभी गाँव की सीमा पर हलवाहों की बाखई (मकानों की कतार) से बाज्यू का गरजना और चनरराम की चीख़ें एक साथ सुनाई दीं।

"कहाँ है हिरुली?...हैं? कहाँ है?...बता नहीं तो जान से मार देता हूँ तुझे आज।"

"मेरे मालिक! मेरे गुसाँई!...यहीं होगी मालिक, घास-पानी को गई होगी। मैं तो आपके सामने अभी-अभी लौटा हूँ... ओ इजा! न मारो मालिक, न मारो!"

बाज्यू चनरराम को लाठी से पीट रहे थे। वह चोट से अधिक अचम्भे व सदमे से चीख़ रहा था। चनरराम गाँव का हलवाहा था, हिरुली का बाप। बाज्यू का गुर्राते हुए लाठी चलाना और चीख़ना हमारे आँगन तक साफ़ सुनाई दे रहा था। थोड़ी देर पहले तक जिस आँगन में मुर्दनी पसरी थी, वहाँ अचानक हलचल मच गई थी। आमा चिन्ता के मारे ज़ोर-ज़ोर से बाज्यू को पुकारने लगीं—“पनुवां, ओ पान! ऐसा मत कर बेटा। धीरज रख, धीरज।” इजा ने फ़ौरन अपने ककिया देवर सदानन्द को पुकारा—“सदा, जाओ तो दौड़कर। कहीं अनर्थ न कर बैठें। जाओ, फ़ौरन दौड़ो!” सदानन्द कका के साथ और भी दो-चार आदमी दौड़े। मैं भी हाथ का सामान पटककर उनके पीछे भागा था।

बाज्यू चनरराम को मारते-मारते अधमरा कर चुके थे जब हम वहाँ पहुँचे। उसका लड़का, हिरुली का भाई डर के मारे सहमा खड़ा था। वह समझ ही नहीं पा रहा था कि उससे क्या अपराध हो गया। वहाँ हलवाहों के कुल चार घर थे। बामणों-ठाकुरों के ग़ुलाम जैसे ठहरे वे। उन्हीं की दया पर पलने वाले। उनकी क्या हिम्मत थी कि कुछ बोल पाते या पूछ पाते। ख़ैर, सदानन्द कका और बाक़ी लोगों ने मिलकर किसी तरह बाज्यू को काबू में किया। वे ग़ुस्से से फनफना रहे थे, चेहरा लाल हो गया ठहरा। खशिए की रीस और भैंसे की तीस (प्यास) बराबर हुई कहते हैं...चार लोगों ने उन्हें थाम रखा था, फिर भी वे लात चला रहे थे और चीख़ रहे थे—“...मेरा ही घर मिला था स्साले! जवान लड़की को ब्याह नहीं सकता था...इसीलिए बैठा रखा था उसे घर में!” पता नहीं शेरू, बाज्यू का ग़ुस्सा शान्त करने के लिए या अपने ही क्रोध से सदानन्द कका ने भी चनरराम को ज़ोर से चार-पाँच लातें जमा दीं। सबने उसे ख़ूब गालियाँ दीं। जवान लड़की को अब तक न ब्याहने और उसे काबू में न रखने के लिए उसकी ख़ूब लानत-मलामत की। सारा दोष चनरराम और हीरा के सिर डालने के बाद उसे फ़ैसला सुनाया गया कि रातोरात जाकर हिरुली को ढूँढ़कर घर वापस ले आना। नहीं तो सुबह होने तक गाँव छोड़ देना और कभी अपना मुँह इधर मत दिखाना। अँधेरा होने लगा था। बाज्यू का ग़ुस्सा शान्त न होता था लेकिन उन्हें घेर-घार कर घर ले आया गया।

वह रात बहुत काली थी शेरू! आमा और इजा का रोना-धोना अलग चल रहा था। बाज्यू बिगड़ैल बैल की तरह डुकार-फुफकार रहे थे। किसका खाना-पीना, किसका सोना! आधी रात तक सदानन्द कका, जानकी काकी और कुछ बिरादर बैठे रहे। फिर वे भी चले गए। किसी तरह सुबह हुई। उस सुबह का उजाला रात से भी काला साबित हुआ, शेरू! वे काम-धंधे के दिन थे लेकिन सयाने बिरादर खेतों में जाने के बजाय हमारे आँगन में आ जुटे। चनरराम का निपटारा तो कल शाम ही कर दिया गया था। अब हमारी बारी थी। पधान गोपाल सिंह ज्यू ने सीधे बात शुरू की कि हमें जैसे भी हो वीरेन को तुरन्त वापस लाकर सबकी शुद्धि करानी होगी। पूरी नेगी बिरादरी की नाक कटा दी है उसने। डुमणी को भगा ले गया है। घोर पातक होता है इसका। सात जनमों तक भी इसकी माफ़ी नहीं है। अकेले हमारे इस गाँव की बात नहीं, तुम्हारे बेटे ने सारे नेगियों के नरक जाने का इन्तज़ाम कर दिया है। अगर दो-चार दिन में उसे वापस ले आते हो तो शुद्धि कराकर बात आगे बढ़ने से रोकने की कोशिश हो सकती है, वर्ना...।

आमा सबके लिए चाय बना लाई थी लेकिन एक ने भी गिलास को हाथ नहीं लगाया। गुड़ की डली थमाने का प्रयास करते-करते आमा के हाथ पसीज गए लेकिन बिरादरों ने मुख फेरे ही रखा। बाज्यू चुपचाप अकेले हुक्का गुड़गुड़ाते रहे। सुबह-शाम के चिलम के साथी बिरादरों की तरफ़ हुक्का बढ़ाने की उनकी हिम्मत नहीं हुई। चाय के अनछुए गिलासों को देख-देखकर आमा रोती रही। इजा ने पधान ज्यू समेत सयाने बिरादरों के पैरों में सिर तक पटका। कितना कहा कि इसमें हमारा क्या दोष है। हमने थोड़े ही कहा कि हिरुली के साथ भाग जा। हमें तो ख़बर तक न थी। देस-परदेस में सयाने लड़के क्या-क्या करते हैं, कौन बिरादर देखता है। जाति-बाहर करना है तो वीरेन को कर दो। हमें क्यों ऐसी सज़ा देते हो...कितना गिड़गिड़ाए, हाथ जोड़े मगर अपना फ़ैसला सुनाकर पंचायत उठ गई। हमारे परिवार के लिए उस दिन सूरज नहीं निकला। उस दिन क्या, इस घर में फिर अँधेरा ही रहा। इसकी आन-बान ही जाती रही। और भी कैसे-कैसे दिन देखने पड़े। कैसे-कैसे दुख सहने पड़े, शेरू! बर्तन रीता हो तो भरा जा सकता है, टोटा (छिद्र) हो गया तो कैसे भरे!

आज तूने यह कैसी ज़िद लगा दी! यह कथा दोहराने लायक़ नहीं रे! वैसे, इस गाँव की ऐसी कौन-सी कथा है जो बार-बार कहने लायक़ हो। कोई ऐसे गया, कोई वैसे उजड़ा, कोई हमारी तरह टूटा। बचा यह सन्नाटा, चारों तरफ़ खँडहर, बंजर और इस सबके अकेले साक्षी छुरमल ज्यू! जै हो महाराज, छुरमल ज्यू! तुम भी थक गए होगे इस गाँव के हालात देखते-देखते। मेरी भी चलाचली की बेला नजीक होगी। तुम्हारी दिया-बाती करने वाला भी कौन यहाँ रह जाने वाला है। अरे शेरू, ग़ज़ब हो गया! इस घर की कथा के चक्कर में आज छुरमल ज्यू का दीया जलाना भी रह ही गया रे! तूने भी याद नहीं दिलाई। चल, पहले मन्दिर में दीया जला दें। चाय का अमल भी हो आया। इस कथा के चक्कर में हुक्का भी बिना गुड़गुड़ाए बुझ गया डियर।

तो, पूरी बिरादरी ने हमें कलंकित करके बाहर कर दिया था, शेरू। कहाँ से लाते ददा को पकड़ के? कुछ पता था कि कहाँ को, किस दिशा को गए? वैसे, बाज्यू गए थे उसकी खोज में। उसी दिशा की मोटर में बैठकर जिस तरफ़ त्रिलोक ने उन्हें जाते देखा था। बागेश्वर, अल्मोड़ा, हल्द्वानी की तरफ़। जाते भी कहाँ-कहाँ, इतनी बड़ी दुनिया में उन्हें कहाँ पाते! और, क्या वे वापस लौट आने के लिए गए थे? चले गए होंगे कहीं दूर। चार-पाँच दिन बाद सिर झुकाए लौट आए थे बाज्यू। परिवार की शुद्धि करा देने की बात चलाई थी उन्होंने, कि बेटे के साथ सारे रिश्ते ख़त्म करते हैं। पधान ज्यू और बाक़ी सयाने नहीं माने। उनके लिए जात-बिरादरी की इज़्ज़त बनाए-बचाए रखने का सवाल ठहरा। तभी तो कहते हैं—कुछ क़िस्मत नहीं खाने देती, कुछ बिरादर।...बिशन सिंह ताऊजी बाज्यू को बहुत अच्छा मानते थे। उन्होंने समझाया था—"पान सिंह, लड़के ने बहुत भारी पातक कर दिया है। फ़िलहाल चुपचाप झेल जा। मामला थोड़ा ठंडा पड़ता है तो फिर देखेंगे। और, क्या पता कुछ समय बाद लड़का हाथ ही आ जाए। उस डुमणी को निपटाना क्या मुश्किल हुआ। वैसे, बिरादरी का मामला टेढ़ा बहुत हुआ। दीवान सिंह के बुबु बरसों पहले कभी अल्मोड़ा में हुए किसी आन्दोलन में बड़े कांग्रेसी नेताओं के साथ टमटा नौले का पानी पी आए थे।

बाद में शुद्धि कराई, बिरादरी को खिलाया लेकिन आज भी अच्छे ठाकुर रिश्ता नहीं करते उनके यहाँ। यह दाग जाने वाला नहीं। क्या किया जाए, हरि इच्छा बलवान! समझा अपने को।"

बाज्यू समझा लेते अपने को शेरू, लेकिन उनके सामने ब्याहने के लिए एक लड़की खड़ी थी। होने को तो मैं भी था हालाँकि छोटा था, लेकिन लड़की की बात ही और हुई। वह ब्याह लायक़ हो रही थी। इस कांड के पहले से बाज्यू दीदी के लिए रिश्ता तलाश रहे थे। अब बहुत मुश्किल हो जाने वाली थी। अपनी जात-बिरादरी का कौन लड़का उसे ब्याहने को तैयार होता और नीची जात में कैसे ब्याह दें! बाज्यू इसीलिए शुद्धि कराने पर ज़ोर दे रहे थे लेकिन उनके अपने सगे ही उन्हें जाति बाहर कर रहे थे। सदानन्द कका और जानकी काकी भी मीठा-मीठा तो बोलते थे लेकिन तरह-तरह के बहानों से हमारे साथ खान-पान में इनकार करने लगे थे। बाज्यू ने बहुत दौड़-भाग की। पुरोहितों के पास गए। ख़ूब दान-दक्षिणा दी। उनके बताए व्रत-उपवास किये। मन्दिरों में पूजा की। हरिद्वार-प्रयाग नहाने गए। तीन टाइम नहाना और एक टाइम खाना किया लेकिन कुल को लगा कलंक न धो पाए। एक साल से ऊपर हो गया था। दीदी के लिए जहाँ भी बात चलाते, ददा के कारनामे की ख्याति वहाँ पहले पहुँच जाती—'वही, जिसका भाई डुमणी के साथ भाग गया?' बाज्यू को हर बार अपमानित होकर लौटना पड़ता। इजा खुलकर और दीदी छुप-छुपकर रोती। आमा अपने जीवन को कोसती कि क्यों यह दिन देखने के लिए ज़िन्दा रह गई। मैं यह देख-देख कर परेशान होता और कुछ कर नहीं पा रहा था।

फिर एक दिन ग़ज़ब ही हो गया, शेरू! अपने ही स्वार-बिरादरों की कारस्तानी रही होगी। मरे साँप की आँख खचोरना और किसे कहते हैं!... बाज्यू के नाम एक पोस्टकार्ड आया, जिसे पढ़कर बाज्यू फूट-फूट कर रो पड़े थे। लिखा था कि आपकी बेटी नन्दा के लिए एक अच्छा रिश्ता है। लड़का पढ़ा-लिखा है, रंग थोड़ा साँवला है लेकिन दिल्ली में सरकारी नौकरी में है। घर में खेती-पाती कम ही है मगर धिनाली (दुधारू जानवर) अच्छी है। लड़के का बाप और दो भाई भी मेहनत-मजूरी कर ठीक-ठाक कमा लेते हैं।

तीनों अपने इलाक़े में बढ़िया हल जोतने, ढोल बजाने, तेल पेरने और अपनी औरतों को नचाने के लिए प्रसिद्ध हैं। आशा है ऐसे सम्मानजनक परिवार में अपनी बेटी का ब्याह करके आप अपने को भाग्यशाली समझेंगे। दहेज भी नहीं देना है। उन्हें बस आपकी गुणी लड़की चाहिए।

शेरू, चिट्ठी पढ़कर बाज्यू ने एक चीख़ छोड़ी। सामने के पहाड़ से टकराकर वह चीख़ बार-बार लौटी थी। जब तक हम पूछते बाज्यू से कि किसकी चिट्ठी है, क्या लिखा है, तब तक पोस्टकार्ड फेंककर दहाड़ मारकर रोने लगे थे। बहुत देर तक रोते रहे और जब चुप हुए शेरू, तो मैं सच कहता हूँ, वे आधे रह गए थे। औरतें तो बात-बात पर रो देती हैं लेकिन मर्द जब रोता है तो भीतर से ढह जाता है। उसके ढहने से पूरा घर टूट जाता है। बाज्यू का अच्छा कद था, देह भी अच्छी थी, चेहरा भरा हुआ था और बोलते तो आवाज़ गूँजती थी। उस दिन वे बिलकुल पिचके-निचुड़े-गले जैसे हो गए थे। उनकी चाल थक गई थी, आवाज़ डूब गई थी, आँखें बुझ गई थीं। हम उन्हें देखकर डर गए थे। और, अगले दिन जो हुआ उसके बाद तो बाज्यू सिर्फ़ एक जीवित लाश जैसे रह गए थे, शेरू!

दीदी रोज़ सुबह मुँहअँधेरे घास लेने जंगल जाती थी और इजा पानी भरने नौले पर। इजा पानी की गगरी भरकर लौट आई लेकिन दीदी बहुत देर तक नहीं लौटी। ऐसा कभी नहीं होता था। हम तीनों—आमा, इजा और मैं—उसकी तलाश में गए। बाज्यू तो वैसे भी निर्विकार जैसे हो रखे थे। हमने जंगल छान मारा, आवाज़ें लगाईं। उसके साथ की लड़कियों से पूछा, हालाँकि उन दिनों वह उनसे भी अलग-अलग रहने लगी थी। एक लड़की ने बताया कि उसने नन्दा को डलिया लेकर नीचे नदी की तरफ़ जाते देखा था। हम नदी की तरफ़ दौड़े। पथरीले घाट पर उसकी ख़ाली डलिया और दातुला (हँसिया) पड़े थे। नदी की धारा के बीच एक तालाब जैसा बना हुआ था जिसमें हम लड़के तैरा करते थे। मैंने फ़ौरन तालाब में छलाँग लगा दी। वहीं दीदी की लाश मिली। अपनी धोती से कमर में पत्थर बाँधकर कूद पड़ी थी। चीख़-पुकार मची तो कई लोग दौड़े आए। बड़ी मुश्किल से उसे खींचकर किनारे लाए।

इजा ने उसकी मुर्दा देह पर पछाड़ खाते-खाते अचानक अपना सिर पास के नुकीले पत्थर पर दे मारा। ख़ून का फव्वारा फूटा और दूर तक गया। वह भी वहीं, बेटी की लाश पर ढेर हो गई, शेरू! कैसा अनर्थ घटा उस दिन!...तूने क्यों इस घर की कथा कहने की ज़िद की! मैं वह सब कभी याद नहीं करना चाहता। भूल भी कहाँ सका लेकिन...तो शेरू, जाति बाहर पान सिंह नेगी ज्यू के इसी आँगन से, जहाँ हम आज बैठे हैं, दो-दो लाशें एक साथ उठीं। कन्धा देने के लिए वे सब बिरादर जुटे जिनके अभिमान ने यह सब करवाया था। लेकिन मुझे उस दिन उन बिरादरों पर ग़ुस्सा नहीं आया शेरू। ग़ुस्सा आया मुझे अपने ददा पर। बहुत ग़ुस्सा आया था। मन किया था कि उसे पकड़कर घसीटते हुए लाऊँ और दीदी की लाश के ऊपर ढेर इजा की मुर्दा देह दिखाऊँ। जीवित लाश बनकर रह गए बाज्यू को दिखाऊँ। प्राण छोड़ने को आकुल-व्याकुल आमा को दिखाऊँ और पूछूँ कि तूने कभी पलटकर यह देखा-सोचा कि तेरी करतूत के पीछे हमारे घर का क्या हाल हुआ! मगर मैं नहीं जानता था कि वह कहाँ है। लाचार था मैं। मेरे भीतर तूफ़ान उठता था। बहुत कुछ कर देना चाहता था लेकिन क्या करूँ, समझ में नहीं आता था। पागल जैसा हो गया था मैं और शेरू, उसी पागलपन में मुझसे भी भयानक अपराध हो गया। यह तो बहुत बाद में समझ में आया कि अपराध हो गया। उस समय तो जाने क्या पागलपन-सा सवार हुआ कि मैं घर से भाग गया। कहाँ तो मुझे बाज्यू और आमा की देखभाल करनी चाहिए थी। घोर दुख और आफ़त के उन दिनों में उनका सहारा बनना चाहिए था लेकिन एक सुबह बिना किसी को कुछ बताए घर से भाग गया। बाद में बहुत पछतावा रहा इसका। भागकर सीधा रानीखेत पहुँचा जहाँ जाकर लड़के फ़ौज में भर्ती हो जाते थे। यह भी नहीं सोचा, कुछ भी सोचने के हालात ही कहाँ थे, कि अभी उम्र नहीं हुई है। भर्ती करने वालों ने भगा दिया कि साल भर बाद आना। फिर रानीखेत के होटलों में बर्तन माँजे, चाकरी की और फ़ुर्सत मिलने पर भर्ती की तैयारी करने वाले लड़कों के साथ सड़कों पर दौड़ लगाई। साल भर बाद जब सेना में भर्ती होकर ट्रेनिंग के लिए अम्बाला कैंट पहुँचा तब घर को पहली चिट्ठी लिखी थी।

फ़ौज की नौकरी ने मुझे बहुत बदल दिया, शेरू! जात-बिरादरी, छूत-अछूत का ढोंग जाता रहा। हालाँकि वहाँ भी इसे बरतने वाले बहुत थे। पंडित-मौलवी-ग्रन्थी के इन्तज़ाम भी होते ही थे। वहाँ सबके साथ खाया-पिया, खेले-कूदे-लड़े। इकहत्तर की लड़ाई में ढाका, चटगाँव और भी जाने कहाँ-कहाँ जाकर दुश्मनों को मारा। दुश्मन क्या थे, हमारे जैसे ही लोग थे, निरपराध। अपनी ड्यूटी पर तैनात। किसी के बेटे, किसी के पति। आज तक अफ़सोस होता है कि क्यों मारा होगा! हमारी क्या दुश्मनी थी उनसे लेकिन सभी फ़ौजें ऐसा ही करती हैं। ददा को भी मैंने माफ़ कर दिया, शेरू! उसने अपने प्यार के लिए जो किया, ठीक किया। सच्चा प्यार रहा होगा क्योंकि उसने शादी की और हीरा भौजी, हाँ भौजी कहने में फिर हर्ज़ नहीं लगा मुझे, के साथ ठीक से निभाया भी।... एक बार मैं उनसे मिलने गया था। बहुत साल बाद। हमारे कुछ बिरादर और पड़ोसी गाँवों के लोग लखनऊ में भी हुए ही। सब छेद-भेद लेते रहने वाले हुए। उन्हीं की मार्फत ख़बर आती थी कि वह हीरा से शादी कर चुका है। किसी साहब के साथ रहता है। सरकारी नौकरी में आ गया है। आमा मुझे चिट्ठी में सब ख़बर भेजती थी। बाज्यू तो फिर जब तक रहे, सबसे विरक्त ही रहे। ददा को जब यहाँ के हाल-पता चले तो उसे गाँव और बिरादरी से बहुत नफ़रत हो गई। उसने फिर कभी गाँव का नाम नहीं लिया। न इधर का रुख़ किया, न कभी अपने बच्चों को भेजा। मेरे ख़याल से उसने अपने बच्चों को यहाँ के बारे में कुछ बताया भी नहीं होगा। इस गाँव को, पहाड़ को भूल तो नहीं ही पाया होगा वह, लेकिन पीठ फरका ली उसने। जीवन में कितनी बातें होती हैं शेरू, जो हम भूल जाना चाहते हैं लेकिन कमबख़्त वही सबसे ज़्यादा याद रह जाती हैं। मुझसे भी उसने चिट्ठी-पत्री नहीं की। कोई सम्पर्क नहीं रखा। फिर मैं ही क्यों ददा-ददा करके उसके पीछे लगा रहता। तुम्हारी अपनी ज़िन्दगी, मेरी अपनी। लेकिन शेरू, एक ही माँ के पेट से जन्मे हम। एक ही ख़ून। यह बात कैसे मिटाई जा सकती है!

चल, अब खाना पकाने की तैयारी करें। दोपहर हो गई, मस्त हो रहा कहानी सुनने में! भूख नहीं लगी तुझे? कहानियों का तो कोई अन्त नहीं हुआ, शेरू!

तो डियर शेरू, फ़ौज में भर्ती हो जाने के बाद मुझे अफ़सोस होने लगा था कि मैं आमा और बाज्यू को उन हालात में छोड़कर क्यों भाग आया। तब हर साल एक-डेढ़ महीने की छुट्टी लेकर घर आने लगा। बाज्यू बिलकुल बदल गए थे। कोई माया-मोह जैसा उन्हें नहीं रह गया था। मेरे आने-जाने पर भी उनकी कोई प्रतिक्रिया नहीं होती थी। बोलते भी लगभग नहीं थे। कुछ पूछो तो बस, 'हाँ-हूँ, ना-नूँ'। आमा जो पका देती खा लेते। काम सब करते घर का, जंगल का, जानवरों का। गाँव के लोगों के साथ ख़ास उठना-बैठना नहीं रह गया था। वे जैसे किसी गहरी खोह में पैठ गए थे। आमा हमारी बड़ी सख़्त जान थी। उसी ने ही इस घर में प्राण फूके रखे। लम्बी उम्र पाई उसने। तब तो मैं फ़ौज से रिटायरमेंट लेकर लौट आया था। बाज्यू ज़्यादा नहीं बचे। आमा से बहुत पहले चले गए, उन्नीस सौ बहत्तर में। मन तो पहले ही मर चुका था उनका। आमा ने तार करवाया था। मैं पाँचवें दिन पहुँच पाया। तब मैंने ददा को चिट्ठी लिखी थी ख़बर देने के लिए। आख़िर बड़ा बेटा हुआ उनका। उसका कोई जवाब नहीं आया। इतना निर्मोही हो गया था वह! हमारे समाज ने ही ऐसा बना दिया ठहरा। फिर मैंने कभी नहीं लिखा उसे। आमा की मौत पर भी नहीं।

अब क्या? पंजा क्यों चला रहा?...कुछ छूट गया क्या?...अरे, ददा से मिलने कब गया, यही?...कौन सा साल था यार, शायद उन्नीस सौ सत्तर की बात होगी। उस साल छुट्टी में लखनऊ होते हुए आया। याद तो मुझे आती ही थी उसकी। जम्मू में पोस्टिंग थी मेरी। लखनऊ से ट्रेन भी बदलनी होती थी। तो रुक गया। पता करते-करते गया उसके दफ़्तर। टप-टप-टप टाइप कर रहा था जब मैं पहुँचा। बड़ा अच्छा लगा उसे देखकर। सुन्दर तो था ही। अब साहब बन गया ठहरा! मुझे देखकर एक झलक ख़ुशी चमकी उसकी आँखों में। चम्म करके कुर्सी से खड़ा हो गया लेकिन फिर मुरझा जैसा गया। "बैठो," कहा उसने। चाय मँगाई, बिस्कुट खिलाए। मेरी पोस्टिंग के बारे में पूछता रहा लेकिन घर-गाँव के बारे में एक आखर नहीं पूछा। फिर मैंने ही ज़िकर किया—"कहाँ रहते हो? बच्चे कितने हैं?" वह चुप रहा।

अपनी मेज़ के काग़ज़ देखने लगा। मैंने टोका—"घर नहीं ले जाएगा?" तब वह दफ़्तर से थोड़ी देर की छुट्टी माँगकर मुझे घर ले गया। बहुत बड़ी कोठी थी शेरू! नहीं, उसकी कहाँ से होगी! उसके चीफ़ साहब की सरकारी कोठी। पीछे के क्वार्टर में रहता था वो। हिरुली मुझे पहचानकर सन्न जैसी रह गई। डर गई होगी कि क्या करने आया है। मैं भी देखता ही रह गया था। कहाँ गाँव की वह हिरुली और कहाँ यह! फिर मैंने हाथ जोड़े तो ख़ुश हुई। हाथ जोड़ने ही थे मुझे, रिश्ते में भौजी हुई। वह पानी लाई तो मैंने पी लिया। फ़ौज में साला किसके हाथ का नहीं खाया-पिया! वहाँ जाकर मन बदल गया था मेरा, बताया तो तुझे। मेरे पानी पीते ही वह बहुत ख़ुश हो गई, शेरू! कहने लगी—"खाना बनाती हूँ फटाफट। भूखे होगे। सुबह से कुछ खाया नहीं होगा।" कितनी ही बातें करने लगी लेकिन यार, उसने भी गाँव-घर के बारे में कुछ नहीं पूछा। फिर मैं क्यों छेड़ता दुखती रग!

तो यार, बड़े प्यारे बच्चे थे ददा के। लड़का चारेक साल का और बेटी तो उसी बरस हुई थी। बेटा ख़ूब चंचल, विनायक नाम था उसका। 'अंकल जी, अंकल जी' करके बात करने लगा। मैंने मन-ही-मन कहा कि हुआ तो साले मैं तेरा कका, लेकिन कोई बात नहीं। कह ले यहाँ अंकल जी! उनके लिए मैं कुछ ले ही नहीं गया था। ख़ाली हाथ जाने का अफ़सोस हुआ। सामान भी स्टेशन में रख आया था। ख़ैर, आते समय उनके हाथ में रख आया दो-एक नोट...हाँ-हाँ, बिना खाना खाए थोड़ी आया। भौजी ने दाल-भात पकाया था। रोटी-सब्ज़ी-खीर। पूरी दावत करी मेरी। वो तो रुकने को भी कह रही थी लेकिन क्या करता रुककर। ददा के स्वभाव में वैसी मुहब्बत नहीं दिख रही थी। उसने कहा भी नहीं कि रुक जा। कहने लगा, मुझे ऑफ़िस पहुँचना है। तो, मैं उसी के साथ लौट गया। साइकिल थी उसके पास। उसमें बैठाकर मुझे स्टेशन तक पहुँचा गया। वहीं नजीक ही था उसका दफ़्तर। मैंने सोचा कुछ कहेगा, फिर आना या कुछ और। लेकिन वह तो 'अच्छा, फिर' कहकर पैडल मारता हुआ चला गया। एक-दो बार पीछे मुड़कर मेरी तरफ़ देखा ज़रूर, बस! यही थी शेरू हमारी आख़िरी मुलाक़ात।

एक और बात बताऊँ तुझे। आज इस घर की कथा लगी है तो यह भी सुन ले। उस दिन भौजी ने खाना बनाते-बनाते हँसकर पूछा था—"शादी कर ली होगी?" मैंने गर्दन हिला दी कि नहीं।

वह चौंकी—"क्यों? क्यों नहीं की अब तक? अब कर लो, उमर हो रही।"

मैं कोई जवाब देता उससे पहले ही ददा बोल पड़ा था—"नहीं दी होगी किसी ने लड़की। तुमसे रिश्ते के बाद कौन देता!"

भौजी सन्न रह गई थी। मैं भी। ददा ने बड़ी रुखाई से यह बोली मारी थी। भौजी का मुँह उतर गया था। सिर झुकाकर खाना पकाने में लग गई। मुझसे भी कुछ नहीं कहा गया। ददा ने यह बात क्यों कही होगी और इतनी कड़वाहट से? क्या उसे इस रिश्ते का अफ़सोस होने लगा था? उसकी गृहस्थी देखकर ऐसा नहीं लगता था। सोचता हूँ, उसका निशाना हमारी बिरादरी रही होगी। घायल हो गई थी भौजी। उसने यह बात अपने ऊपर ले ली होगी। मैंने बच्चों से बात करके माहौल को हल्का किया। भौजी धीरे-धीरे सामान्य हो गई। ददा का मुँह तो तना ही रहता था।

उस दिन फिर शादी का ज़िकर नहीं होना था, नहीं हुआ। लेकिन मैं तुझे बता दूँ कि हमारे परिवार के साथ जो हुआ था, उसके बाद शादी की बात से ही मुझे चिढ़ हो गई थी। यह ख़याल कभी मन में आया ही नहीं। आज भी सोचता हूँ, क्या दोष था दीदी का? उसकी किसी अच्छे घर में शादी क्यों नहीं होनी चाहिए थी? न होता साला ख़ानदानी खशिया! उसे क्यों अपमान सहना पड़ा? जान देनी पड़ी? इजा का गुमान क्यों इतना चूर-चूर हुआ कि उसने अपना सिर फोड़ डाला? और बाज्यू?...ग़लती की थी तो ददा ने की थी। वैसे सोचो डियर शेरू, ददा की भी क्या ग़लती थी? इन खशियों (ठाकुरों) की नाक इतनी ऊँची और नाजुक क्या हुई कि जरा-सा में जड़ से ही कट गई?...धत्त साला, ये जात-बिरादरी और गोत्र-सोत्र!...ये लोग मुझे भी सुनाते वही सब। बार-बार ददा-भौजी, दीदी, इजा और बाज्यू के अपमान के क़िस्से दोहराए जाते। क्यों करता मैं शादी! इस समाज के खिलवाड़ के लिए? इनके तानों के लिए? आमा जब तक ज़िन्दा रही, यही रट लगाती थी,

हाथ जोड़ती थी मेरे—'अन्नू रे, शादी कर ले। छोटी जात में ही कर ले। एक घर चलाने वाली आ जाएगी। दो रोटी खिला देगी। कोई पानी देने वाला होगा। कब तक ऐसे रहेगा? मेरा क्या भरोसा, कब कुड़ुक कर जाऊँ...जिसकी ज्वे (पत्नी) नहीं, उसका क्वे (कोई) नहीं!'...मैं आमा से बहुत लाड़ करता था लेकिन एक इसी बात पर मेरा झगड़ा हो जाता था। कहनी-न कहनी कह देता था उससे। बेचारी रोने लगती थी। अपनी क़िस्मत को कोसती। कहती कि कोई शाप लगा हमारे परिवार को या पूर्व जन्मों का पाप है...। मैं बड़ी मुश्किल से मनाता था उसको। तो, शादी का अध्याय तभी बन्द हो गया था। कोई गिला नहीं, शेरू! शादी करता, बच्चे होते तो साले कब के भाग गए होते गाँव छोड़-छाड़कर और क्या मुझे भी यहाँ रहने देते! अच्छा ही हुआ।

ख़बरदार, आज के बाद कभी इसका ज़िकर किया तो!...भूल जा। तू साथ देने वाला दोस्त ठहरा, इसलिए कह दी यह कथा। वर्ना कोई मनखी पूछता तो साले को ठोक देता मैं, समझा!

अरे! कहाँ चला गया तू कहानी सुनते-सुनते?...नहीं सुन पाया ना! ऐसी ही हुई ये कथा। मैंने पहले ही कह दिया था, ज़िद मत कर। आ जा अब...कहाँ जा छुपा? शेरू!...बाघ का भी डर नहीं रह गया क्या? कहाँ गया रे? सुन रहा...!

ओ शेरू! ...शेरुवा रेऽऽऽ!

सतौर गाँव और जुकरबर्ग का देश

समस्त कष्टों से मुक्ति के बाद भी 'सगों' की प्रतीक्षा में जहाँ पार्थिव देह की दुर्गति कुछ दिन और होनी होती है, अंग्रेज़ी में जिसे 'मॉर्चुरी' और हिन्दी में डरावना-सा 'मुर्दाघर' कहते हैं, उसे 'सुखाश्रम' के संचालकों ने जाने क्या सोचकर 'अन्तिम विश्राम-स्थल' नाम दिया होगा। वहाँ प्रवेश करते हुए विनायक ने इस नाम को तनिक कौतुक और मीरा ने असहमति के साथ देखा-पढ़ा। उनके सामने डीप फ्रीजर से जिस ताबूत को खींचकर बाहर निकाला गया उसके ढक्कन पर और सामने की तरफ़ बड़ा-बड़ा 'एम-5' लिखा हुआ था। उसके नीचे अपेक्षाकृत छोटे आकार में नाम, तारीख़ और कुछ अन्य ब्योरे। 'सुखाश्रम' अर्थात 'स्पेशल जीरियाटिक केयर हॉस्पिटल' का बेड नम्बर इक्कीस अब ख़ाली था। यह नम्बर तब तक के लिए प्रचलन से बाहर चला गया था जब तक कोई और दुर्भाग्य का मारा या भाग्यशाली कहा जा सकने वाला उस पर नहीं लिटाया जाता। अब तक कितने 'नम्बर इक्कीस' यहाँ हो चुके थे, इसका हिसाब अस्पताल के दस्तावेज़ों में शायद हो, हम तो इतना ही जानते हैं कि पिछला 'नम्बर इक्कीस' फ़िलहाल 'एम-5' बनकर इस ताबूत में बन्द है और जो दृश्य वहाँ उपस्थित है उससे स्पष्ट होता है कि आज वह नम्बरों वाली पहचान से भी मुक्त हो जाने वाला है।

"प्लीज़ आइडेंटीफाई...जस्ट अ फॉर्मेलिटी। (कृपया पहचान करें...मात्र एक औपचारिकता)" डॉ. लॉरेंस के विनम्रता से कहने तक मॉर्चुरी के कर्मचारी

ने ताबूत का ढक्कन सरका दिया था। ताबूत के भीतर रखी निर्जीव देह एक सप्ताह से डीप फ्रीजर में पड़ी-पड़ी सफ़ेद पड़ गई थी। चेहरे की झुर्रियाँ किसी महीन रस्सी की तरह अकड़ी एवं ऐंठी लग रही थीं। उस पर नज़र पड़ते ही कुन्दन 'साहब!' चीख़कर सिसक पड़ा। एक हफ़्ते पहले वह फूट-फूटकर रो चुका था। विनायक और मीरा के हाथ सांत्वना देने के लिए एक साथ उसके दाएँ-बाएँ कन्धों पर पहुँचे। उनके चेहरे गम्भीर थे जिनमें शोक की छाया भी देखी जा सकती थी यद्यपि उनकी आँखों में तरलता का नामोनिशान न था। यह जानने का कोई माध्यम नहीं था कि सप्ताह भर पहले जब उन्हें सूचना मिली थी, तब उन आँखों में क्या और कितना कुछ उमड़ा होगा। साथ में खड़ी मैडम गांगुली की आँखें उस दिन बरस चुकने के बाद आज फिर नम थीं। भाई-बहन कल देर शाम साथ ही अमेरिका से दिल्ली होते हुए लखनऊ पहुँचे थे और आज सुबह पापा का शव लेने के लिए आए थे। संयोग से मीरा कुछ महीनों से कैलिफोर्निया में ही किसी रेस्टोरेशन प्रोजेक्ट का काम देख रही थी।

अस्पताल के पुराने और भद्दे ताबूत से पार्थिव देह निकालकर लकड़ी के बने उस सुन्दर ताबूत में रख दी गई जिसे विनायक ने अमेरिका से ऑनलाइन ऑर्डर कर दिया था। वह इतना सुन्दर था कि यदि कुन्दन शोक-सन्तप्त न होता तो यह सोच सकता था कि यह बक्सा गाँव में रज़ाई-गद्दे सँभालने के लिए कितना अच्छा रहेगा, लेकिन वह तो निर्निमेष उस निष्प्राण देह को देखे जा रहा था जिसके जीते-जी उसका तीस वर्ष लम्बा रिश्ता रहा था। पिछले आठ महीनों में वह लगभग प्रतिदिन अस्पताल आता था और जब तक मिलने का समय समाप्त न हो जाता और कुन्दन से जाने को कहा न जाता, वह उनकी उँगली पकड़े बैठा रहता था। उसकी गरम हथेलियों के बीच उनकी उँगली ठंडी और बेजान-सी अनुभव होती थी और काफ़ी देर तक पकड़े रहने के बाद उसमें तनिक ऊष्मा अनुभव होती लगती थी। वह उँगली पकड़े-पकड़े उन्हें देखता रहता और वार्ड के अलग-अलग बेडों से आती कराहों को सुनता रहता। वे भी उसे देखते रहते थे। उनकी आँखें उसे पहचानकर डबडबा आतीं। कभी एक-दो बूँद कोरों से बह निकलती थी जिसे वह हथेली से ही पोंछ देता था।

कभी वे उससे कुछ कहने की भी कोशिश करते थे लेकिन कुन्दन को 'गों-गों-गों' ही सुनाई देता था। उसका दिल यह सोचकर मसोस उठता था कि उनके मन में क्या है, जिसे क्या कहना चाहते हैं लेकिन कह नहीं पा रहे। अपनी समझ से वे कुछ कह रहे होते थे लेकिन जिह्वा उसे ठीक-ठीक शब्दों में ढाल नहीं पाती थी। कैसी विवशता थी! इस समय भी उसे यह ध्यान आ रहा था कि आख़िर क्या था जो कहे बिना ही वे चले गए! लेकिन इससे भी अधिक यह सोच-सोचकर उसके भीतर उबाल उठ रहा था और रुकी हुई सिसकी फिर-फिर फूट पड़ती थी कि विधि-विधान से दाह-संस्कार करने के बजाय उन्हें मेडिकल कॉलेज को दान किया जा रहा था। कई काग़ज़ों पर विनायक के हस्ताक्षर होते ही ताबूत का ढक्कन बन्द कर दिया गया और चार लोगों ने फटाफट उसे कन्धों पर उठा लिया। कुन्दन तत्काल हरकत में आया और एक आदमी को हटाकर उसने ताबूत में आगे से स्वयं कन्धा लगा दिया। मीरा ने भी कुन्दन का अनुसरण किया तो मैडम गांगुली ने विनायक के कान में कुछ कहा जिसकी प्रतिक्रिया में वह भी ताबूत के बीच में अपना कन्धा छुआते हुए बाहर खड़ी एम्बुलेंस तक आया। ताबूत को एम्बुलेंस में रखा गया तो कुन्दन उसमें बैठने लगा लेकिन विनायक ने हाथ पकड़कर रोक लिया। एम्बुलेंस तेज़ी से निकल गई और वे मैडम गांगुली की कार में बैठकर घर आ गए थे।

मिस्टर वी. एस. नेगी अब मात्र एक मृत्यु प्रमाण पत्र थे जिसे विनायक ने अलमारी में सँभाल दिया था।

घर पहुँचते ही विनायक ने कुन्दन को 'अच्छी-सी, स्ट्रॉन्ग कॉफ़ी' बनाने के लिए कहा लेकिन जैसे कुन्दन ने सुना ही नहीं। डबडबाई आँखों के साथ वह बोला, पता नहीं कमरे में उपस्थित किसी से या स्वयं से—"मेडिकल कॉलेज में साहब को काट-पीट करेंगे।" उसे अब तक यह बात परेशान कर रही थी। वह यही जानता था कि मरने के बाद इनसान को चिता में जला देने या क़ब्रिस्तान में दफ़ना देने से ही उसकी मुक्ति होती है। साहब की देह मेडिकल कॉलेज को दे दी गई थी जहाँ उन्हें चीरा-फाड़ा जाएगा। उन्हें कितना कष्ट होगा!

कष्ट न भी हो, क्योंकि अब उनके प्राण तो देह में रहे नहीं लेकिन देह की छीछालेदर तो हो ही जाएगी।

"कुन्दन, साहब की यही मर्जी थी। मैंने तुम्हें उसी दिन बता दिया था।" मैडम गांगुली उसकी व्यथा समझ रही थीं।

"कुन्दन भैया," मीरा ने प्यार से समझाया—"तुम जैसा सोच रहे हो, ऐसा नहीं होता। डॉक्टरी की पढ़ाई करने वाले उनकी देह से बहुत ज़रूरी बातें सीखेंगे। रोग को पहचानना सीखेंगे। ऑपरेशन करना सीखेंगे। य़ह बड़े पुण्य का काम है। दुखी मत हो। गर्व करो कि तुम्हारे साहब देह का दान कर गए। यह सबसे बड़ा दान है।"

"तुम भी अपनी देह दान कर जाना यार! हम सब करेंगे। अब कॉफ़ी पिला दो, प्लीज़!" विनायक ने मुस्कराते हुए कहा तो कुन्दन आँखें पोंछते हुए उठ गया। साहब की जो हालत उस दिन अचानक गिर जाने के बाद हो गई थी और जिस हालत में वे पिछले आठ महीने से पड़े हुए थे, वह जानता था कि उन्हें ठीक नहीं होना था लेकिन आज जब उनकी देह भी चली गई है तो उसे उनकी बहुत कमी अनुभव हो रही है। एक हफ़्ते से उनकी मुर्दा देह अस्पताल के मुर्दाघर में पड़ी थी। तब भी उसे उनकी स्थायी अनुपस्थिति का अनुभव नहीं हुआ था। साहब अभी अस्पताल में हैं, ऐसा लगता रहता था। यही सोचकर वह दिन में एक बार अस्पताल का बाहर-बाहर चक्कर लगा आता था। अस्पताल में सब उसे अच्छी तरह पहचान गए थे लेकिन भीतर जाने की उसकी हिम्मत नहीं होती थी। आज उसे अनुभव हो रहा था कि साहब सचमुच चले गए हैं और सदा के लिए। यह उसके लिए एक बड़ा शून्य था। वह तीनों के लिए कॉफ़ी बना लाया लेकिन स्वयं उसने चाय भी नहीं पी। उसकी स्थिति देखकर मीरा ने सबके लिए लंच ऑनलाइन ऑर्डर कर दिया लेकिन मैडम गांगुली 'सुबह आऊँगी कहकर' खाने के लिए नहीं रुकीं।

मीरा और विनायक ने अपने लिए ड्रिंक्स बना लिये थे। डिलीवरी बॉय पैकेट थमा गया तो कुन्दन ने दोनों के लिए खाना परोस दिया। स्वयं उसने मुश्किल से दो कौर निगले। मन बहुत भारी था। यह फ़्लैट बहुत पराया-पराया लगने लगा था।

काम समेटकर उदास मन लिये वह अपने कमरे में चला गया और बिस्तर पर पड़ रहा। विनायक और मीरा ने पापा के कमरे की अलमारी खोल ली थी। देर तक उनके बोलने-हँसने की आवाज़ें कुन्दन को सुनाई देती रहीं। पता नहीं कब आँख लगी होगी।

"जोगा सिंह की दुकान?"

गाड़ी सड़क किनारे लगवाकर उन्होंने एक बड़े पत्थर पर आराम से बैठे जिस लड़के से पूछा, उसने मोबाइल की स्क्रीन से नज़रें नहीं हटाईं। सिर्फ़ माथे पर सवालिया बल डालकर आँखें सिकोड़ लीं और स्क्रीन से आँखें हटाए बिना जवाब दिया—"यहाँ नहीं है कोई जोगा सिंह की दुकान...अरे गणेश, तूने ये वाला वीडियो देखा! मस्त है यार!" लड़का अपने किसी साथी से मुख़ातिब हो गया।

"सारी दुनिया मोबाइल में डूबी है सर। मैं पूछता हूँ।" टैक्सी का ड्राइवर गाड़ी से उतरकर सड़क किनारे की दुकानों की ओर बढ़ गया। पिछली सीट पर बैठे विनायक और मीरा की निगाहें उसका पीछा करती रहीं।

"जोगा सिंह ही लिखा है ना?" विनायक ने पूछा।

"एम श्योर" (पक्का) कहने के साथ ही मीरा ने अपने पर्स से डायरी निकाली, जैसे फिर आश्वस्त हो जाना चाहती हो। बुक मार्क लगा पेज अपने आप खुल गया—"जोगा सिंह, सुनाड़ी।"

"यहाँ किसी को नहीं मालूम सर।" ड्राइवर हाथ नचाता हुआ लौट आया।

"है तो यह सुनाड़ी ही। बोर्ड लगा है।"

"किसको पूछ रहे हो?" एक बुज़ुर्ग लाठी टेकते हुए गाड़ी के पास आ गए।

"जोगा सिंह?...एक जोगा सिंह होते तो थे मगर उनको मरे बीस-पच्चीस बरस हो गए होंगे। कहाँ से आए तुम लोग?" बुज़ुर्ग ने मोटे लेंस वाला चश्मा गाड़ी के भीतर फ़ोकस करते हुए स्वर से ही नहीं, चेहरे से भी अचम्भा प्रकट किया।

"हाँ, काफ़ी पुरानी बात होगी।" विनायक की आँखों में आशा चमकी। वह गाड़ी से उतरकर बुज़ुर्ग के समक्ष खड़ा हो गया।

"कौन हुए तुम लोग? कहाँ से? जोगा सिंह को कैसे पूछ रहे हो?" बुज़ुर्ग चश्मे के भीतर से उसका मुआयना करने लगे।

"उनका बेटा या परिवार में कोई होगा...?" विनायक ने उनकी जिज्ञासाओं को अनसुना करके अपना सवाल आगे रख दिया। गाड़ी में बैठी मीरा होंठों में बुदबुदाते हुए हँसी—"देयर इज नथिंग लाइक प्रायवेसी इन इंडिया!" (भारत में निजता जैसी कोई चीज़ नहीं!)

"है क्यों नहीं। एक बेटा है उनका। लछम सिंह। बाक़ी सब लड़कियाँ हुईं। ससुराल में होंगी।"

"कहाँ मिलेंगे?" इस बार मीरा ने गाड़ी की खिड़की से सिर निकालकर पूछा।

"सुनाड़ी ठीक कहा तुमने मगर ये नया सुनाड़ी हुआ। जोगा सिंह की दुकान पुरानी सुनाड़ी में ठहरी। दो फल्लांग (फ़र्लांग) आगे जाओ। वहाँ पूछना लछम सिंह की दुकान। वही हुआ उनका बेटा।"

'नये सुनाड़ी' की तुलना में दो फ़र्लांग आगे क़रीब-क़रीब सन्नाटा था। सड़क के किनारे चार-पाँच दुकानें दिखीं लेकिन खुली हुई एक ही थी। बाहर से छोटी दिखने वाली वह दुकान भीतर से भरी-भरी थी और सुनाड़ी के 'पुरानी' विशेषण को सार्थक कर रही थी। दुकान के बाहर टिन से छाए छोटे से बरामदे के एक कोने में बने चूल्हे के आसपास चाय के बर्तन और स्टील के कुछ गिलास रखे थे। दो बकरियाँ भी एक किनारे बँधी थीं। चूल्हे से धुएँ की एक बारीक लकीर यह बताते हुए उठ रही थी कि किसी भी समय उससे लपटें उठाई जा सकती हैं।

"लछम सिंह जी से मिलना था।"

दुकान के भीतर काउंटरनुमा मेज़ के पीछे नीमअँधेरे में बैठा एक आदमी अचकचाकर खड़ा हो गया। उसकी उम्र का अन्दाज़ लगाना मुश्किल हो रहा था। दो और आदमी उसके सामने बैठे बीड़ी का धुआँ उड़ा रहे थे।

जैसे चेहरे उसकी दुकान में नहीं ही आते थे, वैसे आगन्तुकों के मुँह से अपना नाम सुनकर वह बीड़ी फेंकते हुए बाहर आ गया। 'बड़ी-सी गाड़ी' से उतरे दोनों जनों को बारी-बारी घूरने की सीमा तक ग़ौर से देखते हुए उसने उनकी ओर हाथ जोड़े।

"हमें सतौर गाँव जाना है। आनन्द सिंह के यहाँ।"

घोर आश्चर्य से लछम सिंह का मुँह खुला रह गया। कुछ पल के बाद उसने उलटे सवाल कर दिया—"सतौर?...आनन्द सिंह?"

मीरा और विनायक को एक साथ तेज़ी से 'हाँ' में गर्दन हिलाते देखकर वह बुदबुदाया—"लगता है आनन्द दाज्यू की साधना सफल हो गई जो आज सतौर गाँव का कोई नामलेवा यहाँ आ पहुँचा!"

"कितनी दूर होगा? आनन्द सिंह को जानते हैं आप? उनकी कुछ ख़बर है?" विनायक ने इस तरह पूछा जैसे शंका हो कि जिन आनन्द सिंह से मिलने आए हैं, वे जीवित हैं भी या नहीं। लखनऊ से चलते समय ही यह शंका उसके दिमाग़ में उपज गई थी कि पापा के छोटे भाई हैं तो ज़रूरी नहीं कि उनसे पहले नहीं जा सकते।

"क्यों नहीं जानेंगे! मेरी ही दुकान हुई आनन्द दाज्यू का अड्डा। अभी क़ोई दस दिन पीछे आए थे सामान लेने। आप जाओगे सतौर?" लछम सिंह को अब भी भरोसा नहीं हो रहा था।

"आप भी सतौर के हुए...?" दुकान के भीतर बैठे दोनों आदमी भी बाहर आ गए थे।

"आनन्द सिंह और उसके कुकुर शेरू को छोड़कर वहाँ कोई रहता नहीं। दूसरा वहाँ कोई आता-जाता नहीं।" उनमें से एक ने कहा। तीनों के चेहरे पर घोर आश्चर्य बर्फ़ की तरह जमकर ठोस हो गया था।

"पहचाना नहीं आप लोगों को।" आनन्द सिंह ने फिर पूछा।

"पहली बार आए हैं हम। वे हमारे चाचा हैं।" गहरी पूछताछ की इस शैली से मीरा अब आनन्दित होने लगी थी। यह अमेरिका नहीं था जहाँ 'आपके कितने बच्चे हैं' पूछना भी निजता में दख़ल माना जाता है।

"सगे चाचा हुए आपके?" लछम सिंह और उसके दोनों साथी चरम उत्सुकता से कभी उन्हें और कभी आपस में एक-दूसरे को देखे जा रहे थे।

"आप हमें रास्ता बता देंगे प्लीज़!" विनायक को झुँझलाहट होने लगी थी।

"ऐसा करो, वो सामने सड़क खुदी है जो, उसके सहारे-सहारे चले जाओ। गाड़ी ले जाने लायक़ नहीं है अभी। जरा तिरछा, चढ़ाई का रास्ता है। कोई तीन किमी. बाद चीड़ के पेड़ों के बीच में अकेला बाँज का पेड़ मिलेगा, ख़ूब बड़ा। वहाँ से सड़क छोड़कर जरा नीचे को जाना। गाँव वहीं से दिखने लगेगा।"

अपना छोटा सा बैग कन्धे पर टाँगकर विनायक उस दिशा में बढ़ लिया। मीरा ड्राइवर को कुछ निर्देश देकर उसके पीछे चली ही थी कि लछम सिंह उसके पीछे आ गया—"आनन्द सिंह चाचा हुए, तो आप वीरेन सिंह ज्यू के बच्चे हुए? सतौर के पान सिंह ज्यू के बड़े लड़के हुए जो?"

मीरा इस बार अपनी हँसी नहीं रोक सकी—"हाँ-हाँ। आप जानते थे उनको?"

"क़िस्से सुने ठहरे उनके।"

इससे पहले कि वह कुछ और कहता या पूछता, विनायक का तेज़ स्वर सुनाई दिया—"कम ऑन मीरा, गेटिंग लेट (देर हो रही)।" मीरा ने क़दम बढ़ा दिये। अपने पीछे शुरू हो गई चर्चाओं, क़िस्सों, कल्पनाओं और गप्पों का सिलसिला सुनने से वे वंचित ही रहे। पुरानी सुनाड़ी से नई सुनाड़ी तक एकाएक हलचल मच गई थी। सतौर के पान सिंह और उनके परिवार की भूली-बिसरी कहानी कई कोणों से खोद-खोद कर कही-सुनी जाने लगी थी। टैक्सी के ड्राइवर से भी तरह-तरह से पूछताछ की गई जो अपनी सीट को सीधा करके सोने की कोशिश कर रहा था। उसके 'कुछ पता नहीं जी' कहने से निराश होकर लोग फिर बुज़ुर्गों की यादों को खुरचने में लग गए थे।

पापा की अन्त्येष्टि (लखनऊ पहुँचकर गांगुली आंटी से उन्हें पता चला था कि पापा देहदान कर गए थे) और शान्ति हवन के बाद दोनों को अमेरिका लौट जाना था लेकिन पापा की अलमारी से अचानक ही प्रकट हो गई 'नितान्त निजी'

डायरी उन्हें 'गाँव—सतौर, मोटर स्टेशन—सुनाड़ी और लघु भ्राता—आनन्द सिंह' की तलाश में यहाँ ले आई थी। फ़िलहाल वे सुनाड़ी से सतौर की चढ़ाई पर धीरे-धीरे बढ़ रहे थे। पहाड़ के पार्श्व में सड़क के लिए हुई खुदाई के कारण ऊबड़-खाबड़ रास्ते और थोड़ी धूल के बावजूद चारों तरफ़ विविध वनस्पतियाँ, घने पेड़ और दोपहर में भी चिड़ियों का कलरव आनन्ददायी लग रहा था। जिम के अभ्यासी विनायक और ट्रैकिंग की शौक़ीन मीरा को रास्ता ठीक ही लग रहा था। जैसे-जैसे वे ऊपर बढ़ते गए, फेफड़ों के फैलने-सिकुड़ने की बढ़ती गति से उनकी साँसों की लय तेज़ हो गई थी। वार्तालाप भी उसी तर्ज़ पर हिन्दी-अंग्रेज़ी में रुकते-टूटते हो रहा था।

"दिस इज रियली स्ट्रेंज!" (बड़ी अजीब बात है) यह बात लखनऊ से चलने के बाद विनायक कई बार कह चुका था लेकिन अगला वाक्य पहली बार बोल रहा था—"नेवर न्यू...(पता नहीं था कि) यहाँ आना पड़ेगा।"

"आई एम एक्साइटेड टु नो (मुझे यह जानकर रोमांच हो रहा) कि मम्मी भी यहीं की थी।" मीरा चहक रही थी।

"यू नो मीरा, मम्मी की डेथ के बाद इंडिया आने पर मैं भारद्वाज आश्रम गया था तो दादाजी से पूछा था—मम्मी के कोई रिलेशन?...किसी को बताना हो?...उन्होंने क्या कहा, पता है?...वो अनाथालय की थी...व्हाई डिड दे लाई? (झूठ क्यों बोला होगा उन्होंने?)"

"इट वाज पापा...पापा के कारण...अब तो क्लियर हो गया। मम्मी की डेथ के बाद रियलाइज किया उन्होंने। दिस डायरी इज अ कन्फेशन (यह डायरी कबूलनामा है)।

"साइकिक केस (मनोरोगी) था यार वो आदमी। सोचो, हमारा बचपन कैसे बीता! देयर वाज नो ननिहाल, नो ददिहाल...यही कहते हैं ना? नो फ्रेंड्स...और, उस आदमी ने मम्मी को कितना टॉर्चर किया...इतने साल! पागल बना दिया था उसे। लोअर कास्ट की थी, सो व्हाट?...क्यों भगा ले गए अपने साथ? शादी क्यों की?...मेरी समझ में नहीं आता, मीरा। आई एम डिस्टर्ब्ड। (व्यथित हूँ)"

मीरा चुप रही। कुछ मिनट बाद वह फिर बोला—"बता देते तो हमें क्या फ़र्क़ पड़ रहा था? बताओ? कैन यू एक्सप्लेन इट?"

"हूँ...बहुत क्रूर है यह कास्ट सिस्टम...हम यहाँ नहीं रहते इसलिए समझ पाना मुश्किल है। पापा ने जो किया, उसे स्वीकार नहीं किया एंड सफर्ड (और सहा)...लेकिन तुम सही हो। मम्मी पर बहुत अत्याचार हुआ। उसने बहुत ज़्यादा सहा लेकिन कभी मुँह नहीं खोला। घुटती रही और...।" उसका स्वर भीग गया—"हमें पता होता तो...।"

"इट्स वेरी सैड! अनएक्सेप्टेबल! (अत्यन्त दुखद। अस्वीकार्य)"

वे धीरे-धीरे आगे बढ़ते रहे। अपने-अपने में खोए हुए। देर तक उनकी साँसें बजती रहीं।

एकाएक विनायक ने पूछा—"अच्छा मीरा, आनन्द सिंह का पता तो चल गया। चनरराम को कैसे ढूँढ़ेंगे? या, उनका परिवार?"

"चाचा कहो ब्रदर!...और नाना!" मीरा सहज हो आई थी। उसका खिलखिलाना जंगल में गूँज गया।

"शायद अंकल के पास उनकी कोई ख़बर हो। बट आई थिंक, बहुत देर हो चुकी। मैं वी. एस. नेगी को माफ़ नहीं कर सकता। नेवर (कभी नहीं)।"

उनके बीच फिर लम्बी चुप्पी छा गई। अपने विविध स्वरों में जंगल बोलता रहा। चीड़ के पेड़ों पर हज़ारों की संख्या में झींगुर अपने पैरों को आपस में रगड़ते हुए भिन्न-भिन्न आवृत्तियों में 'किन्न-किन्न-किन्न...किनन-किन्न' का अनोखा संगीत छेड़े हुए थे। दोनों के मन में जो भी चल रहा हो, यह संगीत उसे तानपूरे की भाँति स्वर दे रहा था।

"वाउ!...सामने देखो ब्रो!...अमेजिंग!" मीरा आनन्द से चीख़ी।

"माई गॉड!...वंडरफुल!" विनायक भी अपनी जगह खड़े होकर सामने देखता रह गया। एक विस्तृत शृंखला में हिमालय के रजत शिखर धूप में खिलखिला रहे थे। वे मुग्ध हो देखते रहे। विनायक को फिर कुछ याद आया। बोला—"उस आदमी ने बहुत अन्याय किया। मम्मी के साथ ही नहीं, हम सब के साथ।...बैठो यार मीरा...दिस व्यू इज रियली मेस्मराइजिंग। (यह दृश्य वास्तव में सम्मोहक है)"

"अगर पापा ने बता दिया होता तो तुम यहाँ आकर रहते?" मीरा ने भाई को चिढ़ाया। प्रत्युत्तर में भाई ने उसकी पीठ पर धौल जमाई लेकिन दोनों की आँखें सामने के अद्भुत दृश्य पर टिकी रहीं। वे दुनिया घूमे हुए थे। आल्प्स, अलास्का और दूसरे ख़ूबसूरत पहाड़ देख चुके थे लेकिन यहाँ सर्वथा नई, आत्मीय-सी अनुभूति पा रहे थे। हिमालय के इस विरल कहे जा सकने वाले नयनाभिराम दृश्य के अलावा कुछ और भी था जो उनके भीतर तरंगित हो रहा था और उनकी अनुभूतियों को अन्यतम बना रहा था। क्या इसका कारण उनके डीएनए में घुली-मिली वह स्थानीयता थी जिसका आविष्कार उन्होंने तीन दिन पहले उस डायरी से किया था जो पापा की अलमारी में अप्रत्याशित रूप से हाथ लग गई थी? कहना मुश्किल था।

"चलो," कुछ देर बाद मीरा उठी—"शायद वही सिल्वर ओक (बाँज का पेड़) है...सामने...नीचे, जैसा लछम सिंह ने बताया था। पहुँच ही गए, लगता है।" वे सड़क छोड़ नीचे उतरने लगे। जंगल घना था और झाड़-झंखाड़ के बीच पगडंडी का अन्दाज़ लगाना भी मुश्किल हो रहा था। रास्ते इनसानों के आने-जाने से बनते हैं। तभी बने भी रहते हैं। सतौर की सूरत उसका गुम रास्ता बता दे रहा था। लछम सिंह ने बताया तो था लेकिन उन्होंने ऐसी कल्पना नहीं की थी। झाड़-झंखाड़ के बीच से गुज़रते हुए उनके कपड़े काँटों से भर गए थे और चुभ रहे थे।

"बाघ आ रहा, बाघ!" अचानक किसी की चीख़ सुनकर वे बुरी तरह चौंके। भय उन पर हावी हो गया।

"टाइगर? व्हेयर इज इट...?" विनायक लड़खड़ाया। मीरा का दिल धक-धक करने लगा। इस जंगल में बाघ भी हो सकता है, यह आशंका तो हुई ही नहीं थी। इस तथ्य से कुछ अन्तर नहीं पड़ने वाला था कि यहाँ बाघ नहीं, गुलदार यानी तेंदुए पाए जाते हैं। हिमालय के दिव्य दर्शन से पैदा हुई प्रफुल्लता को एकाएक प्राणों के भय ने ग्रस लिया। वे सशंक-सतर्क होकर चारों ओर देखने लगे।

"शेरू को बाघ ले गया।" वह चीख़ फिर गूँजी।

"कहाँ? किधर?" मीरा ने आवाज़ की दिशा में काँपते स्वर में ज़ोर से पूछा। उसकी आवाज़ पहाड़ से टकराकर लौट आई। डरते-डरते उन्होंने इधर-उधर नज़रें घुमाईं कि कौन और कहाँ से चीख़ रहा है। कोई दिखाई नहीं दिया लेकिन नज़र सामने की पहाड़ी में कुछ मकानों पर टिक गई। यही सतौर गाँव होगा। बाघ से बचने के लिए वे उसी दिशा में दौड़ना चाहते थे मगर पेड़ों, झाड़-झंखाड़ और ऊँची घास से घिरी ऊबड़-खाबड़ धरती में रास्ता कहाँ था! तो भी प्राणों का भय भारी पड़ा। काँटों से छिलने की परवाह किये बिना वे यथासम्भव तेज़ी से चले। लड़खड़ाए और गिरते-गिरते भी बचे लेकिन बाघ का शिकार हुए बिना गाँव तक पहुँच ही गए।

"हू सेड टाइगर? (किसने कहा बाघ है?)" हाँफते हुए विनायक ने एक मकान के आँगन में पहुँचकर राहत अनुभव की। मीरा भी अपनी पूरी सामर्थ्य से विनायक के पीछे-पीछे लपकते हुए वहाँ पहुँची।

"कोई है?" उसने घर के भीतर की ओर आवाज़ फेंकी। बन्द दरवाज़े-खिड़कियों ने उनका मुँह चिढ़ाया। मकान वीरान और उजाड़ पड़ा हुआ था, जैसे वर्षों से कोई वहाँ रह न रहा हो। उसके पड़ोस में एक मकान का खँडहर था जिसके बीच से लम्बी-लम्बी घास आकाश छूने को लपकती नज़र आती थी। थोड़ा परे हटकर ढाल की तरफ़ दो-तीन मकान और दिखे। वे उसी ओर बढ़े। एक मकान की पूरी छत उसकी दीवारों के बीच ढही पड़ी थी। बेआसरा साबुत दीवारें आसमान की ओर ताक रही थीं जिनके सिरों पर घास एवं पौधों ने क़ब्ज़ा जमा लिया था। उसी से लगे हुए दूसरे मकान के बन्द द्वार पर ताला लटक रहा था। साँकल से लेकर ताले तक लगा मोरचा दूर से ही घर की कहानी सुना दे रहा था। हरी-सूखी घास की मोटी-मोटी गाँठों ने आँगन के चौड़े पाथरों को ढक रखा था।

"टन-टन-टन-टन..." लगातार बजते भारी घंटे की टंकार ने उन्हें फिर चौंका दिया। गाँव की वीरानी एकाएक ही जैसे ग़ायब हो गई। वह टंकार पूरी घाटी में गूँजने लगी। दोनों उस ओर बढ़े। थोड़ा ऊपर जाकर एक टीले पर मन्दिर दिखाई दिया। मन्दिर के द्वार पर लटके बड़े-से घंटे को एक

आदमी ज़ोर-ज़ोर से हिला रहा था। उसके मुँह से मंत्रोच्चार की तरह अनवरत 'शेरू-शेरू-शेरू' निकल रहा था।

"हैलो," विनायक ने पुकारा। उसने सुना ही नहीं। घंटा बजाना जारी रहा। दोनों उसके क़रीब पहुँचे। उन्हें देखते ही वह घंटा बजाना छोड़कर चीख़ा—"बाघ आ रहा है!"

उसके चेहरे पर दृष्टि पड़ते ही दोनों बाघ का भय, काँटों की चुभन और थकान भूलकर टकटकी लगाए देखते रह गए।

"शेरू को बाघ ले गया।" वह फिर चीख़ा लेकिन दोनों को सुनाई नहीं दिया। वे पहले उसके चेहरे और फिर एक-दूसरे को देखते हुए अचम्भित हो, बाक़ी इन्द्रियों की अनुभूति ही भूल चुके थे।

"डू यू बिलीव इट! (विश्वास करोगी!)" विनायक किलका—'जीनेटिक्स का कमाल!...एकदम पापा की जेरॉक्स कॉपी!" इस समय उसके मुँह से 'वह आदमी' या 'वी. एस. नेगी' के बजाय 'पापा' निकला था लेकिन दोनों में से किसी का भी ध्यान इस ओर नहीं गया।

अवाक्-सी मीरा के हाथ स्वत: जुड़ गए—"आप आनन्द चाचा हो! आनन्द सिंह नेगी!"

"आनन्द सिंह को बाघ खा गया...।" वह पहले की तरह चीख़ा। उसके चेहरे पर परिचय-अपरिचय की कोई छाया नहीं थी। उसके सामने जैसे वे थे ही नहीं।

"येस-येस! आप आनन्द सिंह हो...वीरेन्द्र सिंह नेगी के भाई!...हम लखनऊ से आए हैं।" विनायक ने पुलककर कहा।

"वीरेन्द्र सिंह नेगी को बाघ ले गया...।"

अब दोनों के हतप्रभ हो जाने की बारी थी। उनका उत्साह ठंडा होकर उलझन में बदल गया था। चाचा पहचान नहीं रहे या नाटक कर रहे या...?

विनायक मन्दिर प्रांगण में चक्कर लगाने लगा। वहाँ से लगभग पूरा गाँव दिख रहा था लेकिन मनुष्य के रहने की कोई निशानी नहीं थी। चन्द साबुत मकानों को छोड़कर बाक़ी खँडहर थे। पूरा वातावरण भाँय-भाँय कर रहा था।

जंगल ने चारों ओर से गाँव पर घेरा कस लिया था। कभी बने सीढ़ीदार खेत उसके बीहड़ में समा गए थे। प्रकृति ने अपना छिना हुआ साम्राज्य लगभग वापस पा लिया था लेकिन अपने संगी मनुष्य के बिना वह उदास थी।

"आपका डॉगी, क्या नाम बताया था लछम सिंह ने...शेरा...शेरू...शेरू कहाँ है?" मीरा ने बड़ी आशा से आनन्द सिंह के बिलकुल पास जाकर पूछा।

"शेरू-शेरू-शेरू" चीख़ता हुआ आनन्द सिंह ज़मीन पर पड़ा डंडा उठाकर हवा में नचाते हुए एक ओर चल पड़ा। विनायक और मीरा प्रश्नाकुल नेत्रों से एक-दूसरे को देखते हुए उसके पीछे चले। लम्बे-लम्बे डग भरते हुए वह आगे-आगे चला जा रहा था, हवा में लाठी भाँजते और चीख़ते हुए—"शेरू को बाघ ले गया!"

एक मोड़ के बाद प्रकट हुए मकान के आँगन में जाकर वह बैठ गया। उसके कपड़े मैले और जगह-जगह फटे हुए थे। पैंट का एक पाँयचा घुटनों पर फटकर नीचे झूल रहा था। चेहरे और हाथ-पैरों में चोटें थीं। घावों से रिसा ख़ून इधर-उधर चिपका-सूखा हुआ था। पैरों में चप्पल या जूते नहीं थे। सूनी आँखों से वह कहीं शून्य में अपलक देखे जा रहा था।

"ही हैज लॉस्ट हिज माइंड (इनका दिमाग़ चल गया है)।" विनायक ने अफ़सोस के साथ कहा।

"लगता है शेरू को सचमुच बाघ ले गया। उसी सदमे से यह हाल हुआ है।"

विनायक मकान को देखने लगा। दरवाज़े खुले हुए थे। आँगन भी साफ़-सुथरा था। मनुष्य के रहने की निशानी। यही आनन्द सिंह का घर होगा। उनका भी अपना पुश्तैनी घर! पुराने ढंग का पहाड़ी मकान। काले पत्थरों से छाई हुई ढलवाँ छत। ख़ूबसूरत नक़्क़ाशीदार दरवाज़े से ऊपरी मंजिल को जाती सीढ़ियाँ। द्वार के दोनों ओर वैसी ही नक़्क़ाशी वाली दो खिड़कियाँ जिनका नीला रंग धूसर पड़ गया था। निचली मंज़िल (गोठ) के लिए सादे पटरों के चौड़े लेकिन बहुत कम ऊँचाई वाले दरवाज़े, जिनके भीतर से अँधेरा झाँक रहा था। गोठ के द्वार के ऊपर, खिड़कियों के अगल-बग़ल दो छोटे-छोटे छेदों से मधुमक्खियाँ बाहर-भीतर आ-जा रही थीं।

"हनी-बी (मधुमक्खियाँ!)" मीरा ने उँगलियों के इशारे से भाई को दिखाया।

विनायक ने उस ओर उड़ती निगाह डालकर सीढ़ियों की ओर क़दम बढ़ाए। मीरा पीछे-पीछे आई। मिट्टी लिपे फ़र्श वाले बाहर के कमरे की छत से लटका बल्ब दिन में भी जल रहा था। कमरे के बीच में अधजली लकड़ियों के ऊपर लोहे की तिपाई पर तवा चढ़ा था जिस पर पड़ी मोटी रोटी सूखकर अकड़ गई थी। पास ही एक गहरे चौड़े कटोरे में भी रोटी के सूखे टुकड़े पड़े थे। भीतर के कमरे में भी बल्ब की हल्की रोशनी थी। ज़मीन में मोटे बिछावन पर एक रज़ाई मुड़ी-तुड़ी पड़ी थी। एक तरफ़ लोहे के दो पुराने बक्से और एक बड़े पटरे पर कुछ बर्तन रखे थे। उसके बग़ल में एक बाल्टी और प्लास्टिक के कुछ डिब्बे। एक अकेले आदमी की गृहस्थी। कितने कम में जीवन चल जा रहा था!

"घोस्ट विलेज (भुतहा गाँव)।" विनायक बाहर आते हुए बड़बड़ाया।

"लछम सिंह बता तो रहा था," मीरा ने याद दिलाया।

"बट व्हाई ही इज स्टेयिंग हियर? (लेकिन ये यहाँ क्यों टिके हुए हैं?)"

"मुश्किल है बता पाना।"

"सायकिक केस। जस्ट लाइक हिज ब्रदर! (अपने भाई की तरह ही मनोरोगी।)" विनायक बुदबुदाया और आनन्द सिंह के पास बैठ गया। प्यार से उसके कन्धे पर हाथ रखकर पूछा—"अंकल, चनरराम का कुछ पता है? उनका परिवार कहाँ गया?"

"चनरराम को बाघ ले गया।" आनन्द सिंह ने इस बार उतनी ही शान्ति से उत्तर दिया और डंडे से ज़मीन पीटने लगा।

मीरा ने हताशा में सिर हिलाया—"हमारा आना बेकार गया ब्रो।"

विनायक उठकर मीरा के पास आया और उसके हाथ से डायरी लेकर पलटने लगा।

"दक्षिण मीन्स साउथ?" उसने पुष्टि के लिए मीरा की ओर देखा।

गाँव की दक्षिण दिशा से बाहर जाने वाला रास्ता बहुत ख़राब था। बल्कि, यह कहना सही होगा कि कोई रास्ता ही नहीं था। बड़ी-बड़ी झाड़ियाँ, ज़मीन तक लटक आईं पेड़ों की टहनियाँ और जगह-जगह ऊपर से आया मलबा आगे बढ़ने में बड़ी बाधा थे। धीरे-धीरे और मुश्किल से वे कोई चार-पाँच सौ मीटर जा पाए थे कि कुछ खँडहर दिखाई दिये। छोटे-छोटे तीन या चार मकान कभी रहे होंगे। आधी-चौथाई बची दीवारों के बीच छोटे-बड़े पत्थर, काली स्लेटें, सड़ी-गली बल्लियाँ और भीत आड़े-तिरछे गिरे हुए थे। उनके बीच ऊँची-ऊँची घास और भाँति-भाँति के कँटीले पौधे हवा में लहरा रहे थे। ये कभी सतौर गाँव के हलवाहों के घर रहे होंगे। डायरी में दर्ज विवरण से उन्होंने अनुमान लगा लिया था। इन्हीं में कोई एक उनके नाना चनरराम का घर रहा होगा, जिसमें उनकी माँ हीरा पैदा हुई थी। तमाम अपमानों, वंचनाओं के बावजूद यहीं उसने आज़ाद हिरनी की तरह चौकड़ी भरी होगी। हँसी-खिलखिलाई होगी और गीत गाए होंगे। यहीं से एक दिन वीरेन्द्र सिंह नेगी के कहने पर उस भविष्य की ओर क़दम बढ़ाए होंगे जो ऊपर से सुखद एवं सुविधापूर्ण लगने के बावजूद हर प्रकार से घोर यंत्रणादायक रहा था। बल्कि, बना दिया गया था। उसका तनिक भी पश्चात्ताप एक डायरी के चन्द पन्नों और बैंक बैलेंस से सम्भव नहीं था। प्रायश्चित्त-सा लगने वाला अन्तिम दिनों का यह आत्मस्वीकार भी क्या उनकी अहम्मन्यता ही नहीं था? क्या इन खँडहरों में अब भी घोर अपमान, शोषण, तिरस्कार और बदहाली के पुख़्ता निशान मौजूद नहीं हैं? इनका ढह जाना ही ठीक था। बल्कि, इन्हें बहुत पहले ढह जाना चाहिए था, बिना कोई निशानी छोड़े। इनसे पहले उन मकानों को भी ढह जाना चाहिए था जिन्होंने इनके लिए जलालत की ज़िन्दगी तय की थी। अच्छा है कि वे भी अब ढह रहे हैं...लेकिन क्या पत्थरों-लकड़ियों के इन मकानों के ढह जाने से वह व्यवस्था भी नेस्तनाबूद हो रही है? इनके बाशिंदे जहाँ-जहाँ गए, क्या अपने साथ श्रेष्ठ मनुष्य होने का अभिमान भी नहीं ले गए? नाना का परिवार आज जहाँ भी होगा, क्या उस जलालत की ज़िन्दगी से मुक्त हो सका होगा? दोनों ख़ामोश खड़े थे लेकिन ख़ामोशी इससे अधिक क्या चीख़ सकती थी!

सामने हिमालय की दिव्य चोटियाँ तनिक धुँधला गई थीं लेकिन उनकी भव्यता वैसी ही बनी हुई थी। सूरज पश्चिम की ओर झुक आया था। संध्या सुन्दरी हिम-शिखरों का स्वर्णिम अभिषेक करने की तैयारी में लगी होगी। दूसरी दिशा में कहीं बहुत-बहुत दूर जुकरबर्ग का देश था, जिससे मुलाक़ात की प्रत्याशा विनायक को लगभग साल भर से थी। वहीं कहीं एक महत्त्वाकांक्षी रेस्टोरेशन प्रोजेक्ट मीरा की प्रतीक्षा कर रहा था।

फ़िलहाल वे खँडहरों के बीच खड़े हुए थे। मीरा के हाथ में पापा की डायरी के पन्ने फड़फड़ा रहे थे। एक चीख़ रह-रहकर हवा में तैर रही थी—"बाघ आ रहा है, बाघ...!"